古诗写意

有竹居古典今读之二

刘强◎著

CNS PUBLISHING & MEDIA 中南出版传媒 | 岳麓書社·长沙

专家荐书

骆玉明（学者，文学史家）

生于此时此地是一种偶然。时间是局促的，空间也总是有限。在繁琐与焦躁中，匆匆地我们老去。

读诗的时候我们感受到人生的各种可能，在语言的世界里，生命展现出无穷的姿态。因何慷慨，因何低徊？彼何人哉，语我以悲欢，诱我长啸，共鸣山林？

明月当空，曾照古人。

郜元宝（学者，批评家）

刘强释诗，考以相关史实，参以前人诂解，证以当下体悟，以美启真，胜义百出。片言居要，无使枝蔓，尤见功力。选择精严，以少总多，唐以前古诗概貌赫然在目，源头活水灌溉下游之将枯，是承亡继绝发扬潜德之善举，读者幸勿以普及读物目之。

周　实（诗人、小说家）

刘强先生是一个有感受、有见识、有个性的人。读他这本《古诗写意》，我就仿佛见他每日是如何地“日出而作”

又如何地“日入而息”，他的那份从容、笃定以及明亮自信的目光，也让我从心里感到“帝力”于他“何有哉”！

鲍鹏山（学者、作家）

过度的学术化，已经败坏了读者阅读古诗的胃口，败坏了美丽古典的声誉。我们需要的，正是这样的书：有学术品格和基础，但却是诗意的；有知识的背景，但却是轻松的；有理论和哲学的深度，但却是感性的；唤起读者的人生体验，却又引导读者进行深入思考的。刘强的这本《古诗写意》，正是很有学术品格，却又不是学术化的。

李钟琴（学者、作家）

挖掘尘封在古诗后面的趣事，与作者聊发怀古之幽情；

解读隐藏在古诗之中的玄机，使读者易生思今之感慨。

目 录

卷下　古诗珠串

解去镣铐的舞蹈（代序）

这本小书总算放在您面前了。有一些感想，不得不说。

作为诗歌的读者，中国人应该是幸福的，几千年的历史，留下了数量不菲的优秀作品，“绵绵若存，用之不勤”，历来对诗歌的传布和教育也是长盛不衰，不拘何时，只要一抬眼，一伸手，便可以读到那些活色生香的诗。诗歌，成了我们民族共同体不可替代的心灵密码，诗歌的历史，毋宁说，就是整个民族的一部心灵史。

降及近代，诗歌的形式和性质均发生了变化——新诗诞生了！这是一个值得庆贺的事件，因为，旧诗的“镣铐”被打开了！每个新诗人的手里，似乎都拿着一把打开诗歌之门的金钥匙。然而一百年过去了，尽管新诗的园地争奇斗艳，佳作迭出，尽管新诗的发育已经成熟，完全可以和西诗进行对话甚至对抗，但，一般读者，似乎还是被新诗呼啸而过的快车“拒载”

了，他们目送着这列不断更新的快车渐行渐远，而无可奈何。于是，他们选择了“敬新诗而远之”，寒来暑往，生老病死，可以安慰心灵、申发志意、形诸舞咏的，还是那些耳熟能详、朗朗上口的旧诗。

好在，旧诗的行李足够庞杂，旧诗的营养足够丰富，一时半会甚至一辈子也消化不了，享用不尽。旧诗的面孔也分外亲切，一沾上眼睫，一触上口唇，你便忍不住要一睹美艳，一亲芳泽。唐诗，宋词，元曲，似乎已经够了；形式，内容，韵律，似乎已经尽了，任你千呼万唤，咱们还是觉得“衣不如新，诗不如旧”。

于是乎，新诗人们和新诗读者们，成了可以互贴标签的一群人，他们躲在人群之后，互相鼓励，互相取暖。我见过一些这样的诗人，我也勉强可以算作一个新诗的读者，私下里，我常常向他们中的少数人，默默致敬。

但这不等于说，他们已经超过了他们的前辈，更不意味着，他们就有理由对着芸芸众生说一声“道不同”，然后大义凛然地别过头去，来个“华丽转身”。

可以确切告诉诗人们的是，真正的好诗，也许并不因诗人的名字而发光，揆诸诗歌的历史，无名氏的作品在民族诗歌的源头活水中，所占的分量其实很重。这些无名氏，是有幸站在诗歌滥觞处的人，他们载歌载舞地吟唱的那些“古诗”，本来就没有什么“镣铐”，也没有所谓的“钥匙”。他们心里，没有诗歌史，只有诗歌本身；没有诗人的桂冠，只有七情六欲。

如果“诗言志”是对的，那么，他们，这些“古诗”的作者们，才是真正的诗人。

“古诗”，确切地说，是在格律未定、声病不拘的时代草创而成的诗，或者干脆说，就是唐以前的诗，“旧诗”（近体诗）以前的诗。或是土风民谣，或是文人歌咏，古诗常常质朴得没有题目。“楚臣去境，汉妾辞宫”，“塞客衣单，孀闺泪尽”，悲欢离合，爱恨情仇，这是古诗永恒的主题。二言四言，五言七言，杂言变体，古诗作无定法，唱无定音，居无定所，而又能落地生根，春华秋实。古诗，从未想过要成为经典，却最终成了经典，“以其不自生，故能长生”，以至于格律诗一统天下之后，历代文人才子的诗集里，诸体未必齐备，而“古风”赫然犹存！古诗，因其高古，因其质直，因其自由，因其浪漫，不唯诗人爱她们，我们也爱她们！

新诗—旧诗—古诗，这是一条上行的线索。古体诗—近体诗—新体诗，这是一条下行的长河。那么，就让我们逆流而上——不管多么“道阻且长”——来到“古诗”的那些堤岸吧，看看时光如何像风一样，在人类的脸上刻下自己的形状，抹上自己的颜色，流出早已被风干的泪水。

溯源，不是为了截流，而是为了引水——下游正是枯水期。鉴古，不是为了泥古，而是为了察今——当下不缺古样板。你会发现，古诗和新诗，其实有着某种基因的相似性。而真正的诗性，诗意，诗境，从来没有古今之分。有的古诗，不分行，还是诗；有的新诗，分了行，也未必是诗。

“今人不见古时月，今月曾经照古人。”在历史之河上寻找那“在水一方”的“伊人”，谈何容易！但可以相信的是，诗人，歌者，读者——我们的心跳，其实常在同一个节拍上，我们的声音，其实常按着同一个旋律。古人，今人，后人——我们的视线，总会在那亘古不变的月光下，交会，激荡，相融，绽放出无言的花朵。

本书想完成的一个任务是：把那些寄居在民族诗歌沉船上的，也许锈迹斑斑，也许被遗忘多时，也许被严重误读的“古诗”，水淋淋地打捞出来，放在阳光下重新擦亮，然后置于读者诸君的眼前。这些古诗啊，每一首的背后，都有一个可以娓娓道来的故事，她们本来就是闪亮的，甚至璀璨辉煌的，她们只是沉潜得太深，像一朵朵冷艳的花，在普通读者的视野之外——“涧户寂无人，纷纷开且落”。她们已经等了千年，等待我们用崭新的视角打量，擦拭，洗涤，等待我们用更鲜活的语言疏解，阐释，激活。

说是“今读”，希望名实相副，说到做到。本书的选目足够苛刻，没有“今读”的可能或价值的，或者说，激不起个人言说冲动的，只好“割爱”。因为我的视角，也不过就是一个读者的视角，我的解读，与其说追求学理性，倒不如说追求知识性、趣味性、故事性和反思性。追本溯源之外，常常“借古人之酒杯，浇胸中之块垒”，一本正经之外，也不避以流行歌曲、经典电影、时尚话题、启蒙常识等穿针引线，借力打力。感性，知性，理性，智性——力求个性；新读，趣读，正读，反读——只为今读。所以，与其说这是一本古诗赏鉴的书，毋宁说，这是一本个性化的古诗阅读札记。

“谁谓河广？一苇杭之。”本书不敢自诩即是那“一苇”，因为“水之积也不厚,则其负大舟也无力”——未曾“厚积”,谈何“薄发”？不过,“覆杯水于坳堂之上，则芥为之舟”，本书就权做庄子所说的那粒微小的“芥”吧，倘能在诗歌之河里进行一次勉为其难的泅渡，把上游的活水，引到下游的洼地来，供有心者弱水三千，取一瓢饮，则心愿毕矣。

“知我者，谓我心忧，不知我者，谓我何求？”——《诗经·黍离》的这段名句，正好可以为这篇小序轻轻作结。

刘　强

2015 年 9 月 28 日于同济大学

古诗今读

卷上

一　自由吟唱的时代

（上古歌谣十二首）

弹弓是怎样炼成的

弹歌

断竹，
续竹，
飞土，
逐宍。

这是一首记忆力再差也能过目不忘的古歌。

砍断竹子，做成弓背；以弦续竹，做成弹弓；拉开弓弦，射出土制的弹丸；电光石火之间，命中正在奔跑的猎物（宍，即古“肉”字，这里指代禽兽）。很显然，诗歌所写的乃是一个制作工具——弹弓——并用于打猎的动态过程，八个字，四个动宾词组，基本押在同一个韵脚上，读来如飞流直下，一气呵成。

但这诗歌的发生，其实并不简单。

据《吴越春秋》记载：越王勾践欲谋伐吴，范蠡便举荐一位名叫陈音的射手。这个陈音，原是楚人，以善射闻名。越王就召见陈音，问他：“听说你善于射技，请问，射道由何而来？”

陈音很谦虚地说："臣乃楚之鄙人，只是略知射术而已，谈不上尽知其道。"

"不过，"越王说，"我还是希望你能略谈一二。"

陈音这才回答："臣听说机弩生于弧弓，弧弓生于弹弓，弹弓则起于古之孝子。"

越王纳闷了："怎么说孝子发明了弹弓呢？"

陈音就讲了个类似"很久很久以前"的故事,故事说:远古的时候，人民朴质生猛，饿了就食鸟兽，渴了就饮雾露，死了呢，便用白色的茅草裹了，扔到荒郊野外了事。有一孝子不忍见父母的尸体被飞禽走兽所食，就自己做了把弹弓猫在不远处守望，一旦鸟兽靠近，便飞弹射之。所以有首歌专记此事云:"断竹,续竹,飞土,逐害。"这里的"害"，与"宍"、"肉"字虽有异，而实指一物，就是那些赶来享用尸体的飞禽走兽。

这就是《弹歌》的出处了。你看，这和我们初读之下"望文生义"的理解迥然不同：陈音竟把弹弓的创制和人类孝道之萌生联系在一起，从而使这首歌平添几分文化人类学的意味来。

我们不禁要问：难道孝子除了拿着弹弓做"守望者"，便再无其他保全父母尸体的办法么？当然不是。《孟子·滕文公上》便给出了答案。孟子说：上古时候，曾有个不安葬父母的人，父母死了，他就把尸体抬走，抛在山沟里了事。某日他路过那里，看见狐狸在啃噬他父母的尸体，苍蝇、蚊虫也在那里叮吮，额头上便不禁冒出汗来，斜着眼不敢正视。孟子说，那汗，不是流给人看的，而是内心的悔恨表露在脸上啊。故事的末尾，这位初萌孝心的儿子就回家拿来筐和锹，把父母的尸体掩埋了。

不用说，比起拿着弹弓严阵以待，掩埋应该是更好的办法，起码节约了人力物力。陈音所讲的故事，很可能做了伦理学的附会，但故事的内核却自有其价值，它附带告诉我们：有时候，对于亲人的本能情感，竟然也会促进"生产力"的发展，使生产工具得到改善，使人类从野蛮向文明迈进。弹弓的发明如此，传统文化中整个一套丧葬礼俗文化的产生和发展，亦可作如是观。

接下来，陈音又向越王讲述了弓弩的发展演变史，上自神农、下及自己的祖先，原原本本，曲折娓细，把个越王听得津津有味。最后，越王“乃使陈音教士习射于北郊之外，三月，军士皆能用弓弩之巧”。后来陈音死了，越王很伤心，将其葬于国西，号其葬所曰“陈音山”。以人名山，可谓哀荣了得！

还有一点值得一提，这首《弹歌》大概是中国古代最短的一首诗。全篇只有八个字，可作四言读，亦可作两言读。故刘勰称其为“二言之始”。可惜的是，二言诗这么大张旗鼓地开了头，却又十分仓促地收了尾——《弹歌》之后，我们再没见过正儿八经的二言诗。

说到短，当代著名诗人北岛有一首题为《生活》的超短诗，正文“经济”到了极点，只有一个汉字——“网”。北岛是智性诗人，这诗把汉字的可能性推至极致，真是“一言以蔽之”的绝佳范本！然而，对于网络时代的人们来说，这首一字诗的丰富蕴含恐怕要大打折扣，隐喻性和双关性几乎消失殆尽，因为——很多人不就是“生活”在那既虚幻又实在的“互联网”上么？

所以，还是这首《弹歌》更耐寻味。它用八个子弹一样的汉字，讲了一个古老的故事，而且合辙押韵，朗朗上口。难怪清人张玉穀要说：“八字直分四句，而弹之制与弹之用，无不曲尽。刘勰以为至质，愚以为更饶古趣。”诚哉是言也！

先王之道，圣人心曲

南风歌

南风之熏兮，
可以解吾民之愠兮。
南风之时兮，
可以阜吾民之财兮。

这是一首初读平淡、细味感人至深的帝王诗。诗歌只有四句，传达出的却是先王之道，圣人心曲。

据《孔子家语·辩乐解》记载：“昔者舜弹五弦之琴，造《南风》之诗，其诗曰：‘南风之熏兮，可以解吾民之愠兮！南风之时兮，可以阜吾民之财兮！’”诗歌的大意是：我愿南风来得和煦温暖啊，可以吹散郁结在我百姓心头的怨怒和忧愁！我愿南风来得正当其时啊，（风调雨顺）才能使我的百姓丰衣足食，财产殷富！在五弦琴的悠扬旋律中，舜帝的仁民爱物之情，溢于言表，呼之欲出。“熏风解愠”、“阜财解愠”之典，盖源于此。

在《史记·乐书》中，司马迁以饱含感情的笔墨写道：“凡音由于人心，天之与人有以相通，如景之象形，响之应声。故为善者天报之以福，为恶者天与之以殃，其自然者也。”紧接着他又说：“故舜弹五弦之琴，歌《南风》之诗而天下治；纣为《朝歌》北鄙之音，身死国亡。舜之道何弘也？纣之道何隘也？夫《南风》之诗者，生长之音也，舜乐好之，乐与天地同意，得万国之欢心，故天下治也。夫《朝歌》者不时也，北者败也，鄙者陋也，纣乐好之，与万国殊心，诸侯不附，百姓不亲，天下畔之，故身死国亡。”

如果说，孔子所说的“为君难，为臣不易”（《论语·子路》）一语，确能达到“一言兴邦”效果的话，那么，这首《南风歌》则可谓是“一曲兴邦”的最佳例证了。

以民为本是我国古代政治思想的重要内容，诸如“民惟邦本，本固邦宁”（《尚书·五子之歌》），“天视自我民视，天听自我民听”（《尚书·泰誓》），“人无于水监，当于民监”（《尚书·周书·酒诰》），“民为贵，社稷次之，君为轻”（《孟子·尽心下》），“君者舟也，庶人者水也，水则载舟，水则覆舟”（《荀子·王制》），等等，都是古代治国之箴言。古人常常把地方官称作“父母官”，大概也与人民常把有道的帝王视作“父母日月”有关吧。不过，像尧舜禹这样的先王，的确堪称此誉；而历代那些靠“鱼肉百姓”、“率兽食人”发迹变泰的酷吏贪官们，竟也动辄以“人民父母”自居，就实在是寡廉鲜耻、面目可憎了！

不知怎么，我从这首《南风歌》里，还听到了舜帝的不安和自责，也只有他那样的仁君，才会把“吾民之愠”和“吾民之财”当回事儿，并且把这个账，都算在了自己头上。“南风”在这里，成了某种能够解脱他的精神重负的神秘力量。

所以，与其说这首歌是写实，不如说，它是一种忧心忡忡的期待和祷告。后世一些有自知之明的帝王，每逢国家遇到天灾人祸，总要下一道言辞恳切的“罪己诏”以引咎自责，怕也是受到宅心仁厚的舜帝的影响吧。

晚唐大诗人李商隐有首题为《咏史》的七律云：

历览前贤国与家，成由勤俭败由奢。
何须琥珀方为枕，岂得真珠始是车。
运去不逢青海马，力穷难拔蜀山蛇。
几人曾预南熏曲，终古苍梧哭翠华。

《南熏曲》盖指《南风歌》，苍梧即舜帝（“翠华”可为御车或帝王的代称）所葬之所，义山此诗，足证此歌与“河图洛书”一样，已经成了开明政治的隐喻性符号，潜移默化，深入人心。

1962年1月，在中共“七千人大会”上，国家主席刘少奇在听取各省代表对“大跃进”造成的严重灾难的意见后，语重心长地说：“三年饥荒是三分天灾，七分人祸，血的教训。和平时期死了这么多人，我们共产党领导人应当下罪己诏。可以考虑在每个县委、地委、省委直至中南海的门口立石碑，刻下我们的教训，让子子孙孙来记取！”这样痛彻肺腑的话，让我们听到了久违的“南风之音”。

2008年5月12日，四川汶川发生了震惊世界的8级地震，国难当头之时，时任国务院总理的温家宝在抗震前线喊出了一句话：“是人民养活了你们，你们看着办吧！”无独有偶。5月27日上午，中国国民党主席吴伯雄在率领国民党大陆访问团完成拜谒中山陵仪式后，挥毫题词：“天下为公，人民最大。”我想，这并不纯然是一种巧合，而是“以人为本”的民族传统和“与时俱进”的时代精神合奏出的最强音吧。

击壤的神话

击壤歌

日出而作，
日入而息，
凿井而饮，
耕田而食，
帝力于我何有哉！

这首流传于夏商时期的民歌有一个很有味道的名字——击壤歌。传说帝尧之世，天下太和，百姓无事。有位五十岁的老人击壤于道。路过的人看到了，叹道："大哉，帝之德也！"——了不起啊，帝王的功德！没想到老人却不买账。他一边击壤，一边唱起了这首歌。

故事很可能是好事者的附会。但这样一首歌，在当时想必流传很广。击壤，据《风土记》和《艺经》等文献记载，乃是一种古老的游戏。壤，是一种长不过尺、形状如屐的木头玩具，一个插在三四十步开外的地方，另一个拿在手里奋力投掷，击中者为上，原理与今天老人们玩的门球或高尔夫球相似。当然，这样一考证，就有些煞风景。根据诗的内容，就是把击壤当作垦荒种地"修地球"，也不影响对诗意的解读。"击壤”的动态形象，无论是游戏还是干活，都给人一种不由分说的从容和自信。你想，天地之间，荒野之上，一个农家老人在那里自得其乐地“击壤”，那该是一幅多么自然、动人的图画！

但诗的激动人心的力量却来自后一句，没有这一句，诗的穿透力就要大打折扣。正是这句“帝力于我何有哉”，让前面的十六个汉字在号子般平稳的节奏中，获得了冲决堤坝的气势和速度。老人说得好：我靠天吃饭，自食其力，天王老子于我又有何干呢？击壤老人总让我想起古希腊的哲人阿基米德。阿基米德说：给我一小块安放杠杆的支点，我就可以撬动整个地球。阿基米德这样说的时候，似乎把自己当成了上帝。击壤老人不是哲学家。但他的歌声传达的那种“天子不得臣，诸侯不得友”的气度，的确让利令智昏的现代人自叹不如。

据说老人唱完后，“景星耀于天，甘露降于地”。这和传说中的苍颉造完字后，“天雨粟，鬼夜哭”的现象如出一辙。唐代张彦远这样解释说，“造化不能藏其密，故天雨粟；灵怪不能遁其行，故鬼夜哭”(《历代名画记》)。击壤老人的歌大概道出了某种世道运行的“潜规则”，所以才会发生那样的祥瑞之兆吧。可见，蛮荒时代也许不乏有智慧的凡人，正如文明时代多的是没有灵魂的成功人士。比起后世百变千伎而“做”出来的诗歌，上古的歌谣真像是扯着嗓子喊出来的，浑厚朴拙，肺活量奇大，就像这一首，至今读来仍觉惊心动魄。

每年回河南老家，都要穿过北中国广袤无垠的黄土地，坐在摇摇晃晃的火车上，看到那些土里刨食、靠天吃饭的乡民们，看到他们低矮的房舍，幽暗的门洞，黧黑的面庞，自卑而又无助的眼神，便分明感到他们的日子也像这火车一样在剧烈摇晃，每当这时，我总会想起这首遥远的古歌。

遗憾的是，和那个神秘主义色彩颇浓的结尾一样，《击壤歌》的本事现在听来已经恍若神话了。别的不说，在如今的农民脸上，恐怕就很难看到击壤老人的那份从容、笃定和自信，那种命运尽在掌握之中的主人翁气度就更是稀缺仅有。我们看到的是，田园荒芜了，牧歌喑哑了,大量农民为生计所迫涌进城市。那些因为生在农村就要做“二等公民”，每逢减租免税还要感谢政府，来到城里饱受歧视和冷眼的农民们，是唱不出这样沉着痛快的《击壤歌》的。

神话之为神话，除了表达理想，泄导人情，剩下的，不过是让我们这些凡夫俗子发一声无人听到的叹息罢了。

“贪”与“廉”的困境

忼慨歌

贪吏而不可为而可为，
廉吏而可为而不可为。
贪吏而不可为者，当时有污名；
而可为者，子孙以家成。
廉吏而可为者，当时有清名；
而不可为者，子孙困穷被褐而负薪。
贪吏常苦富，廉吏常苦贫。
独不见楚相孙叔敖，
廉洁不受钱！

上古的歌谣背后，常常有一个或真实、或离奇的故事。这首流传于楚国的《忼慨歌》就与一个著名的历史故事有关。

故事说，楚国的贤相孙叔敖快要病死时，嘱咐他儿子：“如果你将来贫困不堪，可以去见我的老朋友优孟，他还欠我一千块钱呢。”几年后，他儿子果然贫穷无计，唯以打柴为生。他找到优孟，向他求助。优孟本是楚国的乐长，很有表演才能。作为救助计划的一部分，他便穿戴上孙叔敖的衣冠，化装成孙的模样，并模仿他举手投足和音容笑貌，搞起“模仿秀”，一年多后，已经和孙叔敖没什么两样了。一次，楚庄王大宴群臣，乔装易容的优孟上前敬酒祝寿。庄王大惊失色，以为孙叔敖死而复生，欲拜其为相。优孟却说：“楚相不足为也。以前孙叔敖为楚相，尽忠为廉，很得大王器重。现在他死了，其子却贫困交加，每日打柴负薪度日。真要像孙叔敖那样，还不如自杀算了！”接着，他便慷慨激昂地唱了这首歌。

歌词是很有讽刺意味的，讥刺的是当时官吏的腐败，社会的不公。诗歌一开篇就有些拗口，“贪吏而不可为而可为，廉吏而可为而不可为”，像是绕口令。前两句的句式相同，关键词也相同，只是“不可为”与“可为”的前后位置做了调整。贪吏和廉吏本是一对外在的矛盾，矛盾的双方又包含着两个内在选择的矛盾。悖论的是，前一种选择无疑是应该的，正确的，可紧接着却被后一种选择所否定。

诗歌一开始就面临一个道义的险境（陷阱），诗人后面的任务，就是给出一个合理或者至少属实的解释，将自己从这种悖论中解脱出来。讽刺诗常常采用这种类似于“反证法”的手段，来达到刺世疾邪的目的。

那么，到底是做贪官好还是做清官好呢？看来这个问题在古代就十分严峻。“贪吏而不可为者，当时有污名；而可为者，子孙以家成。廉吏而可为者，当时有清名；而不可为者，子孙困穷被褐而负薪。”贪官的苦恼在于，一旦通过不法手段“先富起来”，就要承担“为富不仁”的“污名”，但他的好处是能够“可持续发展”，中饱私囊之后，可以为下一代甚至好几代人的“小康生活”打下基础。相比之下，清官虽然可以“赢得生前身后名”，可他的苦恼——也许并不像我们想象的那么苦恼，他毕竟正享受着好名声——却是因为自己的廉洁而使子孙无法摆脱穷困的阴影。“贪吏常苦富，廉吏常苦贫。”“名”和“利”之间，“当时”和“子孙”之间，你到底选择哪一种呢？人总是有私心的。在以家族血缘为纽带的宗法制度下，真能做到大公无私、不愿意“利及子孙”的又有几人呢？这恐怕也是自古以来清官特别受到推崇的原因。——物以稀为贵啊！

但诗如果写到这里就打住，或者说，诱使读者产生“贪比廉好”的理解那就糟了。最后一句，“独不见楚相孙叔敖，廉洁不受钱！”正表明作者抛弃了世俗的功利观，站在了是非颠倒的现实的对立面。诗歌因此重新确认了正统的伦理秩序和价值判断的正当性。联系到诗歌的语境——它的读者或听众当时只是楚庄王一个，你会发现，诗歌的内容和主旨根本不可能产生误读和歧义——让楚庄王承认贪比廉好是可能的吗？君不见，从来的统治者宣扬的都是正面的价值观，尽管他们的实际行为很可能恰恰相反。

故事的结尾，楚庄王良心发现，遂将孙叔敖的儿子召到王宫，加官晋爵，还送了一个叫寝丘的地方给他作封地。千年之后，我们是该庆幸孙叔敖的善有善报呢，还是赞美楚庄王的慷慨仁慈呢？

国家版图上的失踪者

采薇歌

登彼西山兮，采其薇矣。
以暴易暴兮，不知其非矣。
神农、虞、夏忽焉没兮，
我适安归矣。
吁嗟徂兮，命之衰矣！

要解读这首名气极大的《采薇歌》，最好的参考读物还是司马迁的《史记·伯夷列传》。

伯夷、叔齐，相传是商朝小诸侯国国君孤竹君的两个儿子。孤竹君生前欲立第三子叔齐为继承人，可他死后，叔齐却要让位给长兄伯夷。伯夷不干，遂逃走。叔齐也没把君位放在眼里，照样来个一走了之。国人只好拥立孤竹君的第二个儿子为君。故事一开始就让我们现代人大跌眼镜。不过更离奇的还在后头。

兄弟两个听说西伯昌——也就是周文王——那里政通人和，老有所养，就前去投奔。不想刚到那里，西伯就死了，他的儿子武王正要兴兵讨伐商纣王。哥俩儿不顾性命，拍打着武王的战马劝阻说：“父亲死了不埋葬，却要大动干戈，这能叫孝吗？作为人臣却要杀害君主，这能叫忠吗？”武王身边的卫兵拔刀要杀掉他们，幸有太公吕尚出来打圆场，这才免于一劫。可等到武王灭了商纣，天下都归顺了周朝，所谓“普天之下，莫非王土；率土之滨，莫非王臣”之时，伯夷、叔齐却义不受辱，遂隐居在首阳山（在今甘肃渭源县东南）上，靠采摘野菜充饥，坚决“不食周粟”。快要饿死时，才作了这首《采薇歌》，大意是：“我登上高高的西山啊，采摘那里的薇菜。以暴臣换暴君啊，却不知那是谬误！神农、虞、夏的太平盛世啊，现已荡然无存。（环顾天下）哪里才是我的归宿？我唯有离开这世界啊，岂料命运竟然如此不济！”

兄弟两个就这样饿死在首阳山上。孔子说：“伯夷、叔齐，不念旧恶，怨是用希。”（《论语・公冶长》）说他们不记以往的仇恨，因而怨恨也就少了，原因是“求仁而得仁，又何怨乎？”尽管孔子对两兄弟的评价很“正面”，但愣要说二人“不念旧恶”，则似乎有些想当然。司马迁就不同意孔子的观点，在记述了伯夷、叔齐的故事后，太史公发了很长一段议论，感叹天道与人事常相违背，好人常有恶报，坏人往往善终，末了，他说：“余甚惑焉，倘所谓天道，是邪？非邪？”大胆地怀疑天道赏善罚恶的报应论，这正是司马迁的过人之处，而将《伯夷列传》排在“列传第一”，更是《史记》作为“孤愤之书”的最好证明。

伯夷、叔齐可以说是一对周王朝“国家版图上的失踪者”，在平面的版图——“王土”——上他们无法得遂心愿，洗刷耻辱，便想到向远离“王土”和“周粟”的高地（首阳山）去隐居。山，在这里成了一个象征，因为那里最接近天堂。这很像是西方宗教寓言中的巴别塔（又叫通天塔），绝望的人往高处的攀登其实不仅是对人间的逃离，和对平地生活的一种蔑视，它同时还是一种自主选择的死亡方式。现代电影里，很多人不是不顾一切地逃上山崖，然后选择向那一片苍茫的虚空纵身一跃吗？

1949 年 8 月 18 日，毛泽东在《别了，司徒雷登》一文中说：

> 唐朝的韩愈写过《伯夷颂》，颂的是一个对自己国家的人民不负责任、开小差逃跑、又反对武王领导的当时的人民解放战争、颇有些“民主个人主义”思想的伯夷，那是颂错了。我们应当写闻一多颂，写朱自清颂，他们表现了我们民族的英雄气概。

这是自古以来对伯夷叔齐最为严厉的批评了。不过,说这两位“不食周粟”的兄弟有什么“民主个人主义”思想,则不免有些“欲加之罪,何患无辞”。

用现在的眼光看，伯夷、叔齐舍生取义的故事未免透着些“饿死事小,失节事大”的迂腐气,他们反对武王伐纣,也难逃“螳臂当车”、“逆历史潮流而动”之讥，不过，为了内心的信仰而敢于殒身不恤，这样的精神仍然是令人动容的。什么时候，个体意志面对强权的威慑，可以不需要付出生命的代价就能彰显其价值和意义呢?

从某种角度上说，伯夷和叔齐倒是实现了个人选择的自由，在灵魂层面，他们或许并不比多数人更不幸。

旧长征路上的摇滚

楚狂接舆歌

凤兮凤兮，何如德之衰也。
来世不可待，往世不可追也。
天下有道，圣人成焉。
天下无道，圣人生焉。
方今之时，仅免刑焉。
福轻乎羽，莫之知载。
祸重乎地，莫之知避。
已乎已乎，临人以德。
殆乎殆乎，画地而趋。
迷阳迷阳，无伤吾行。
吾行郤曲，无伤吾足。

人活在世上，要不要遵守一个规范，接受某种制约？想要做一番事业的仁人志士总是回答：要。这些积极奋进的人如果唱歌，大概就是所谓“主旋律”吧。而有些人却偏偏对此一问题摇头说“不”。他们一听到“正声雅乐”就头疼，一见到道德楷模就退避，如果有可能，他们倒是喜欢唱一唱“在雪地上撒点野”的“摇滚”。

每个时代都有一些这样的人。这些随时准备把自我放逐的人，也许并不奢望什么“不朽”，却常常无心插柳地在青史上留了名。楚国的狂人接舆就是一个。这首《接舆歌》正是他那个时代的“摇滚”。

接舆，相传是楚人陆通的字。楚昭王听说其贤而聘之，他却逃到峨眉山做了隐士。刘向的《列仙传》说他后来寿数百岁，修道成仙，后人尊其为“峨山之神”，至今香火不断。在关于接舆早年的记载中，无一不突出其“狂”。屈原的《涉江》云：“接舆髡首兮，桑扈裸行。”将剃了光头的接舆和另一个喜欢“裸奔”的狂人桑扈相提并论，言辞之间似乎引以为同调。而《论语·微子》则记载：

> 楚狂接舆歌而过孔子曰：“凤兮，凤兮！何德之衰？往者不可谏，来者犹可追。已而，已而！今之从政者殆而！”孔子下，欲与之言。趋而辟之，不得与之言。

这也许是《接舆歌》的最早版本了。我选用的版本则出自《庄子·人间世》。比照一下就可发现，《庄子》对这首歌改动不小，《论语》所载“往者不可谏，来者犹可追”，原本是像最近热播的韩剧《加油！金顺》一样很“励志”的，而改成“来世不可待，往世不可追”，就有些四大皆空、看破红尘。全诗的调子就此与“主旋律”大异其趣。“凤”大概是暗喻孔子，“德衰”二字总提全篇，可以理解为对当时世道的概括，甚至还暗含了对孔子本身德行的怀疑。只有这样理解，“来世不可待”二句才有了着落：未来的世界不可期待，过去的时日无法追回，那么现实呢？

现实是：天下若有道，圣人自可成就其事业；天下若无道，圣人还可苟全性命；而当今之世，圣人不过仅仅能够免于刑罚而已。这不分明是说，眼下这世道真比“天下无道”还要可怕几分么？怎么可怕呢？他的描述是——幸福比羽毛还轻，我不知道怎么才能得到它；祸患比大地还重，躲都躲不掉！这近乎绝望的哀叹，将诗人对现实的愤懑和不平都倾泄而出。

诗的末尾，完全是庄子的笔法：算了吧，不要再在人前宣扬你的德行！危险啊，不要人为地划出一条道路让人们去遵循！遍地的迷阳（荆棘）啊，不要妨碍我行走！曲曲弯弯的道路啊，不要伤害我双足！这是绝圣弃智的另一种说法，有些像当代某位作家的“躲避崇高”，但人家接舆是真的躲避，不像时下有些人一面故作不屑，一面又秋波暗送，欲拒还迎。

这首《楚狂接舆歌》的作者，可以说是最早的“摇滚青年”。和这位前辈比起来，那些大唱“新长征路上的摇滚”的哥们儿，最终成了一些个又圆又滑的“红旗下的蛋”，他们所有的“撒野”和“宣言”不过是一些排泄力比多的“行为艺术”,而和真正的自由追求相去甚远。

“灰姑娘”，还是“灰小伙”？

越人歌

今夕何夕兮，搴洲中流。
今日何日兮，得与王子同舟。
蒙羞被好兮，不訾诟耻。
心几烦而不绝兮，得知王子。
山有木兮木有枝。
心说君兮君不知。

初读这首歌，你可以把自己想象成“灰姑娘”，因为它很像是一首中国古代的灰姑娘唱给“白马王子”的恋歌。但若把此歌和与之相关的记载联系起来，情况就变得复杂了。

据刘向的《说苑·善说》篇记载：楚国的襄成君刚受封爵位的那一天，身着华丽的衣服，佩带玉剑，脚穿绢履，十分华贵地立于河岸之上，人大们捧着敲击编钟的钟锤簇拥在周围，县令则手拿鼓槌高声喊道：“谁能载君侯过河？”碰巧楚国大夫庄辛经过这里，看到襄成君形象俊美，很是喜欢，就上前见礼，然后起立说：“臣想握一下君侯的手，不知可否？”襄成君对他这个有些无礼的要求很生气，“忿然作色而不言”。这个庄辛，就后退了几步，去河水中洗了洗手，回来给襄成君讲了一个故事。

这个故事中的故事说：有一次，楚国的王子鄂君子皙乘坐一艘刻有青鸟图案的华丽游船，徜徉于碧波之上，当时船上张开华丽的翠盖，奏着钟鼓丝竹之乐，好不热闹。乐声稍歇，一位掌管船楫的越国人咿咿呀呀地拥桨而歌，因为是用越地方言所唱，难免佶屈聱牙，鄂君子皙听不明白，于是让懂越语的人翻译成楚语，便是我们看到的这首《越人歌》。后来的学者都说，这几乎是有文献记载的中国第一首"译诗"了。越人唱完，鄂君子皙很是感动，于是甩开长长的衣袖，走上前去，拥抱了那位越人，并把绣花锦被盖到了那人身上……

讲完鄂君子皙的故事，庄辛对襄成君说："鄂君子皙，是楚王母的亲弟弟，官为令尹（相当于宰相），爵为执圭，地位不可谓不尊贵，但一个掌舵的舟子尚且可以和他交欢尽意。现在君侯您尊贵的程度并未超过鄂君子皙，臣下也并不比掌舵的舟子更低贱，我想要和您握一下手，为什么就不可以呢？"襄成君听他这么一说，也就走上前去和他握了手，并且说："我年轻的时候，长辈们的确也夸我长得标致，但从未受过今天这样的羞辱。不过从今以后，我愿以壮少之礼听从您的吩咐。"

关于这首《越人歌》，我曾写过一篇"今读"，题为《我们自己的灰姑娘》，想当然地把这个越人当作一位女子。因为对诗歌文句的解读尚且可参，不妨照录于此：

> 这位越国的女子想必很可爱吧，她那歌声也一定很是曼妙悦耳，一如那婉转流荡的歌词。她开头就感叹：今天是什么日子啊？我莫不是在做梦吧？让歌者惊喜莫名的，当然不是"搴洲中流"，而是"得与王子同舟"。张玉榖评此诗说："贱妾贵人，有缘适遇，写来已旖旎动人。"一个地位极其低下的人见到地位极高贵的人，大概很容易产生这种"不知今夕何夕"的幸福感吧。这幸福感与其说来自

善良多情，还不如说来自卑微弱势。单凭这一点，我们便可给一切“粉丝”对“明星”的爱慕打一个大大的问号。

作为一个运气奇好的“粉丝”，诗中这位灰姑娘比我们的推测走得更远。《诗经·有女同车》里的那个小伙儿还只是浮想联翩，《越人歌》里的这位灰姑娘却大胆地抛出了橄榄枝：“蒙羞被好兮，不訾诟耻。”——只要能够和你好，就是蒙受羞辱我也不在乎！自媒之意已昭然若揭。如果说一见钟情，这便是了。可见爱情这东西原也有极势利的一面，有时真会因了社会地位的悬殊，摩擦出更为耀眼的火花来，愚夫愚妇的柴米油盐不仅当事人觉得无趣，旁观者也会觉得缺少“看点”。同理，如果电影《罗马假日》里格里高利·派克遇上的奥黛丽·赫本不是高贵的公主而是邻家女孩，恐怕也赚不了观众那么多眼泪吧。

灰姑娘一定也觉得这么直露地“自媒”会让人说三道四，甚至更重要的是，会被眼前这位高贵的王子轻视吧，紧接着她话锋一转：“心几烦而不绝兮，得知王子。”——我没完没了地心烦意乱，（不是因为其他原因，）是因为我对王子您相知甚深的缘故啊！灰姑娘似乎是说，我可不是一时冲动啊，更不是贪图您的地位财产，因为我已“暗恋”你多年！作为旁观者，我们不得不承认，这女子真是冰雪聪明，这峰回路转的一席话，既掩盖了自己的羞惭，也为王子降尊纡贵垂青于己消除了顾虑。

最后两句巧用比兴之法，遂将心里所想和盘托出：山上有树树上有枝——这是人所共知之事，可是，我心里那么喜欢你你却一直蒙在鼓里呀！这是和《楚辞》里“思君子兮未敢言”，以及当今流行歌曲“爱你在心口难开”同样的内心独白，然而运思遣语别开生面，境界全出，端的是让人低回的绝妙好辞。一般说来，一首诗如果能留传后世，总要有一两个句子能够“逸出”本诗之外，让不拘哪个时代的人看了都能“才下眉头，却上心头”——这末尾两句赫然就是。

……

现在看来，这个“越人”到底是“灰姑娘”，还是“灰小伙”？还真是一个问题。当我们把目光投向那个“故事之外的故事”，就会发现，刘向《说苑》中的记载，似乎是带有同性恋意味的。庄辛讲述这个故事，显然也有为自己的举动张目的意思。最后，他和拥楫而歌的舟子一样，也得到了君王的垂青。其实，舟子是男是女并不重要，重要的是,处于弱势的“粉丝”,竟然“征服”了高高在上的“偶像”！

2006 年 9 月，冯小刚导演的古装武侠片《夜宴》上映，周迅饰演的青女期期艾艾地唱起了这首《越人歌》。一夜之间，这首古老的楚歌大红大紫，成为网络上点击率颇高的时尚金曲。没有人注意到，周迅唱错了两个字，把“搴”（qiān）唱成了“蹇”（jiǎn），把“訾”（zǐ）唱成了“誓”（shì）。这当然不能怪周迅。只要想想当时各大媒体为《夜宴》宣传时，竟赫然宣布“以《诗经》填词的《越人歌》是贯穿影片始终的灵魂音乐”，就知道周迅的错有着多么深厚的群众基础了。

随着时间的推移，人们已经淡忘了这首《越人歌》背后的故事，而只记住了那优美婉转的歌词。当读者把目光聚焦在这首歌本身的时候，根据常态的爱情理解，自然也就对舟子的性别做了“常规处理”。让暗恋太子无鸾的青女唱这首《越人歌》，折射的正是这样的一种接受心理。我最初把舟子当作“灰姑娘”,犯的不也是自以为是的毛病么？不过，夫子说过，“过则勿惮改”，尽管那篇小文并未正式发表，我还是不想文过饰非，就借此机会做一个让自己心安理得的更正吧。

落魄男人的卡拉 OK

河上歌

同病相怜，同忧相救。
惊翔之鸟，相随而集。
濑下之水，因复俱流。
胡马望北风而立，越燕向日而熙。
谁不爱其所近，悲其所思者乎！

如果说《越人歌》是写爱情的——且不管是同性还是异性——那么，这首《河上歌》则是写男人之间的惺惺相惜，同气相求。

据《吴越春秋》记载，楚国的伯嚭投奔到吴国，吴王阖闾拜其为大夫，国家大事皆与咨询。吴大夫被离不服气，就问伍子胥："为什么你们一见之下就那么相信伯嚭呢？"伍子胥说："因为我的怨恨和伯嚭相同啊。你没听说过《河上歌》吗？"于是就把这首歌唱给他听。

伍子胥原本也是楚人，因其父兄皆被楚平王杀害，遂仓皇逃到吴国，并发誓要为父兄报仇。伍子胥与伯嚭遭遇相同，可谓同仇敌忾。而这首显然在当时广为流传的楚歌，几乎像是为二人"量身定做"一般。伍子胥后来果然率领吴军攻破楚国都城郢。当时楚平王已死，伍子胥仍不肯罢休，他挖出楚平王的尸体，狠狠地鞭打了三百下，总算解了心头之恨。

在这个意义上阅读这首诗，你会觉得开篇就不同凡响。前二句可谓全诗总纲，提挈得十分有力，“同病相怜”因言浅旨深而凝为成语。接下来，分别以鸟、水、马、燕设喻以证。这四句又可分为两个层次：先写惊鸟随集、濑水俱流两个现象，一属动物本能，一是客观使然，诗意展开而尚未充分。而后写“胡马望北风而立，越燕向日而熙”，则是主体有意识的行为了，意思更进一层。前一层对应“同病”，后一层紧扣“同忧”，分别是前二句的延伸。同时，这四句又直接引出结尾两句，结构上抱上起下，句法上顾盼生姿。“胡马”、“越燕”的比喻最为动人，让人想起“鸟飞返故乡兮，狐死必首丘”（屈原《哀郢》）的去国之悲，黍离之痛。《古诗十九首·行行重行行》里的名句“胡马依北风，越鸟巢南枝”，便是直接由此化出。

最后两句巧妙收束，既遥承“病怜忧救”之意，又突出“爱近悲思”之旨，余音袅袅，令人意往神驰。“爱其所近”一句最堪玩味。所近者让人想起“物以类聚，人以群分”的俗话，这是正相关的联想。负相关的联想则是“同性相斥，异性相吸”，是“同行是冤家”，是“文人相轻，自古而然”，诸如此类。

我曾写过一则魔鬼词典的词条解释“情敌”，以为情敌是最应该成为朋友的人，因为他（她）们“臭味相投”。然而事实上，情敌往往是“仇人见面，分外眼红”，同行也常常恨得死去活来。想想这又是何苦？换个角度想想：如果文人只是“相轻”而不“相重”，难道还有别的什么人来重视你么？有的人诋毁起同行来，图穷匕见，喋血三尺，快意恩仇之后，不过“赢得青楼薄幸名”，时过境迁，真的以为会有人把你当根葱么？——看客对杀手的鼓吹绝非发自真心，很多时候，不过是把你当作食人生番之类的东西“消费”一把而已。

现在再来看这首《河上歌》，就觉得里面传达的东西弥足珍贵。这是一首很男性的歌。歌中充满了男人的生命感喟，那是“原生态唱法”，古铜色的嘶哑中有一种夺人的嘹亮。无论古今，中国的男人如果真的肝胆相照起来，那真是足以惊天地、泣鬼神！女人在男人眼里常常是个猜不透的谜，殊不知在女人眼里，男人的世界更是一个神秘的磁场，眼睁睁地看着却又终生无法靠近。

这是一首落魄男人的卡拉 OK。包厢里一片昏暗，心灵的伤口在滴血，一首沧桑的歌幽幽低回，恍然惊起，四顾无人！

谁是你身体的债权人？

黄鹄歌

悲夫黄鹄之早寡兮，七年不双。
宛颈独宿兮，不与众同。
夜半悲鸣兮，想其故雄。
天命早寡兮，独宿何伤？
寡妇念此兮，泣下数行。
呜呼哀哉兮，死者不可忘。
飞鸟尚然兮，况于贞良？
虽有贤雄兮，终不重行！

这首歌相传是一个叫陶婴的鲁国寡妇所作。陶婴早寡，含辛茹苦抚养幼子，婆家兄弟都很穷，指望不上，唯以纺织为生。俗话说：寡妇门前是非多。这么好的女子自然不乏追求者。有人果然就来提亲。陶婴不从，遂作此歌以明志。

诗歌按内容可分为两层。第一层写黄鹄对死去的伴侣忠贞不渝，所谓“七年不双”；这恐怕也是作者的自况，她的丈夫很可能已经去世七年了。第二层由鸟及人，写“贞良”的寡妇不忘死去的丈夫，表明要像黄鹄一样从一而终，绝不背叛自己的爱情——“虽有贤雄兮，终不重行！”

读这首歌，一方面让人为陶婴的操守赞叹，一方面也难免为之惋惜。从诗歌的文本来看，这女子的内心其实也是充满矛盾的。全诗没有提到丈夫如何优秀，和自己感情多么深挚，以至于自己甘愿为他守身如玉，而是从黄鹄说起，说到“天命早寡兮，独宿何伤”——把“天命”拉出来说事让我们嗅到了某种不祥的气味，而“死者不可忘”一句，则仿佛是对自己的某种道义上的告诫和勉励。这一切，恰恰说明了主人公的无法自遣。正因如此，反倒让我们怀疑她的坚守不是为了“情”，而是为了“义”，甚至，仅仅为了“名”亦未可知。何况她又说，“飞鸟尚然兮，况于贞良？”——连黄鹄这种鸟都能做到的事，“贞良”如我凭什么做不到？这就更加透露了女主人公内心的艰难挣扎。

读者不禁要问：这女子难道真的愿意“守节”吗？

这歌写的虽是个人情感的悲欢，却有着深刻的社会意义。我们在感动于这个女子忠贞无贰的同时，也不难看到，她的不愿再嫁，奉行的不过是封建时代最受欢迎的贞节观念。“皇帝要臣子尽忠，男人便愈要女人守节”，鲁迅以为这是一种变态畸形的道德观（《我之节烈观》）。所谓“未嫁从父，既嫁从夫，夫死从子”，即便无子可从，也要为死鬼男人守身如玉。男人无形中成了女人身体的永久“债权人”，女人对自己的身体既无“产权”，也无“使用权”，偶尔“用”一下，便是“失身”，会被千夫所指，万妇所唾。

匪夷所思的是，深受其害的女性有时反而比男人更自觉地身体力行，“软刀子杀人”的《女诫》出自女性之手就是证明。一个女子正是这样被“名教”慢慢地磨损了容颜和生命的。

不过话又说回来，“妇女解放”之后的今天，一个死去丈夫或者离婚再嫁的女子就真能找到幸福么？怕也未必。现在女人圈里流行一句话：“干得好不如嫁得好。”说明今天的不少女人依旧乐于把自己拴在男人的裤腰上，比起《黄鹄歌》的主人公来，不仅没有长进，反而显得倒退了。所以，新社会也好，旧社会也罢，爱情婚姻家庭的悲剧也许一直都是“守恒”的，在“质”上并无太大的变化。

说到身体的贞操，早已不是解剖学而是伦理学乃至政治学的话题了。当人类文明在呈几何级数飞速发展时，却发现，最难以携带的行李竟是那具“沉重的肉身”。难怪大智大慧如老子也要感叹：“吾所以有大患者，为吾有身，及吾无身，吾有何患？故贵以身为天下，若可寄天下。爱以身为天下，若可托天下。”（《道德经·第十三章》）

无论男女，每个人的生命只有一次，有个问题可以不问苍天，却要问问自己：谁是你身体的债权人？

因为爱，所以爱

乌鹊歌

其一

南山有乌，北山张罗。
乌自高飞，罗当奈何！

其二

乌鹊双飞，不乐凤凰。
妾是庶人，不乐宋王。

鸟与人的关系在古代大概是很近的吧，且不说鸟是很多原始部落的图腾，就连人们觉得生活太过沉重，肉身的痛苦无从排遣时，最先想到的，往往也就是那飞来飞去的鸟。欢乐的夫妻会以鸟儿自况："树上的鸟儿成双对，夫妻双双把家还。"（黄梅戏《天仙配》）守寡的节妇会以落单的黄鹄自比，这首歌呢，则是借助了一种双宿双飞的爱情鸟——乌鹊——来表达民间女子忠于爱情、以死反抗强暴的自由精神。

据《彤管集》记载，韩凭本为宋康王舍人，其妻何氏年轻貌美，康王见色起意，欲夺之，乃逮捕韩凭，使其筑青陵之台。何氏悲愤交加，作《乌鹊歌》以见志，遂自缢而死。歌分两首：其一写乌鹊有高飞之志，非网罗所能束缚。其二以乌鹊"不乐凤凰"作比，自陈"不乐宋王"之志。

全诗采用象征手法，韵律和谐，情调高古，气势夺人。

韩凭夫妇的爱情故事流传甚广。晋干宝《搜神记》对这一故事加以改编，其文曰：

> 宋康王舍人韩凭，娶妻何氏，美，康王夺之。凭怨，王囚之，论为城旦。妻密遗凭书，缪其辞曰："其雨淫淫，河大水深，日出当心。"既而王得其书，以示左右，左右莫解其意。臣苏贺对曰："其雨淫淫，言愁且思也；河大水深，不得往来也；日出当心，心有死志也。"俄而凭乃自杀。其妻乃阴腐其衣。王与之登台，妻遂自投台，左右揽之，衣不中手而死。遗书于带曰："王利其生，妾利其死。愿以尸骨，赐凭合葬。"王怒，弗听。使里人埋之，冢相望也。王曰："尔夫妇相爱不已，若能使冢合，则吾弗阻也。"

夫妻二人为抗强暴，一个上吊，一个跳楼，仍未让康王良心发现，不仅不给两人合葬，还出了一道难题，说：既然你们这么相爱，一定会感动老天，让你们两个坟墓合而为一，届时我不会阻拦。这个宋王，竟把"人算"交给了"天算"！干宝紧接着写道：

> 宿昔之间，便有大梓木生于二冢之端，旬日而大盈抱，屈体相就，根交于下，枝错于上。又有鸳鸯，雌雄各一，恒栖树上，晨夕不去，交颈悲鸣，音声感人。宋人哀之，遂号其木曰"相思树"。相思之名，起于此也。

这一极富民族特色的"大团圆"式结尾，表达了人们对这一对恩爱夫妻悲惨命运的同情，是古代爱情题材的文学作品一个常用的情节套路和话语模式，《孔雀东南飞》的结尾以及梁祝化蝶的传说皆与此相类。鲁迅说，悲剧是把人生的有价值的东西毁灭了给人看。中国的民间文学之所以喜欢“大团圆”，不是我们没有欣赏悲剧的能力，而是，生活中到处是“撕碎了”的悲剧和泪水，看戏和听曲儿的那一刻，人们想在虚幻的世界中，找到生活中不能实现的“圆满”，享受片刻泪水之后的欢笑。因为没有幸福，只好寻找与之相类的“替代品”。仅此而已。

此歌可以与《越人歌》和《黄鹄歌》并读。跟越人“得与王子同舟”的喜悦不同，何氏并不以地位低贱而觉得受宠若惊；也和《黄鹄歌》的作者陶婴不同，她以死所殉的不是“义”而是“情”，“不乐宋王”一句说明，使她做出选择的唯一标准就是“乐”（爱）与“不乐”（不爱），而她所“不乐”的最大理由竟是“妾是庶人”。这里既有阶级的对立，更有情感的不可调和。所以单从思想层面说，这首歌更能给人一种强烈的震撼，更能让我们感受到一个坚守自己信念的平凡生命的高贵。它在我们心里唤起的不是优美，而是一种崇高，而崇高，在我国的美学里一向是稀缺的。

不知为何，这首古歌竟让我想起一首流行歌曲的歌词：

> 因为爱所以爱，温柔经不起安排，愉快那么快，不要等到互相伤害。
>
> 因为爱所以爱，感情不必拿来慷慨，谁也不用给我一个美好时代。

你听，这多像是古代那位何氏美女的心声告白啊！

欺人者常自欺

相冢书谚语

山川而能语，
葬师食无所。
肺腑而能语，
医师色如土。

这四句诗本作谚语，见于方回《山经》所引《相冢书》(见明杨慎编《古今谚》)。《相冢书》，相传由上古时候的术士青乌子所著，根据刘孝标的《世说新语注》，可知在南朝齐梁以前，《相冢书》便已流传。如果说，这则五言体的谚语，包含着远古人民的生活智慧和朴素的哲理，应该不算大谬。这四句诗无论放在哪本书里，都会很轻盈地跳出来，直扑你的眼帘。

诗的大意是说：山川如果会说话，风水相师恐怕就会饿死；人的内脏如果会说话，庸医们只怕也会吓得面如土色。不用说，这是普通民众对术士庸医的辛辣讽刺！

中国巫术文化起源甚早，对民族心理影响深远，其合理因素对中国古代科技产生过直接促进作用。尽管孔子“不语怪力乱神”，把“敬鬼神而远之”当作智慧，但他也说“祭神如神在”，强调对鬼神的虔敬，并且对“巫医”这种职业表示敬意。在《论语·子路》篇中，他借南人之口说：“人而无恒，不可以做巫医。”说明在早期儒家眼里，巫医仍是掌控国家意识形态及人民生活秩序解释权的精英职业。但随着社会生产力的发展，神秘主义的理论形态必将接受生活实践和人类良知的检验，各种巫术中的迷信成分和怪诞逻辑便遭到有识之士的质疑和批判。如东汉思想家王充，就多次批评过卜筮、丧葬等活动中的荒谬和虚妄。在《论衡·辨祟篇》中，王充还批评了那些从事迷信活动的职业骗子，指责他们“巧惠生意，作知求利，惊惑愚暗，渔富偷贫”的自欺欺人的无耻行径。此后，许多古代思想家如司马光、范仲淹、王廷相、张居正等，都曾对风水、堪舆、厚葬等提出过类似的批评和反思。

应该说，诗的前两句“山川而能语，葬师食无所”，对风水相墓之学中唯心论的讽刺，和王充等人的思想是相通的。而后两句“肺腑而能语，医师色如土”，则把矛头直接指向草菅人命的江湖庸医。可以说，这是中国人对本土医学的最早批评。

比之风水相墓之学，古老的中医显然更具合理性和科学性，但中医在流传过程中产生的弊端也日益显著，江湖庸医的坑蒙拐骗更是败坏了中医的名声，以至于20世纪初，随着西学东渐，许多文化人纷纷表示对中医的鄙弃。如陈独秀就说：“中医既不解人身之构造，复不事药性之分析。……惟知附会五行生克寒热阴阳之说。”郭沫若也断定：“国医治好的病，反正都是自己会好的病。”还有些意气用事地说：“中医和我没缘，我敢说我一直到死决不会麻烦中国郎中的。”降及当代，一些学者甚至指斥中医是“伪科学”。在全球化浪潮中，中医学和其他传统文化遗产一样，都面临着严峻的生存危机，前景堪忧。

这四句诗，其实是建立在两个假定之上的两个价值判断，连其假定也惊人的相似，就是不能说话的东西能说话。孔子曾说：“天何言哉！

四时行焉，百物生焉，天何言哉！”（《论语·阳货》）还曾站在川上感叹：“逝者如斯夫！不舍昼夜。”（《论语·子罕》）在中国人眼里，天地运行，四时更替，皆是不言之言，充满神秘的灵性光辉。这种大自然的奥秘，既是人类的认知对象，也是想象对象，如果“山川”不言，我们怎能认定我们已经窥测到其中的玄妙？同样，五脏六腑虽然生于人体之中，但自有其运行规律，生老病死也不由人的主观愿望所决定，脏器皆不能言，我们怎么知道到底是哪里出了故障？“头疼医脚”的事情一旦成为家常便饭，对医生智力的怀疑便“浮出水面”。

说到底，对风水先生和江湖郎中的不信任，源自人类对自身智力的颠覆性拷问：大家都是人，凭什么你就能“忽悠”我，而我只能被“忽悠”？

“肺腑而能语”一语，让我想起所谓“腹语”的传说。不知是不是受到这句话的启发，古代文献里竟真有巫医利用“腹语”为人治病的记载。如《清稗类钞》中的一则关于腹语的轶事：

> 康熙时，淄川有灵姑者，能于人前请仙。问病者应服何剂，所遇何邪，游魂何地，空中即能答之。谓服某方可愈，禳何神可瘳，魂在某处可返，言之凿凿，不假于昏夜，不假于暗室，当面捣鬼，群皆敬而信之。细测其声之所自来，则不在空中，不在口中，而乃在其人之胸以上、喉以下也。

这个“灵姑”，果然好手段！不过，这里的所谓“腹语”并不是脏腑自言，而是人的口传心授，与自身的疾病无关，只是一种高超的骗术而已。这个故事说明，欺人者必先自欺，而后方可欺人。不论打着何种旗号，带着何种冠冕堂皇的目的，甚至效果多么立竿见影，都无法改变这么一个事实，即欺人者在欺人之前，其实已在道义和历史的审判面前，全盘皆输，一败涂地！

1934 年 3 月 23 日，鲁迅应美国人伊罗生之约和茅盾共同编选中国现代短篇小说集《草鞋脚》，他在小引中说："至今为止，西洋人讲中国的著作，大约比中国人民讲自己的还要多。不过这些总不免只是西洋人的看法，中国有一句古谚，说：'肺腑而能语，医师面如土。'我想，假使肺腑真能说话，怕也未必一定完全可靠的罢，然而，也一定能有医师所诊察不到，出乎意外，而其实是十分真实的地方。"（《且介亭杂文集》）作为新文化运动的主将之一，鲁迅对中医几乎深恶痛绝，在《呐喊·自序》和《父亲的病》中，他联系自己为父亲抓药的经历，对中医的拼命捞钱、草菅人命进行严厉的批评，并发誓"决不看中医"。能从医学联想到中外文学的交流，足见鲁迅"近取譬"或者"远取譬"的修辞能力。

不过，中医并非一无是处，林林总总的中草药和类似针灸、刮痧等疗法至少对中国人具有显著疗效，也是事实。至于目前医疗界诸多弊端，则不是这篇小文的题中之义了，就此打住。

负心汉的健忘症

琴歌

百里奚，
初娶我时五羊皮，
临当相别时烹乳鸡，
今适富贵忘我为！

如果你没见过夫妻骂仗，就请读读这首诗。

这首诗名为《琴歌》，当然不是泼妇骂街，而是一首琴曲歌词。有趣的是，丈夫虽然出场了，却并没有说话，我们可以想象，他傻傻地站在那儿，瞪大了惊恐的眼睛，听凭糟糠之妻弹着琴，在那里长歌当哭，“痛说革命家史”。

这个被妻子咒骂的男人，竟然是春秋时秦国著名的贤相百里奚！

根据汉代应劭《风俗通》的记载，百里奚为秦相时，有一天在厅堂里奏乐。想不到他家雇用的洗衣妇走上来，自称懂得音乐，在百里奚的邀请下，她便援琴抚弦，唱起了这首歌。歌罢，百里奚问之，原来竟是他失散的妻子。于是两人和好如初。

这个记载很令人怀疑：一个男人，再怎么“一阔脸就变”，也不至于认不出自己的妻子吧？

好在，此诗还有两个版本可供参考。其一云：

百里奚，五羊皮，忆别时，烹伏雌，炊扊扅，今日富贵忘我为！

扊扅（yǎnyí），即门闩。烹制母鸡（即伏雌）的时候连柴火都没有，只好烧掉门闩，足见家里穷得可以。相比之下，这个细节可触可感，更易引起读者的同情。

另一个版本则稍长，显然经过了进一步的加工：

百里奚，百里奚，母已死，葬南溪。坟以瓦，覆以柴。舂黄藜，扼伏鸡。西入秦，五羖皮。今日富贵捐我为！

这个版本显然更煽情，不仅添加了孝妇葬母的情节，也多了“舂黄藜”的场景，后一句改“忘”字为“捐”——捐者，弃也——更加突出了负心人的无情无义。

但我觉得，百里奚很可能受了冤枉。正史记载中的百里奚是个出身贫寒、历尽磨难的人，起初任虞国大夫，秦穆公五年（前655），因晋国借道虞国攻打虢国，大夫宫之奇以“唇亡齿寒”劝谏虞君，虞君不听，答应为晋国提供方便。而结果是，晋在灭虢之后，掉头就灭了虞国，虞君及百里奚都做了俘虏。后来，晋献公把女儿嫁给秦穆公时，百里奚则被当作“陪嫁”的媵臣送到了秦国。百里奚深以为耻，便从秦国逃到楚国的宛，被楚人抓住，让他放牛。

秦穆公听说百里奚是个贤人，想用重金赎回他，又怕楚人不许，就想了个“低价收购”的办法，派人对楚人说：“给我夫人作陪嫁的媵臣百里奚在你们那儿，我愿意用五羖羊皮赎之。”羖羊，就是黑色公羊，五块黑羊皮的身价，真是要多贱就有多贱。楚国人不明就里，答应了这笔交易。百里奚回到秦国，立马身价倍增，秦穆公授以国政，礼遇有加，号称“五羖大夫”。百里奚还向穆公推荐了蹇叔，二人共同帮助秦国成就了霸业。因为功绩卓著，体恤民情，百里奚死后，“秦国男女流涕，童子不歌谣，舂者不相杵”。

这么一个难得的大好人，什么事情看不透？说他有些生活问题是可能的，要说“一阔脸就变”、“翻脸不认妻”，则未必。再说，据《史记·秦本纪》记载，百里奚入秦时已经七十余岁，这么一个垂垂老翁，难免老眼昏花,认不出妻子可能是“能见度”太低,未必就是忘恩负义。如果真像《风俗通》的记载，妻子骂完，两人就破镜重圆，那么这首歌就更不足为凭了——再好的夫妻也有红脸的时候，我们不能根据一时、一地、一面之辞，就给一个德才兼善的人定罪量刑。

文学创作与传播的一个现象是，文本“艺术真实”的含量越是递增，其“生活真实”的可能就越是递减，后两个版本因为细节太真实，反而更不可信了。它们恰恰可以用来证明，这首《琴歌》在流传过程中，可能被民间文人不断根据生活中的普遍事件加以改写，以古讽今，借题发挥。它的文本越是丰富、越是逼真，就越是和百里奚本人脱离了关系。

当百里奚和他的老妻安度晚年的时候,或许想不到,随着这首《琴歌》的流传和不断改写，他，竟成了中国最早的“陈世美”！

顺便说一句,丈夫认不出妻子的事还真不是没有。汉代刘向的《列女传》里就有一个“秋胡戏妻”的故事。说鲁国一个叫秋胡的家伙刚娶了媳妇五天，就到陈国为官去了，没想到这一走就是五年。五年后回家，在路上见一采桑女子颇有姿色，竟下车戏之，说：“辛苦耕田不如遇上丰年，努力采桑不如遇见国卿。我富贵而又多金，愿意送与夫人。”没想到，采桑女子比《陌上桑》中的秦罗敷还要坚贞，说:“我辛勤采桑，纺绩织纴，是为了赚得衣食，奉养双亲，抚养丈夫的孩子。我无心得到什么金子，只希望卿无有外意，妾无淫泆之志，你还是收回你的金子吧！”秋胡讨了个没趣，怏怏地走回家，一本正经地把金子孝敬了老娘，又叫人把媳妇喊回来，一看，竟是刚才的采桑女子，当下羞惭不已。媳妇义正辞严，将其骂个狗血喷头，最后“遂去而东走，投河而死”。

负心汉的健忘症，竟然导致了妻子的死亡，真是罪莫大焉！

丈夫认不出妻子，这事当然充满戏剧色彩，所以，从唐代变文到元杂剧，再到京剧《桑园会》，“秋胡戏妻”的故事不断被改编，成了喜闻乐见的戏曲经典。

秋胡的罪过在观众的笑声中，早已灰飞烟灭，而赎身价格只值五张黑羊皮的百里奚，却像“满村争说”的蔡中郎（蔡邕）一样，因为名气太大，倒成了负心汉的替罪羊。

二　为有源头活水来

（《诗经》《楚辞》十首）

谁说春梦了无痕?

周南·关雎

关关雎鸠，在河之洲。
窈窕淑女，君子好逑。
参差荇菜，左右流之。
窈窕淑女，寤寐求之。
求之不得，寤寐思服。
悠哉悠哉，辗转反侧。
参差荇菜，左右采之。
窈窕淑女，琴瑟友之。
参差荇菜，左右芼之。
窈窕淑女，钟鼓乐之。

《关雎》，是《诗经》的一张千古不变的名片：读过《诗经》的人知道她，没读过《诗经》的人也知道她;有时候，似乎她就是《诗经》，《诗经》就是她。

没有通读过《诗经》不奇怪，没有通读过《关雎》就奇怪了。

不会背《诗经》的其他篇章不奇怪,不会背这首《关雎》就奇怪了。

一首字字珠玑的诗歌，绝不会哭着闹着让你亲近她，反过来，是你没羞没臊地偏要去讨好她。

她离了你，还是她；你离了她，是否还是你？或者说，是否还是你以为是的你？我只能说：这个问题很难回答。最有资格回答这问题的不是我。是谁呢？——是孔子。

我想，孔子一定很喜欢这首诗。如果《诗经》真是他删订的，那么，把这首《关雎》放在“头版头条”，当大有深意在焉。

孔子是懂音乐的。他的耳朵不是一般的耳朵。他会弹琴，会鼓瑟，关键是，他懂得欣赏。“子在齐，闻《韶》，三月不知肉味，曰：‘不图为乐之至于斯也！’”只有他，在专注于音乐的时候，忘记了口腹之欲，嗅觉和味觉出现了如此旷日持久的“退化”！只有他，听出了《韶》乐的“尽美矣，又尽善也”；只有他，听出了《武》乐的“尽美矣，未尽善也”。——他是当时第一流的音乐鉴赏家。

《诗三百》本就是音乐作品的集锦。《风》《雅》《颂》，也是音乐性质上的分类。孔子说：“吾自卫反鲁，然后乐正，《雅》《颂》各得其所。”（《论语·子罕》）《史记·孔子世家》中也记载：“三百五篇，孔子皆弦歌之，以求合《韶》《武》《雅》《颂》之音。”——他是当时第一流的音乐理论家和演奏家。

在孔子草创的史上最早的“私立大学”里，《诗三百》是任何“教改”都改不掉的教科书，“温柔敦厚”的“诗教”，正是夫子“一以贯之”的教材教法。孔子的育人总纲是：“兴于《诗》，立于礼，成于乐。”（《论语·泰伯》）《诗》，是基本功。他又说：“诵《诗》三百，授之以政，不达；使于四方，不能专对，虽多，亦奚以为？”（《论语·子路》）“《诗》可以兴、可以观、可以群、可以怨；迩之事父、远之事君；多识于鸟兽草木之名。”（《论语·阳货》）这是《诗经》的社会功能论。他还对儿子孔鲤说：“不学《诗》，无以言。”（《论语·季氏》）不学《诗》，简直没法说话了！——他是当时第一流的《诗经》研究家和教育家。

关于《诗经》，孔子还说过一句很经典的话：“诗三百，一言以蔽之，曰：思无邪。”（《论语·为政》）——把《关雎》放在开篇第一，大概他老人家认为，《关雎》是“思无邪”的最佳代表吧？

打开《论语》，你会发现，孔子评价《诗经》，说的最多的就是这首《关雎》：

> 子曰："《关雎》，乐而不淫，哀而不伤。"（《论语·八佾》）

一言既出，遂成不刊之论。这一句，南宋的郑樵解得最为融洽："人之情闻歌则感，乐者闻歌则感而为淫，哀者闻歌则感而为伤，《关雎》之声和而平，乐者闻之而乐其乐，不至于淫；哀者闻之而哀其哀，不至于伤。此《关雎》所以为美也。"（《通志略》）后来司马迁论《诗》，有"《国风》好色而不淫，《小雅》怨诽而不乱"（《史记·屈原贾生列传》）之说，也是受到孔子的启发。

还有一句说到"《关雎》之乱"（音乐的末章为乱）：

> 子曰："师挚之始，《关雎》之乱，洋洋乎盈耳哉！"（《论语·泰伯》）

可不是吗？《关雎》末尾二章既有丝竹"琴瑟"之声（弦乐），又有"钟鼓"之响（打击乐），喜气洋洋，盈盈在耳，热闹非凡！我们听不到，但可以想见！

虽然只有两条，却几乎将《关雎》的"微言大义"，阐发殆尽了。

对于《关雎》，自汉迄清，诠释申发，绵延不绝。汉儒也好，宋儒也罢，附会曲解，所在多有，如《毛诗序》就说："《关雎》，后妃之德也，风之始也，所以风天下而正夫妇也。""是以《关雎》乐得淑女，以配君子，忧在进贤，不淫其色；哀窈窕，思贤才，而无伤善之心焉。"又说："故正得失，动天地，感鬼神，莫近于诗。先王以是经夫妇，成孝敬，厚人伦，美教化，移风俗。""发乎情，止乎礼义"云云。这些说法，也不能说没有道理，但我总觉得，那么一首天真烂漫的诗歌，实在要被这些"标签"给压垮了，亵渎了，抹杀了！

南宋大儒朱熹说："周之文王生有圣德，又得圣女姒氏以为之配。宫中之人，于其始至，见其有幽闲贞静之德，故作是诗。言彼关关然之雎鸠，则相与和鸣于河洲之上矣。此窈窕之淑女，则岂非君子之善匹乎？言其相与和乐而恭敬，亦若雎鸠之情挚而有别也。”（《诗集传》）具体字句的诠释尚有可取之处，可硬要坐实“君子”即周文王，“淑女”即文王之妃姒氏，让咱们后生小子还怎么“想入非非”？

这些解释自20世纪以来，开始受到诟病，追究起来，历代的学者越来越“冬烘”固然是一个原因，但最关键的，是后之学者没有孔子的福气，他们大多只见文字的《诗经》，而没有享受过“洋洋乎盈耳”的音乐洗礼。孔子欣赏《诗经》，既张开了耳朵，也打开了心灵；经学家们呢，耳朵里塞满了教条，心灵里自然长满了成见的荒草。

还是来欣赏这首美丽的诗歌吧，对于《关雎》而言，太过理性的分析只能是暴殄天物。

我以为，这是一首“感于物而动”的、充满生命活力和青春气息的男子求偶之歌。爱情鸟感动了痴情郎，于是，鸟与人，一起在天地之间——合唱。

我们设想，诗人经过水边，看到沙洲上的雎鸠（俗称鱼鹰）成双成对，关关和鸣，睹物思人，不禁春心萌动，乃思盼觅一佳偶。这是最自然不过的情景，并不需要太多的想象。接着诗人自比君子，亮明自己的择偶条件：“窈窕淑女，君子好逑。”好逑，即佳偶之意。——我的“另一半”啊，应该是“窈窕”的“淑女”啊，外貌既美，又贤淑善良，用现在的话说，就是秀外慧中。

有人说，“君子”是指君主，或者贵族男子，再或者，就是孔子所谓的“文质彬彬”、德才兼备之人。这当然不错。可我总觉得，这么分类岂不太繁琐？管他是什么身份，横竖总是一男人！而男人，哪个不喜欢“窈窕淑女”呢？鲁迅说：“贾府上的焦大，也不爱林妹妹的。”（《二心集·“硬译”与“文学的阶级性”》）这话，未免太“阶级分析”了点，林妹妹不爱焦大是可能的，但愣说焦大不爱林妹妹，不仅毫无证据，而且情理不通。要我说，焦大之于林妹妹，不是不爱，而是不敢爱，不能爱。

所以，把“君子”释为男子，是为普天下男子的求偶标准“正名”。

紧接着，诗人也许看到水边采荇的女子，青春亮丽，妩媚动人，她左右采摘着荇菜（“流”、“芼”皆有采择之意），娴静而又专注，于是，采荇的动作和求偶的心情便“叠加”在一起，形成了诗人心中不断“滚动”的浪漫图景。荇菜虽多而“参差”不齐，饱满可口者难遇；女子虽多而平平者甚众，“窈窕淑女”难求。采荇女即使真的有，也未必就是君子的情感对象，很可能只是诗人联想的触媒。从这个角度上说，那个让人“寤寐求之”的“窈窕淑女”，既可理解为“君子”已经发现的“目标”，也可以视为“众里寻他千百度”而仍不可得的一个美丽幻象。

“求之不得，寤寐思服。悠哉悠哉，辗转反侧。”——真不知道该怎样形容这些诗句的美，文质相得，浑然天成，不经意间，就打造了四个脍炙人口的成语。那是青春少男多么熟悉的画面啊：夜深人静，耿耿难眠，我们对着那可望而不可即的“偶像”苦思冥想，翻来覆去，犹如火炉壁上一枚焦黄似火的烧饼，左贴一下，右贴一下，还是写不完这篇题为“相思”的文章……

参差荇菜，左右采之。窈窕淑女，琴瑟友之。
参差荇菜，左右芼之。窈窕淑女，钟鼓乐之。

我以为，这后两章紧承上文，是写这求偶心切的小伙子，在长时间的“辗转反侧”之后，终于进入了梦乡。怎么不是梦呢？“寤寐思服”，说的不就是日有所思，夜有所梦么？梦中，不知是娶亲的场面，还是欢会的场面？他看见自己，越过如烟似雾的荇菜，来到雎鸠栖息的河洲之上，露珠在绿油油的叶子上滚动，阳光变成一池闪亮的碎金……那日思夜想的“窈窕淑女”款款走来，在自己不断展示的“才艺表演”——琴瑟啊，钟鼓啊——中，终于绽放出了她那如花笑靥。……

这是亘古未醒的“春梦”！每一次吟哦，便是一次重新入梦。谁说“春梦了无痕”？这春梦，不就在整个民族的爱情天空上，留下了一道美丽的彩虹？

掀起了你的盖头来

周南·桃夭

桃之夭夭，灼灼其华。
之子于归，宜其室家。
桃之夭夭，有蕡其实。
之子于归，宜其家室。
桃之夭夭，其叶蓁蓁。
之子于归，宜其家人。

如果说,《关雎》写了一个男子对“窈窕淑女”的追求和思念,那么,《桃夭》则隆重渲染了一个“窈窕淑女”的出场。不仅出场了，而且出嫁了!

这位新嫁娘长得怎么样呢?作者却不明说，只把我们兴奋好奇的目光引向那一株茁壮热烈的小桃树上：

桃树长得多壮盛啊，花儿朵朵艳如火。这个姑娘要出嫁啊，能使家庭更兴旺。

桃树长得多壮盛啊，果实累累满枝头。这个姑娘要出嫁啊，能使家族更和睦。

桃树长得多壮盛啊，枝繁叶茂活力足。这个姑娘要出嫁啊，能使家人更幸福。

这真是“人面桃花相映红”了。诗歌的手法在《诗经》中很常见，先写“桃之夭夭”，再写“之子于归”，由桃及人，这就是“托物兴词”、“以彼状此”的“比兴”手法。清代学者姚际恒在《诗经通论》中说，此诗“开千古词赋咏美人之祖”。不仅如此，此诗也是第一个把姑娘比作鲜花的，那么作者一定是“天才”无疑了。桃花即人，人即桃花，桃花美艳人更美，这是第一层意思。

第二层意思则落在“宜”字上。宜，与“仪”通，仪者，善也。这个“宜”，类似于“窈窕淑女”的“淑”字，“宜其室家”、“宜其家室”、“宜其家人”，说的都是这个新嫁娘的贤淑、善良。也就是说，这个新娘不仅长得漂亮，而且贤良有德，与人为善，成人之美，能够使家庭生活红红火火，美满和乐。

还有一层意思，则隐含在对桃花的“华”（花）、“实”、“叶”的赞美中。桃树的春华秋实，枝叶繁茂，是对生殖能力的隐喻，暗示了这位正值妙龄的新娘，身体健康能生养，能够使婆家人丁兴旺，子孙满堂。“宜其家人”的“家人”，已经不是指夫妻，而是包括一个大家庭的众多成员了。

这样的一位“尽善尽美”的新娘，真是打着灯笼也难找，怎不让人心向神往？

据说《桃夭》是庆贺嫁娶及时的贺歌。陈子展先生称：“辛亥革命以后，我还看见乡村人民举行婚礼的时候，要歌《桃夭》三章。”（《国风选译》）可为佐证。如果真是这样，后来的迎亲者吹吹打打、欢天喜地地高唱的，未必全是实情，而不过是在程式化的仪式中，寄托着对新娘的美好期待和对未来婚姻生活的憧憬罢了。

婚姻大事，家庭生活，乃是人生的“重中之重”，故此诗也颇有教化的价值。《礼记·大学》引到《桃夭》时就说：“宜其家人，而后可以教国人。”新娘如果听到这首歌，一定会觉得责任重大。

这首诗的旋律应该是喜气洋洋、欢快奔放的，让人想起王洛宾的那首歌：

掀起了你的盖头来，让我来看看你的眉，你的眉毛细又长呀，好像那树上的弯月亮。

掀起了你的盖头来，让我来看看你的眼，你的眼睛明又亮呀，好像那秋波一模样。

掀起了你的盖头来，让我来看看你的脸，你的脸儿红又圆呀，好像那苹果到秋天。

掀起了你的盖头来，让我来看看你的嘴，你的嘴儿红又小呀，好像那五月的红樱桃。

比之《桃夭》一诗，这首新疆民歌显得热烈直白有余，温婉蕴藉不足。这完全是新郎的口吻，小伙子什么都不在乎，就只渴望看到新娘的美貌，至于“宜其室家”之类，完全可以忽略不计。其实，我倒愿意唱这歌的人都是闹洞房的，因为新郎今后所要面对的，绝不仅仅是一张美艳的脸蛋儿。

世易时移。现如今,亮丽而又贤淑的女子真是“多乎哉？不多也”，模样俊俏的“野蛮女友”倒是多如过江之鲫。十几岁的女孩子动辄满嘴粗口，秀色早已不再可餐而常令人生畏了。

是《桃夭》的调子已经失传，还是我们与时俱进，已经升级到了更文明的时代？——“吾不得而知之矣。”

有花堪折直须折

召南·摽有梅

摽有梅，其实七兮！
求我庶士，迨其吉兮！
摽有梅，其实三兮！
求我庶士，迨其今兮！
摽有梅，顷筐塈之！
求我庶士，迨其谓之！

这首诗，一定让天下的男子解颐复解气。

可以说，这是一首泄密诗，它泄露了青春女性那被矜持和骄傲包裹得很严实的情感秘密。

这首诗，让女孩时刻警惕着，绷紧着爱情的琴弦，随时准备弹奏一曲“爱的罗曼司”，因为，青春实在太短暂，短暂得比一个流行歌手更容易“过气”。

这首诗，完全是女子的口吻，却不排除出自男人的手笔。很可能是一个单相思的男人，非要借了这样的诗歌，让他的意中人放下架子，认清形势，投入自己的怀抱也未可知——谁知道呢？

但也可能就是民间采梅女子的心声，因为她那落在梅子上的目光，是那么无奈，那么焦急：

梅子纷纷落下地，树上十成还留七。有心求我的小伙子，何不迎娶在吉日？

梅子纷纷落下地，树上十成只剩三。有心求我的小伙子，何不今日就摊牌？

梅子纷纷落下地，装满一筐又一篮。有心求我的小伙子，快快开口莫迟疑！

摽，音 biào，坠落之意。“摽有梅”，即“有梅摽”。梅子纷纷落地的声音，叩开了采梅姑娘的心扉，让她芳心大动，情窦初开。故清人陈奂称：“梅由盛而衰，犹男女之年齿也。梅、媒声同，故诗人见梅而起兴。”（《诗毛氏传疏》）见梅子而思媒氏，解得有理。

此诗分三章，重章叠句，一唱三叹，随着树上梅子的越来越少，暗示美好的青春渐行渐远，姑娘的心情也越来越急切：先还要让“庶士”择吉迎娶，紧接着，又希望小伙子今天就表白，最后，实在没办法，自己求人家快将心里的话儿说出来。这是多么真率可爱的姑娘啊！

我怀疑，这姑娘是先看上了哪位帅小伙儿吧，然后，愣说人家爱上了她？

或者是，她暂时尚无意中人，但早已很想成个家？

再或者，这姑娘起初挑三拣四，年龄，身高，长相，房子车子票子……样样都要顶尖的，最后错过了好年华，成了嫁不出去的老姑娘？

常言道：皇帝的女儿不愁嫁。这话也可以这么说：除了皇帝的女儿，谁家的女儿都愁嫁！

关于这首诗，《毛诗序》说：“《摽有梅》，男女及时也。召南之国，被文王之化，男女得以及时也。”且不管是不是“被文王之化”，那“男女及时”四字倒是不错的。

《周礼·媒氏》也记载：“中春之月，令会男女。于是时也，奔者不禁。

若无故而不用令者，罚之。司男女之无夫家者而会之。”原来，每年春天，阴阳调和，万物更生之时，政府竟会号令适龄男女私奔野合，违者还要受罚。其实，男婚女嫁，本乎自然，无师自通，文王就是不去“教化”，大家照样知道男欢女爱，生儿育女。

读这首诗，我们会感到一种“逝者如斯夫”的速度感，梅子落地的声音，就是给青春“读秒”的声音，就是姑娘给小伙子“倒计时”的声音，——真是“时间不等人”！俗语说的好啊：过了这个村儿，可就没有这个店儿了！龚橙《诗本义》说：“《摽有梅》，急婿也。”一个“急”字，大有流行歌曲“我的爱，赤裸裸”的味道。这首诗，简直就是一道“急急如律令”！

记得唐代有首题为《金缕衣》的乐府诗：

> 劝君莫惜金缕衣，劝君惜取少年时。花开堪折直须折，
> 莫待无花空折枝。

这首流传很广的诗，前两句很“励志”，后两句则很“煽情”，几乎成了古代女子鼓励情郎早点“动手”的“动员令”。难怪戏曲《梁山伯与祝英台》里，便有下面的对唱：

> 祝英台：（唱）凤凰山上真好看，
> 梁山伯：（唱）缺少鲜花和牡丹。
> 祝英台：（唱）梁兄若是爱牡丹，与我一同把家还。
> 我家有枝好牡丹，梁兄要折也不难。
> 梁山伯：（唱）你家牡丹虽好看，可惜是路远迢迢
> 没有在此间。
> 除非来年相会见，望贤弟送我一朵大牡丹。
> 祝英台：（唱）眼前一棵花果树，绿叶成荫花满枝。
> 花开堪折直须折，莫待无花后悔迟。……

你看，古代的女子多不容易啊，她被爱的火焰烧灼着，却要显出一份冰清玉洁来；她被求偶的冲动折磨着，却必须要等着“偶”来“求”；骨子里，她多想轰轰烈烈“主动”一场啊，可到头来，她又必须把爱的“主动权”拱手相让！

有人说，这首诗没有礼教的束缚，表达的就是姑娘对爱情的大胆渴望。我倒希望真是这样。然而我们心里都明白，事实并非如此。事实是，礼教还是一道温柔的缰绳，当人性的心猿意马“虽不扬鞭自奋蹄”的时候，还是会听到一个“叫停”的声音：吁——

这也就是所谓“发乎情，止乎礼义”吧？或者，根本与“礼义”无关，而是天地、阴阳、雌雄、男女所共同遵循的自然法则使然？

有道是“东海西海，心理攸同”（钱锺书语），英国“骑士派”诗人罗伯特·赫里克 (Robert Herrick，1591—1674) 也有一首脍炙人口的小诗：

可以采花的时机，别错过，
时光老人在飞驰：
今天还在微笑的花朵，
明天就会枯死。

太阳，那盏天上的华灯，
向上攀登得越高，
路程的终点就会越临近，
剩余的时光也越少。

青春的年华是最美好的，
血气方刚，多热情；
过了青年，那越来越不妙的
年月会陆续来临。

那么，别怕羞，抓住机缘，
你们该及时结婚：
你一旦错过了少年，
会成千古恨。

这首题为《致少女们，抓紧时光》(屠岸译)的诗歌，多像是英国版的《摽有梅》啊!

扯远了。其实，我想说的是：把我们对这眼看着就要错过“花期”的女子的同情放到一边吧，我们只需要感谢她，如果没有她，我们会失去一首多么纯真炽烈的好诗!

现实世界中的缺憾，“求之不得”也好，“欲速不达”也罢，常常成就了审美世界中的圆满。梅子纷纷坠落，枝头空无一物，姑娘心急如焚，可那讨厌的家伙还是没有开口……在巨大的失落与悬念中，一首好诗就这样诞生了。

人约黄昏后

邶风·静女

静女其姝，俟我于城隅。
爱而不见，搔首踟蹰。
静女其娈，贻我彤管。
彤管有炜，说怿女美。
自牧归荑，洵美且异。
匪女之为美，美人之贻。

读这首诗，最好不要看经学家们的注释。经学家是一些“特殊材料”做成的人。他们的主要任务就是从日常生活中发现国家道义，从男女情爱中提炼道德教训，从一次约会的地点发现女人都是重重“设防的城市”。

比如这首诗，经学家们就说：“《静女》，刺时也。卫君无道，夫人无德。”因为卫君及其夫人无道德，所以这么一位不仅美貌贞静，还能以古礼赠物的“静女”，就可以推荐给君主做后妃，替换掉那个无德的夫人。这解释似乎言之凿凿，可我不明白的是，为什么人们看到一个女孩贞静美丽，就非要想着献给国君呢？

再比如，经学家们解释“城隅”，众口一词地说：“城隅，以言高而不可逾。”意思是说，静女是站在城墙角上的最高处约会的。可在我看来，“城隅”不就是城墙一角嘛，那地方偏僻空旷，更适合谈情说爱。就算女孩子非要站在城墙最高的地方等待情郎，也不至于像个守城的士卒一样，对前来赴约的男孩子来个“坚守不出”吧？至于“高而不可逾”，就更是胡扯，难道女孩子都爬得上去的地方，男孩子反倒爬不上？！

经学家们还说，这个女孩好就好在，“其美色姝然，又能服从君子，待礼而后动，自防如城隅然，高而不可逾。有德如是，故我爱之，欲为人君之配”。“自防如城隅”，大概是自我防范意识很强，犹如城池固若金汤的意思。可我又不明白了，既然这个女孩深沟高壑，凛然不可侵犯，又何必要和人家在外面约会？明明是不待父母之命、媒妁之言，又怎么叫作“待礼而后动”呢？

经学家们解诗，常常是下笔千言，而离题万里，深文周纳，又不着边际。有时候，经学家离道学家，只有一步之遥。

其实，此诗所写，不过就是青年男女约会的情景，所谓“月上柳梢头，人约黄昏后”，而且以第一人称的视角展开，主人公是一位恋爱中的小伙子。

诗分三章，分别写了三个不同场景的约会画面：

第一次，是姑娘约“我”在城墙脚下相见，“我”到了，她却藏了起来，“我”遍寻不见，急得抓耳挠腮，东张西望，不知如何是好。你看，这姑娘哪里是什么“静女”，分明是个喜欢恶作剧的调皮鬼呢！

第二章，镜头“闪回”，写另外一次约会，姑娘别出心裁，送给“我”一枚“彤管”（红管的笔，据说是宫廷的女史专用；一说是和下章的荑草同类之物）。这红色的彤管，那么亮泽而悦目，就像姑娘美丽的脸蛋一样令人陶醉！

第三章，镜头再次“闪回”，写又一次约会，那时姑娘从郊外的牧场归来，送“我”一株新鲜的茅荑草，实在是好看又奇异！不过小伙子话锋一转，说：也不是这茅荑草本身多么好看，只因她是美人所赠，所以才显得分外美丽！如果说“爱屋及乌”，这就是了。

这诗的跳跃性很大，但基调和旋律是一致的，洋溢着欢快，俏皮，甜蜜的情感氛围。恋爱中的人常常充满童心，言语、行为无不富有童趣，静女的躲藏，“我”的“搔首踟蹰”，都是孩子气的行为，一种发自内心的天真烂漫的快乐，就在这样的下意识的行为中如花绽放了。

其实，这首诗让我觉得可爱的倒不是“静女”，而是这个沉浸在热恋中的小伙子。是谁说的，爱情会让女人智商下降？事实上，这个定理同样适用于男人。和所有坠入爱河的姑娘一样，男人在恋爱中也自有一份纯情、憨痴和忘我，你看，一个不起眼的小礼物，都能让这小伙子心花怒放，爱不释手哩！

这首诗犹如一面铜镜，这一面，照出的是“静女”的倩影，反过来，则是被静女深深吸引的一位“痴男”的面孔。

这首诗犹如一个美丽的童话，她的主角不是王子和公主，而是乡土社会平凡的少男少女。童话常常在王子和公主过上了幸福的生活时结尾，这首《静女》，却把我们的目光，永远定格在了这一对恋人的快乐约会中。

从今往后，岁月是否会改变最初的情感，柴米油盐的日子是否会给爱情的新月蒙上一层扫不去的阴翳呢？我们不知道。也不想知道。我们只是流连于这激动人心的一刻，并且相信，在投入爱的那些时刻，一个人是有福的，那一刻，连上帝都会嫉妒得闭上眼睛。

香港导演徐克的电影《倩女幽魂》里，有首插曲题为《十里平湖》，作这篇小文的结尾也许正合适：

十里平湖霜满天，寸寸青丝愁华年。
对月形单望相互，只羡鸳鸯不羡仙。

女为己悦者容

卫风·伯兮

伯兮朅兮，邦之桀兮。
伯也执殳，为王前驱。
自伯之东，首如飞蓬。
岂无膏沐？谁适为容！
其雨其雨，杲杲出日。
愿言思伯，甘心首疾。
焉得谖草？言树之背。
愿言思伯，使我心痗。

这是一首思妇诗。具体说，是一位“留守女士”怀念她的征夫。

诗分四章，每章四句，而很少重叠，这在《诗经》中并不多见。也就是说，这首诗不在形式上分层，而在内容上区别，很有叙事性和情节感。

“伯”，是古时女子对丈夫的尊称，犹言哥哥。经学家们也有把“伯”释为“州伯”的，似乎一个居家女子会对父母官产生夫妻情意，实在有点“强奸民意”，不说也罢。

整首诗翻译成白话，大意是：

我的丈夫真英武，他是国家顶梁柱；丈夫手执锋利殳，为王打仗做先锋。

自从丈夫去东征，蓬首垢面懒梳妆；难道没有膏与沐？只是为谁来美容？

每日每晚盼雨来，偏偏出来大太阳；每日每晚想念他，想到头疼也心甘。

不知哪有忘忧草，把它种在北堂上；每日每晚想念他，我已心焦力又瘁！

《诗经》的时代还不是“男色时代”，描写美女的诗句很多，却很少直接地赞美男子的外貌，特别是以女子的口吻。这首诗是为数不多的一例。首章前两句“伯兮朅兮，邦之桀兮”，就是赞美丈夫的外貌英武高大（朅），说他是国家的杰出人才（桀）。和“窈窕淑女”一样，“朅兮”“桀兮”，也可以视为一般女性的择偶宣言，二者居一便是好男儿，两全其美更是如意郎君了。所以，这两句除了描写丈夫的英姿飒爽，还抒发了这个思妇的幸福和自豪。

后两句紧承前两句，“伯也执殳，为王前驱”。因为丈夫英武杰出，战争爆发之时，他便被派作先头部队，为“王”冲锋陷阵。这里的王，当指卫宣公。旧注称：“卫宣公之时，蔡人、卫人、陈人从王伐郑。伯也为王前驱久，故家人思之。”这样一个高大威猛的丈夫，为国杀敌去了，当然会令这位独守空闺的“军嫂”日思夜想，不可终日。

这种思念除了甜蜜，还有某种对战争可能带来的残酷结果的莫名恐惧。所谓夜长梦多，旷日持久的战争带给后方亲人的，就是同样旷日持久的噩梦和恐惧。闺房中可能随时传来凶多吉少的噩耗，这样的情况下，一个妻子怎有心思打理自己的容颜呢？“自伯之东，首如飞蓬”，说的正是此情此景。“首如飞蓬”是说原本美丽的秀发因为缺少梳理而变得乱如飞扬的蓬草。这样的发型在今天可谓“爆炸式”，可在古代，那是羞于见人的样式。接下来，思妇自问自答：“岂无膏沐？谁适为容！”膏沐，是古代妇女润发的油脂，相当于今天的洗发水、护发素、脂粉之类的化妆品吧。思妇说得很明白，我不是没有这些美容润发的东西，我只是不知道该为谁去梳妆打扮，该为谁去百媚千娇！这样的“自虐行为”，潜台词是斩钉截铁的，那就是：除了他，我谁也不想见！

读到这里，我们会想起那句老话——“士为知己者死，女为悦己者容”，并且发现这老话未必放之四海皆准。《毛诗序》称：“《伯兮》，刺时也。言君子行役，为王前驱，过时而不反焉。”你说，那些个穷兵黩武的“王”们，哪一个是天下好男儿的“知己”呢？他们凭借手中的权力，驱使那么多儿子和丈夫浴血奋战，九死一生，打着“国家”的旗号，牺牲了多少人的幸福和生命。凭什么呢？热血冲动的“士”啊，常常是为了那些“不知己者”死的，而且至死不渝！战争，无论假什么名义的战争，本质上都应该被诅咒！

相比之下，“女为悦己者容”才更接近人性的本真，在这首诗里，我们也可以把“悦己”理解为“己悦”的。这个思妇不是被动地接受“悦己者”的“爱”的约制，而是主动地选择对“己悦者”的“爱”的守护。也就是说，当自己喜爱的人不在身边时，她主动把自己的爱“归零”了，拒绝使自己成为一个他人眼里的“可爱者”。这个痴情的“军嫂”啊，在丈夫出征的日子里，她把自己抛入了爱的“闭关”状态里了！

第三章写相思日苦。“其雨其雨，杲杲出日”二句，汉代大儒郑玄的解释颇到位：“人言其雨其雨，而杲杲然日复出，犹我言伯且来，伯且来，则复不来！”一句话，“事与愿违”。你看，其雨其雨，多像是默默祈祷的口气；而杲杲出日，又多像是怨天尤人的光景。在这样的日复一日的祈祷中，失望中，思妇的脸越发憔悴，甚至相思成疾，得了类似“偏头疼”的毛病了。但即便如此，她也心甘情愿，为什么呢？因为即使见不到丈夫，那也不是丈夫的原因，而是该死的战争惹的祸！

这真是——此恨绵绵无绝期，教我如何不想“他”？

然而这样的思念毕竟是难熬的，女主人公开始胡思乱想：“焉得谖草？言树之背。”要是能弄到传说中“忘忧草”（谖草）就好了，我把它种在北堂之上，也许就能使我忘掉这些烦恼吧？因为思念已经严重瓦解了我的健康,不仅头疼,而且殃及到心脏了！“离愁渐远渐无穷，迢迢不断如春水。”这是相思病的典型症状，在最后一章里，我们看到这个相思成病的女子开始寄希望于奇迹的出现，要么丈夫快点回来，要么，就让自己从这如火如荼的思念中解脱出来，彻底忘掉足以致命的忧思，健康起来，快乐起来。

然而，希望得到“忘忧草”，就如同希望买到“后悔药”，终究属于虚妄。人生在世，总离不开烦恼和思虑，痛苦和无奈，在无望的等待中，思妇的脸扭曲了，她的心在流血……

好在这思妇，尚且没有“怨”，或者说，她一时半会儿，还不知道该怨谁？怨丈夫？怨战争？还是怨命运？她拿不定主意。

她只是感到“哀”，巨大的生命激情和青春活力，就在这样的等待中“零落成泥碾作尘”，她满心希望自己坚贞的爱的守护会得到应有的美满，到头来却陷入毫无意义的痛苦的虚空中，怎么不可哀可叹呢？而正是这样的“虚空”，使诗歌获得了巨大的张力，读者一遍一遍地吟诵时，自会一遍一遍地唏嘘，为这位思妇，也为另一个自己。

世上人言最可畏

郑风·将仲子

将仲子兮，无逾我里，无折我树杞！
岂敢爱之？畏我父母。仲可怀也，
父母之言，亦可畏也。
将仲子兮，无逾我墙，无折我树桑！
岂敢爱之？畏我诸兄。仲可怀也，
诸兄之言，亦可畏也。
将仲子兮，无逾我园，无折我树檀！
岂敢爱之？畏人之多言。仲可怀也，
人之多言，亦可畏也。

这是《诗经》中被严重“误读”的一首诗。

一首小女子的恋爱陈词，偏偏被经学家们说成是国君对大臣的谆谆告诫。这是严重的“性别倒错”！

这首诗，稍有头脑的人便明白其意，太有头脑的聪明人反倒一团糨糊。

经学家们给我们讲了一个故事，一个记载在《左传·隐公元年》的“郑伯克段于鄢”的著名故事。

当初，郑武公从申国娶了个妻子，名叫武姜。武姜生了两个儿子，就是后来的郑庄公及共叔段。姜氏生庄公时不幸难产，大受了一番惊吓，所以给庄公起了诨名叫“寤生”，从此很讨厌这个让她受罪的儿子。

相反，她倒喜欢后来生的共叔段，并想要立其为嗣，多次向武公请求改立。武公还没“老年痴呆”，当然不答应。等到庄公即位，姜氏就为共叔段请求以制为封地。庄公说：“制是险要的城邑，虢叔就死在那里。如果是其他城邑，则听任母亲之命。”姜氏就又为共叔段请求以京作封地，庄公只好答应，遂让共叔段迁居到京，称之为京城大叔。

有个叫祭（zhài）仲的大夫劝谏道：“都城超过百雉，是国家的祸患。先王定制，大都城不超过国家的三分之一，中等都城不超过五分之一，小都城不超过九分之一。现在京的面积严重超标，不仅不合先王的法度，也不符合您的制度，长此以往，您将无法控制这个地方。”庄公说：“这是我母亲姜氏的意思，怎么能够违背呢？”祭仲的胆子也真不小，竟然说：“姜氏的欲望哪有满足的时候？不如早些有个了断，不要使她的野心蔓延。再蔓延，就难以收拾了。蔓延的野草尚且难以清除，何况您的弟弟呢？”这时，庄公说了一句很经典的话：“多行不义，必自毙。先生姑且等着看吧。”不久之后，共叔段果然不断扩张自己，将西鄙北鄙收为己邑，整顿武备，并和姜氏里应外合，想要袭击庄公。庄公见时机成熟，这才出兵伐京。《左传》记载的此事结果简要得不能再简要：“京叛大叔段。段入于鄢。公伐诸鄢。五月辛丑，大叔出奔共。”庄公于是将姜氏放逐于颍城，并且发誓说：“不到黄泉，永不相见！”

这是个兄弟反目、母子成仇的故事，怎么和《将仲子》扯得上干系呢？

《毛诗序》先声夺人地说：“《将仲子》，刺庄公也。不胜其母，以害其弟。弟叔失道而公弗制，祭仲谏而公弗听，小不忍以致大乱焉。”“将仲子”三字又作何解呢？旧注称：“将，请也。仲子，祭仲也。”

原来这个仲子，竟然不是前来和姑娘幽会的邻家男孩，而是劝谏郑庄公早点把弟弟除掉的郑国大夫祭仲！经学家的理由似乎很充分，因为祭仲的名字里有个“仲”字嘛！仲子云云，舍祭仲其谁？唐代经学家孔颖达领衔编撰的《毛诗正义》这样解释此诗的第一章：

> 祭仲数谏庄公，庄公不能用之，反请于仲子兮，汝当无逾越我居之里垣，无损折我所树之杞木，以喻无干犯我之亲戚，无伤害我之兄弟。段将为害，我岂敢爱之而不诛与？但畏我父母也。以父母爱之，若诛之，恐伤父母之心，故不忍也。仲子之言可私怀也，虽然，父母之言亦可畏也。

读了这样的解说,你不得不佩服经学家“翻手为云,覆手为雨”的本事!

这首诗，原本要表达的是“世上人言最可畏”的意思，可经学家们却用他们的歪曲解说，告诉我们——人言固然可畏，经学家的解释更可畏!

其实，这首诗不过是写一个女子在礼教的压迫下，忍痛拒绝情郎前来幽会。一方面她受到父母、兄长、外人等各种势力的干预，不敢同情郎接近，一方面又确实喜欢那个身手敏捷、惯会“飞檐走壁”的小伙子——仲子。因为有苦难言，于是发于歌咏。

诗分三章，每章又可分两层：第一层为呼告，用第二人称直接对“仲子”发出不得已而为之的“警告”，警告他不要再来了，不要再翻越我家的墙、攀折我家的树了！第二层是独白。小伙子大概真的被自己吓走了，姑娘扪心自问，自陈心曲：我怎么敢爱他呢？父母、兄长都不同意，邻居常常流言蜚语，就算我再喜欢他，又怎么逃得过那些恶言恶语!

仔细地揣摩这首诗的产生背景，还可以做如下推理：促使这女子拒绝仲子的原因未必全由礼教——礼教中不是也有规劝男女及时婚配的内容么？我猜想，或许和那小伙子的身份和名声有点关系。也许，这个仲子恰是个不学无术的市井无赖，惯会钻穴逾墙、为非作歹？有道是“男人不坏，女人不爱”，女主人公偏偏喜欢上了他，并和他频频约会。后来这事被父母、诸兄和外人知道了，训斥、谩骂、诽谤便纷至沓来，让这小女子难以承受，所以，才有了这样矛盾痛苦的“心灵独白”。

此诗出自《诗经·郑风》，而“郑卫之音”向来就有“淫”之恶名。《论语·卫灵公》载：“颜渊问为邦，子曰：‘行夏之时，乘殷之辂，服周之冕，乐则《韶》《武》，放郑声，远佞人。郑声淫，佞人殆。’”但，这首《将仲子》，却显得中规中矩，合乎“《国风》好色而不淫”之意。而且，因为仲子逾墙折树的形象很是生猛鲜活，整首诗反而笼罩着某种幽默和喜剧的氛围。

若干年前，有位诗人写下了一首题为《中国最高爱情方式》的诗，一时广为流传：

> 我爱她爱了六十年
> 爱了六十年没说过一句话
> 我肯定她也爱我
> 爱了六十年没有说过一句话
> 我们只是邻居
> 永远是邻居
> 我有一种固执的想法
> 我一开口就亵渎了她
> 我知道她也是如此
> 我们只是久久地凝视着
> 整整六十年没说过一句话
> ……

有一次，在一个很高级别的朗诵会上，我听到一位著名播音员朗诵了这首诗。几位中老年妇女被感动得热泪盈眶，我却浑身直起鸡皮疙瘩。如果“爱了六十年没有说过一句话”，答案只有一个，两个人都是哑巴！人常说“恋爱”是“谈”出来的，两个一言不发的人怎么能说自己“爱了”？这样的事不仅不合生活常识，甚至也不合艺术创作的逻辑！这种“伪柏拉图”式的自我感动，其实只能是一种自欺欺人。

在禁欲主义盛行的年代，或者说，在“不爱红妆爱武装”、“搞对象都要组织批准”的时代，总会有这样煽情的作品出现，诗人不仅不对悲剧造成的根源加以反思，反而不遗余力地要把这“莫须有”的悲剧渲染成一种“像雪一样洁白”的“最高爱情方式”，还要冠以“中国”二字，真是“拿肉麻当有趣”的活教材！

相比之下，《诗经》时代就不搞这样伪善的道德规训，我们在那一首首活色生香的诗歌中，感受到的是浑朴纯粹的生命律动。诗人常常和主人公“同呼吸共命运”，他（她）绝不隐瞒自己的情感，更不将自己的情感夸大，尤其是，诗人绝不会跳将出来，告诉我们：知道吗，这就是“中国最高爱情方式”！

说到底，诗人只负责歌唱，读者只享受聆听，如果诗人非要以经学家或道德家的口吻说事儿，恕我直言，那不是诗歌的福音，只能是诗歌的末日。

为什么“鼠疫”还在蔓延?

魏风·硕鼠

硕鼠硕鼠，无食我黍！
三岁贯女，莫我肯顾。
逝将去女，适彼乐土。
乐土乐土，爱得我所。
硕鼠硕鼠，无食我麦！
三岁贯女，莫我肯德。
逝将去女，适彼乐国。
乐国乐国，爱得我直。
硕鼠硕鼠，无食我苗！
三岁贯女，莫我肯劳。
逝将去女，适彼乐郊。
乐郊乐郊，谁之永号。

中国有句俗话：老鼠过街，人人喊打。老鼠为何这么招人恨？我想不是外形对不起观众的问题，而是，鼠辈常常要靠窃取人类的劳动成果过活，动不动就让你“不干白不干，干了也白干”。

所以，在中国人的字典里，和“鼠”字沾亲带故的词语准不是好词，诸如獐头鼠目、贼眉鼠眼、鼠目寸光、首鼠两端、胆小如鼠、狼贪鼠窃、抱头鼠窜、鼠肚鸡肠之类，比比皆是。早期的人类不知道“食物链”、“生物圈”之类的概念，所以就把这不劳而获的物种恨得牙痒，烦得肉痛！

其实，实事求是地说，这都是人类太过“自我中心”所致。不仅“自我中心”，还爱搞“二元对立”。我们常常根据自己的需要，把对自己有利的动物叫作“益虫”或“益鸟”，而把对自己不利的动物称作“害虫”

或“害鸟”,把那些“害虫”和“害鸟”的“天敌”捧上了道德的制高点,却唯独忘了,对于整个生物界来讲,最有害的物种恰恰就是我们人类!

我们说蜜蜂为人类辛勤地酿蜜,猫头鹰为人类捕捉田鼠,多么无私,其实,蜜蜂酿蜜、猫头鹰捕鼠都是生物本能,而我们人类并不比童话中偷吃蜂蜜的熊瞎子更高尚。还有,大灰狼和小白兔的故事,“披着羊皮的狼”偷吃羊的故事,诸如此类的故事很多都是“冤假错案”,它们都是基于一个压根站不住脚的判断之上,那就是,认为这些动物理所应当地应该是人类的“盘中餐”!至于偷吃庄稼的田鼠不偷吃就要饿死,则不在人类考虑范围之内。

然而,尽管为老鼠做了如上的辩护,我还是要说:这首《硕鼠》写得真好!

因为,在诗歌里,硕鼠已经不是自然界的田鼠,而是某一个阶级的“形象代言人”。《毛诗序》称:“《硕鼠》,刺重敛也。国人刺其君重敛,蚕食于民。不修其政,贪而畏人,若大鼠也。”朱熹《诗集传》也说:“民困于贪残之政,故托言大鼠害己而去之也。”这一回,经学家和理学家都没有看错。

读《诗经·魏风》,常常感受到魏国底层人民的勤劳、善良和勇敢。他们对于社会不公有着超乎寻常的敏感,并且富于反抗精神,突破了《诗经》一般作品“怨而不怒”的总体风格。排在《魏风》之首的《葛屦》就借缝裳女之口,对贵族阶级的傲慢发出了“维是褊心,是以为刺”的呐喊。著名的《伐檀》则辛辣地讽刺了奴隶主贵族的不劳而获和尸位素餐。还有这首《硕鼠》,不仅对硕鼠一样的剥削者猛烈抨击,而且有了“逝将去女(汝)”、寻找新的乐园的愿望和行动!《魏风》共七首诗歌,三首都是讽刺诗,这在十五《国风》中是不多见的,因而弥足珍贵。

法国哲学家加缪的名著《鼠疫》,写了一场生物学意义的“鼠疫”,以及各色人等在灾难来临时穷形尽相的灵魂表演,小说同样暗示了这样一个事实,即人类社会政治与道德领域的“鼠疫”,其“杆菌传染”

的速度也许更快，更致命。

这首诗把那些贪得无厌的特权阶层比作“硕鼠”，真是很具天才的发明，因为后者的贪婪、自私、鄙吝和腐败如果泛滥成灾，其对于社会和民众的危害，常常不亚于任何一场生物学意义上的“鼠疫”！古人云：苛政猛于虎。而苛政，不就是另一种“鼠疫”么！

老子说过：“天之道，损有余而补不足。人之道则不然，损不足而奉有余。”(《道德经·第七十七章》)一个自然界的“硕鼠”自有其生存的权利，谁让“老鼠爱大米”呢？鉴于它不吃庄稼就活不下去，它理当受到“天之道”的眷顾；但，一个人类社会的“硕鼠”则不同，他本来是“绰绰有余”的，却还要“多多益善”，常常把本来就“不足”的人弄得活不下去，这样的“人之道”其实最是“惨无人道”！

这首《硕鼠》不仅表达了劳动者的愤怒，而且，还第一次描画了一个具有“乌托邦”和“桃花源”色彩的“地上的天堂”。在那样一个“天堂”里，没有剥削，没有压迫，没有不公，没有一切我们所能想见的罪恶，奴隶们纷纷放下稼穑的农具，挈妇将雏，开始了奔赴“乐土”、“乐国”、“乐郊”的“胜利大逃亡”。

只可惜，数千年过去了，不仅贪污腐败的行为屡禁不止，贫富悬殊日益加剧，社会不公仍大量存在，更有甚者，“硕鼠”们常常混进“打鼠”、“灭鼠”的队伍中，狐假虎威，贼喊捉贼！一不小心触到“高压电”的，老鼠尾巴很快露出来；可道行高、根子粗的，却如小品所言“老鼠给猫当伴娘”，真有可能欺世盗名、瞒天过海！

真想问一问：去“乐土”、“乐国”、“乐郊”的路到底还有多远呢？为什么，“硕鼠”们越来越肥？为什么，那可恶的“鼠疫”还在蔓延？

在水一方的迷津

秦风·蒹葭

蒹葭苍苍，白露为霜。
所谓伊人，在水一方。
溯洄从之，道阻且长；
溯游从之，宛在水中央。
蒹葭萋萋，白露未晞。
所谓伊人，在水之湄。
溯洄从之，道阻且跻；
溯游从之，宛在水中坻。
蒹葭采采，白露未已。
所谓伊人，在水之涘。
溯洄从之，道阻且右；
溯游从之，宛在水中沚。

《诗经》305篇，最爱就是这首《蒹葭》。“蒹葭”二字似乎天生就是给诗歌做题目的，在纸上写，耳边听，嘴中念，心里想，都那么美，那么可思而不可言。这两个带草头的汉字也特别像身段娇好的美人，还带着那么点山野气，露水味儿。

《蒹葭》是那种很彻底也很孤绝的诗，“诗无达诂”或“诗不可译”之类的话仿佛是为这类诗量身定做的。谓予不信，可试着改动或删除它一个字，你会发现，一整首诗都会喊“疼”！

这样的诗注定是一个谜，公然挑战我们的情商和智力。古往今来，对这诗的解读早已成为一大悬案。譬如《毛诗序》竟认为，这诗是讥刺秦襄公“未能用周礼，将无以固其国焉”。《诗本义》的解释更有趣：“所谓伊人者，斥襄公也，谓彼襄公如水旁之人不知所适，欲逆流而上则道远而不能达；欲顺流而下则不免困于水中，以兴襄公虽得进列诸侯而不知所为，欲慕中国之礼义，既邈不能及；退循其旧，则不免为夷狄也。”“美刺”的传统固然肇端于《诗经》，然诗歌的本义一旦被坐实，赏读的趣味便要减半。还是朱熹老夫子聪明，他在《诗集传》里说：“所谓彼人者，乃在水之一方，上下求之而皆不可得。然不知其何所指也。”闲闲一笔，不仅消解了上述诠释的权威性，也给《蒹葭》的多元解读另辟了一条蹊径。

蒹葭，是长在水边的芦苇。芦花色白，何况一大早还打上了一层如霜的白露？想象里，那长满蒹葭的水边该是一处野渡吧，没有板桥，没有扁舟，当然也没有鸬鹚，隐隐约约的雾，在水一方的人，如真似幻，扑朔迷离得一塌糊涂。那是一片亘古的迷津，在汉字里疯长了几千年的芦苇摇着头，逗引着那些“会思想的芦苇”纷纷加入这场“猜谜游戏”。

清代学者姚际恒称：“此自是贤人隐居水滨，而人慕而思见之诗。‘在水之湄’，此一句已了，重加‘溯洄’、‘溯游’两番摹拟，所以写其深企愿见之状，于是于下一‘在’字上加一‘宛’字，遂觉点睛欲飞，入神之笔。”（《诗经通论》）这样读法，算是入了文学之港。清末才子方玉润认为这是一首“招隐”诗：“盖秦处周地，不能同周礼，周之贤臣遗老，隐处水滨，不肯出仕。诗人惜之，托为招隐，作此见志。一为贤惜，一为世望。”（《诗经原始》）近人陈子展称《蒹葭》是“诗人自道思见秋水伊人，而终不得见之诗”，又说“诗境颇似象征主义，而含有神秘的意味”（《诗经直解》）。朱东润则肯定此诗“抒写怀人之情，在艺术达到了情景交融的境地”。前贤的这些说法虽也有理，但仍有“戴着镣铐舞蹈”之意，不若笔者拈出“距离”与“过程”二语解释得有味。

上文学史课，每次讲到《蒹葭》，不免要问：“这是一首什么诗？”诸生多半以“爱情诗”对之。殊不知古人眼里，爱情的地位远不如我们所想的那么高。不过读到一个“情”字也很了不起，应予肯定。然如果是写爱情，那也不是两情相悦，而是单相思。诗人和他的对象“伊人”实在离得太远，“在水一方”说的就是“距离”。而且，两个端点之间并非一条直线，而是——水，阻挡牛郎织女的银河不也是另一种“水”么？窃谓诗的美感一多半便是缘于这“距离”的营造。如果“伊人”近在眼前，唾手可得，真的还能兴起美感和追求的冲动么？

写“距离”只是第一层。接下来的“溯洄从之，道阻且长”，则是写求索过程的艰难，唯其艰难才乐此不疲。“过程”的终点是“结果”，可一旦有了“结果”，会怎样？加缪的“西西弗斯神话”，其所有的悲壮和崇高正来自于石头推到山顶又会落下来。“宛在水中央”的“宛”字极妙，不仅渲染了一种“可望而不可即”的朦胧意境，也附带让这“结果”永远地悬置起来，成了钱锺书所谓“引诱小孩子吃药的方糖”（《写在人生边上・论快乐》）。“结果”的未知既是一种缺憾，同时又何尝不是一种无言的美丽？

进而想，这难道仅仅是写爱情吗？理想的追求又何尝不是如此？捷克小说家米兰・昆德拉所谓“生活在别处”，宗教所谓“彼岸世界”，这些对人生“此在”困境、“彼岸”虚无的一种哲学表述，亦可作如是观。从这个意义上说，《蒹葭》不仅写了景，抒了情，还言了理。要说“朦胧”，这大概是中国最早的朦胧诗吧。

我想，中国人应该会背这首美感和哲思兼善的《蒹葭》，将这首诗刻录在大脑的硬盘里，就是出国了也不会走失，情绪低落时吟哦一遍，灰暗的天空说不准就会明亮起来。因为这是地道的母语，也是我们民族的徽标，文化的基因，和灵魂的胎记。

恋爱中的女神

楚辞·九歌·山鬼

屈原

若有人兮山之阿，被薜荔兮带女萝。
既含睇兮又宜笑，子慕予兮善窈窕。
乘赤豹兮从文狸，辛夷车兮结桂旗。
被石兰兮带杜衡，折芳馨兮遗所思。
余处幽篁兮终不见天，路险难兮独后来。
表独立兮山之上，云容容兮而在下。
杳冥冥兮羌昼晦，东风飘兮神灵雨。
留灵修兮憺忘归，岁既晏兮孰华予？
采三秀兮于山间，石磊磊兮葛蔓蔓。
怨公子兮怅忘归，君思我兮不得闲。
山中人兮芳杜若，饮石泉兮荫松柏。
君思我兮然疑作。
雷填填兮雨冥冥，猿啾啾兮狖夜鸣。
风飒飒兮木萧萧，思公子兮徒离忧！

终于说到屈原了，还有他的《楚辞》。

在汉语言文学的长河中，如果说《诗经》是源头滥觞处——“问渠那得清如许，为有源头活水来”。那么，《楚辞》就是一道巨大的瀑布飞崖——“飞流直下三千尺，疑是银河落九天”！

楚辞，宛如一座高山矗立在那里，仰之弥高，钻之弥坚，我们自以为我们读懂了她，到头来却发现，“此情可待成追忆，只是当时已惘然”。

我们弄不明白，为什么《楚辞》甫一横空出世，就攀上了高度成熟、高度辉煌的诗歌顶峰，形成了一系列无与伦比的抒情文本和语言奇观？为什么那个叫屈原的楚国人，那个汉语奇迹的缔造者，竟能凭借一人之力打起整个时代的诗歌大旗？而他所肇始的诗歌纪元，他所开创的“香草美人”的象征谱系，不仅催生了一代又一代后继者，更让整个世界惊诧不已！

在《楚辞》的葳蕤丛林里，我常常迷路，懵懵懂懂，不知所之。“乱花渐欲迷人眼，浅草才能没马蹄”。——还是绕过《离骚》的宏大迷宫，走进《九歌》的“小径分岔的花园”吧，而《九歌》里的众神，最让人心动神摇者莫过“山鬼”！

那么，就说说这首常读常新的《山鬼》。

《九歌》据说是一组祭神娱神的歌曲，共11首。如此说可信，《山鬼》应该是为山神所作的祭歌，有的研究者以为，祭歌是由乔装打扮的女巫演唱的，旨在招引山神降临人间。作为读者，我们也许管不了这许多。我们不是巫觋，但我们通过这首诗，真的看到了一个美丽脱俗的山林女神！

每次读这首诗，都会想起英国小说家劳伦斯的名著《恋爱中的女人》，把“女人”换成“女神”，说的不就是“山鬼”么？人类总是按照自己的样子塑造神的，所以，山鬼一出场，分明就是一个让人“惊艳”的美人！

“若有人兮山之阿”，——是一个远景。隐隐约约，如梦似幻，远远望去，半山腰上似乎有个人，一个“若”字说明其不确定性。“被薜荔兮带女萝”正是对“若”字的呼应——如果真的是“人”，而且是“女人”，谁敢这么裸着身子、只披挂着一些香草美卉就跑出来呢？看来她不是“人”，而只能是“神”。

“既含睇兮又宜笑”，——镜头拉近，描写山鬼的明眸善睐、笑容美好。但紧接着，视角就发生了变化，第二人称忽然转为第一人称——“子慕予兮善窈窕”（你爱慕我啊，因我善良又窈窕），这就完全是山鬼的内心独白了。如果拍电影，这里应该处理成“画外音”。随着“予”字的出现，诗人已成功将笔触“切入”女神的内心，一个爱情故事就此拉开帷幕。

当镜头再次推近，我们终于看到了这美丽的山神，“驾着赤豹啊紧跟文狸，辛夷为车啊桂花为旗。披着石兰啊结着杜衡，折枝鲜花啊聊赠所思”。原来，她是来赴一场约会的。就像《诗经》中的“静女”那样，她顺手摘下一朵香花作为赠给情郎的礼物。“女神”在这一刻，和“女人”又有什么两样呢？

这是第一段，语言、人物、场景、情绪，无不优美而欢欣。

第二段，色彩由明亮而变得暗淡了，这“恋爱中的女神”在等待中开始了“内心独白”：“余处幽篁兮终不见天，路险难兮独后来。”她跑到幽深的竹林里，抬头看不到一点阳光，心里也滑过一丝阴翳，她在为情郎的迟到寻找理由：大概是“道阻且长”，交通堵塞，让他姗姗来迟吧？她又跑到山顶上眺望，脚下是翻滚蒸腾的云雾；不一会，天色突然变暗，白昼犹如黄昏，东风狂舞，神灵降雨。“留灵修兮憺忘归，岁既晏兮孰华予？”她在痴情的等待中忘记了归去，时间的推移让她陷入红颜凋谢的忧患中：谁还能再给我青春韶华呢？这一句，与《离骚》中“惟草木之零落兮，恐美人之迟暮”，表达的是同一种心境。至此，“神”与“人”，已经不分彼此，合而为一。

第三段，还是先写“景”，反衬“情”。“石磊磊兮葛蔓蔓”，正是女神愁肠百结的写照。“怨公子兮怅忘归，君思我兮不得闲。”第一次出现了“怨”字，这是一个危险的信号。她在遥遥无期的等待中，虽然还是忘记了归去，但心情却大不相同——“憺忘归”变成了“怅忘归”！紧接着她话锋一转，又为对方开脱：“你一定也在想我吧，你迟迟不来莫非是工作太忙，不得空闲？”女神再一次展现了她的善良、细腻和痴情。

“君思我兮然疑作”一句最是微妙。译成白话就是：你一定在想着我吧，对此我一会确信，一会又怀疑，心里七上八下。确信是因为女神对自己的“善窈窕”有充分的自信，怀疑是因为事实是，自己等的人直到现在还没来！“价值判断”和“事实判断”此消彼长，互不相让。我猜想，屈原一定是个十分懂得女人心的男人，否则，他怎么可以把山鬼的心理写得如此惟妙惟肖？

结尾的气氛是悲剧性的：风雨交加，电闪雷鸣，猿狖悲号，落木萧萧……在无边的绝望中，我们的女神终于明白，她的公子不会再来，她的一腔痴情，不过是一场徒劳的春梦！

短短一首诗，浓缩了人间爱情的“三部曲”——“热恋”—“苦恋”—“失恋”；与此相应，角色也经历了“思妇”—“愁妇”—“怨妇”的三次转型；而“景物”与“情感”的弥合无间，“神性”与“人性”的交相辉映，就更是让人情灵摇荡，叹为观止。

——当爱情的帷幕徐徐闭合，我们在一道蛇形的闪电中，看到了“山鬼”的那张美丽而凄惨的脸。曲终人散，音消响绝之后，一个念头闪过脑际：这美丽、善良、痴情而不被“所思”之“君”眷顾垂青的女神，在多大程度上，是那外修内美、忠而见疏、形单影只、行吟泽畔的三闾大夫屈子自己的写照呢？

“水土不服”的微言大义

楚辞·九章·橘颂

屈原

后皇嘉树，橘徕服兮。受命不迁，生南国兮。
深固难徙，更壹志兮。绿叶素荣，纷其可喜兮。
曾枝剡棘，圆果抟兮。青黄杂糅，文章烂兮。
精色内白，类任道兮。纷缊宜修，姱而不丑兮。
嗟尔幼志，有以异兮。
独立不迁，岂不可喜兮？深固难徙，廓其无求兮。
苏世独立，横而不流兮。闭心自慎，终不失过兮。
秉德无私，参天地兮。愿岁并谢，与长友兮。
淑离不淫，梗其有理兮。年岁虽少，可师长兮。
行比伯夷，置以为像兮。

俗话说：“一方水土养一方人。”我们每到异地，随着环境、气候的变化，生物钟便开始紊乱，常常浑身不适，失眠乏力，食欲不振，甚至出现头晕、发烧、腹泻等症状，这就是所谓“水土不服”。那时你会说：“在家千日好，出门一时难。”

生活中的“水土不服”总是一件麻烦事，让人避之唯恐不及；但在精神领域，却常常被赋予正面价值和积极意义。比如，屈原的这首《橘颂》，就对生物界著名的“水土不服”者——橘树——给予了不遗余力的讴歌和赞美。

这首诗以四言写成，却吸收了楚辞的特点，如果去掉“兮”字，稍加改动，便是一首十分工整的七言诗：

后皇嘉树橘徕服，受命不迁生南国。
深固难徙更壹志，绿叶素荣纷可喜。
曾枝剡棘圆果抟，青黄杂糅文章烂。
精色内白类任道，纷缊宜修姱不丑。
嗟尔幼志有以异，独立不迁信可喜。
深固难徙廓无求，苏世独立横不流。
闭心自慎不失过，秉德无私参天地。
愿岁并谢与长友，淑离不淫梗有理。
年岁虽少可师长，行比伯夷置为像。

此诗出自《九章》，据说是屈原遭谗被疏、闲居郢都时所作。郢都即今湖北江陵一带，以产橘而闻名。作为一首咏物言志之作，《橘颂》可以视为屈原的“自题小像”。在这首诗里，橘树，被诗人投注了远比其他鲜花香草更多的深情，她既不是诗人身上的配饰，也不是诗人高洁情操的衬托，而是天地之间，能和诗人比肩而立的一个不容忽视的存在。何止是不容忽视呢，诗人对橘树，简直是顶礼膜拜！

我们甚至可以说，整首诗，诗人都在反复咏叹：我就是橘，橘就是我！

屈原为什么这么喜爱橘树？首要的一条，是橘树独特难移的习性，与诗人一生所追求的高尚节操相得益彰，恰成映照。

说到橘树的习性，就不能不说“南橘北枳”的典故。据《晏子春秋》记载：齐相晏婴出使楚国时，楚王设计戏弄他，故意让一个犯人从堂下押过。楚王问左右：“此人来自哪里？所犯何罪？”左右回答：“这人是齐国人，犯了偷窃之罪。”楚王就看着晏婴说：“你们齐国人是不是都很喜欢偷东西？”晏子避席答道：“我听说，橘生淮南则为橘，生于淮北则为枳，叶徒相似，其实味不同，所以然者何？水土异也。这个人生长于齐国不偷盗，到了楚国则偷盗，莫非你们楚国的水土会使人善盗吗？”

这本是一则机智故事，晏婴的话也并没有赞美橘树的意思。用现在的眼光看，一个严重“水土不服”、不太好伺候的物种有什么好赞美的呢？你凭什么就不能“既来之，则安之”，变得合群一点儿，和那些落地生根的野生植物一样随遇而安、逆来顺受呢？

然而，换一个角度看，情况就大不一样。难道对陌生的水土“不服”，不正意味着对老家故土的眷恋和热爱么？难道坚持自己的信念，绝不随波逐流，不是更具尊严，更有价值，更应该被尊重的个人品格么？

屈原正是从这一角度看待橘树的。所以，诗歌一开始就高调赞美：橘树啊，你是皇天后土孕育的嘉树，生来只适应生养你的水土！你秉承不可迁易的天命生于南国，根深蒂固万难迁移，不改志向坚贞如一！诗人一开始，就将橘树的习性人格化、理想化，完成了“君子比德”的道德塑造。

橘树的性格正是屈原性格的外化：不同流俗，洁身自好，追求“美政”，矢志不移！他曾在作品中反复咏叹：

> 亦余心之所善兮，虽九死其犹未悔！
> 民生各有所乐兮，余独好修以为常；虽体解吾犹未变兮，岂余心之可惩！
> 虽萎绝其亦何伤兮，哀众芳之芜秽！
> 謇吾法夫前修兮，非世俗之所服；虽不周于今之人兮，愿依彭咸之遗则！（以上见《离骚》）
> 吾不能变心而从俗兮，固将愁苦而终穷！（《涉江》）

你看，这和橘树那种“深固难徙”、“独立不迁”、“苏世独立”、“秉德无私”、“淑离不淫”的精神，不是毫无二致吗？

不仅如此，橘树还寄托了屈原的政治诉求。和橘树一样，屈原也是深爱着自己的故土，郢都，既是楚国的都城，也是屈原的精神故乡。战国后期，诸侯纷争的政治格局被一句谣谚一语道破，那就是“横则秦帝，纵则楚王”。作为一个政治家，屈原的“美政”理想就是对外联齐抗秦，对内变法图强。但他的主张受到“群小”的攻击，楚怀王听信谗言，疏远屈原，宠信奸佞，加上秦使张仪以“献商於之地六百里”相诱，致使齐楚断交。屈原的“美政”理想不仅落空，而且大有成为亡国奴的危险。怀王二十四年，秦楚在黄棘会盟，楚国彻底投入了秦的怀抱。屈原亦被逐出郢都，流亡汉北。

这首《橘颂》，也许就写在流放汉北之前。当屈原说出“行比伯夷，置以为像兮”的时候，他的意思再显豁不过了，那就是“义不帝秦”。对一个新王朝、新体制的“不服”，不也是不事二主、坚贞不渝的表现吗？这和橘树“生于淮南则为橘，生于淮北则为枳”，差可同调。“为什么我的眼里常含着泪水？因为我对这土地爱得深沉。”（艾青《我爱这土地》）——“水土不服”，不是不善于应变，而是不屑于应变；不是“拎不清”，“不合群”，而是“曾经沧海难为水，除却巫山不是云”！

顷襄王二十一年（前278），秦将白起攻破郢都，楚国沦陷，屈原当时辗转流离于沅、湘二水之间，闻讯悲愤难捱，写下了《哀郢》，末尾的“乱”曰：

> 曼余目以流观兮，冀壹反之何时？鸟飞反故乡兮，狐死必首丘。信非吾罪而弃逐兮，何日夜而忘之？

真是长歌当哭，痛何如之！也许正在此后不久，屈原自沉汨罗江，结束了自己悲壮凄美的一生。而在此前数年写作的不朽诗篇《离骚》的末尾，诗人沉痛地写道：

> 国无人莫我知兮，又何怀乎故都？既莫足为美政兮，

吾将从彭咸之所居。

这就是屈原，一个只能有一、不能有二的伟大歌者。在一个“忠不必用兮，贤不必以”、“腥臊并御，芳不得薄”（《涉江》）的污浊时代，屈原的悲剧命运可说是必然的，他对昏庸君主的赤胆忠心或有可商，但他敢于对整个时代说“不”、坚持高洁操守、九死未悔的伟大人格，却足可彪炳日月、辉丽万有、惊天地而泣鬼神！他用一生的“水土不服”，把自己的名字镌刻在了一个民族的精神史上。

1927年6月2日，国学大师王国维自沉于颐和园昆明湖，终年50岁。他的遗言很简单：“五十之年，只欠一死，经此世变，义无再辱。”

王国维的死因，历来众说纷纭，其中以“殉清”说最为有名。晋人庾阐诗云：“志士痛朝危，忠臣哀主辱。”说曾任末代皇帝溥仪的南书房行走的王国维，在“大革命”到来之际以身殉主，并非全无道理。但更深层的原因或许还是文化精神上的“水土不服”。与王氏相知甚深的另一位国学大师陈寅恪对此一问题的诠释最可注意：

> 凡一种文化值衰落之时，为此文化所化之人，必感苦痛。其表现此文化之程量愈宏，则其所受之苦痛亦愈甚。迨既达极深之度，殆非出于自杀无以求一己之心安而义尽也。……盖今日之赤县神州值数千年未有之巨劫奇变，劫尽变穷，则此文化精神所凝聚之人，安得不与之共命而同尽，此观堂先生所以不得不死，遂为天下后世所极哀而深惜者也。（《王观堂先生挽词序》）

这里的“文化所化”，其实也即“文化所服”之意。当一种“深固难徙”的文化精神面临“不得不徙”的“巨劫奇变”之时，对此一“文化水土”知深爱重之人，如何不是“只欠一死”？

我想，当这位“前清遗老”在颐和园排云殿西面的鱼藻轩驻足徘徊的时候，一定想起了两千多年前那位投水而死的屈原吧。也许，正是对屈原的追缅和敬仰，使他在留下了一地烟蒂之后，纵身跳入了昆明湖。无巧不巧，他生前的两位好友——陈寅恪和吴宓——都在哀悼亡友的文字中提到了屈原。陈寅恪《挽王静安先生》诗云：

> 敢将私谊哭斯人，文化神州丧一身。
> 越甲未应公独耻，湘累宁与俗同尘。
> 我侪所学关天意，并世相知妒道真。
> 赢得大清干净水，年年呜咽说灵均。

吴宓挽联云：

> 离宫犹是前朝，主辱臣忧，汨罗异代沉屈子；
> 浩劫正逢此日，人亡国瘁，海宇同声哭郑君。

这两位近代文化史上的著名人物，在后来的日子里，经历了王国维不曾经历的屈辱与磨难，但他们依旧坚持了“独立之精神，自由之思想”，他们和屈原一样，也是文化精神上的“水土不服者”。也只有在这些橘树一般的文化人身上，屈原的精神才真正得以显扬。

所以，每当听到有人说“我们不能改变社会，却能够改变自己”，我就忍不住头皮发麻，这种犬儒主义的处世箴言越是大行其道，整个社会便越是万马齐喑、毫无生气。更好笑的是，每年的端午节，我们都会装模作样地纪念屈原，而骨子里却把屈原的人格理想踩在脚下！我们并不热爱那些伟大的灵魂，我们念叨他们的名字，不过是为了附庸风雅。——“后之视今，亦犹今之视昔。悲夫！”

三　帝国的情意写真

（汉代诗歌二十首）

我是英雄我怕谁?

垓下歌 项羽

力拔山兮气盖世。
时不利兮骓不逝。
骓不逝兮可奈何!
虞兮虞兮奈若何!

那是两千多年前的一个铁血长夜。是夜，西楚霸王项羽被汉王刘邦的军队围困于垓下（今安徽固镇东北沱河南岸），彷徨无计之时，忽闻汉军四面皆唱起了楚歌，于是感到天命不济，英雄末路，遂唱了这首歌与心爱的美人虞姬告别。

关于楚汉战争以及刘邦和项羽的故事，已是众所周知。刘、项二人的出身不同，一个是将门之后，一个是市井村吏，但雄心壮志却如出一辙。譬如，两人在不同时间、地点见到秦始皇时，说出的话竟是惊人的相似！项羽对他的叔父项梁说："彼可取而代也！"刘邦则喟然太息道："嗟乎，大丈夫当如此也！"无论当时，还是现在，这两人在人们心目中也真是只能有二、不可有三的英雄了。

然而，项羽至死都没将刘邦放在眼里，你听他的自况：“力拔山兮气盖世”，这岂是一个失败英雄的调子？项羽多次说过“天之亡我，非战之罪也”的话，这个不可一世的霸王似乎只对一种力量表示臣服，那就是——天。“时不利”的“时”，正是“天”的另一种说法，也许在项羽眼里，“骓”比它的主人更能预感到天命的不可抗拒吧，“骓不逝”正是在这一意义上成了“时不利”的注脚。

值得一提的是，这诗是有一个倾诉对象的，这个对象就是虞姬。如果说前两句表达了“人”与“天”的对抗——人在这样的对抗中显然处于劣势；后两句则是写“人”与“人”之间的吸引。一个失败的英雄终究还是英雄，面对心爱的美人，对自我勇力有充分自信的项羽当然不愿承认，在与“人”的角逐中自己的失败。出于对自己形象的爱，也出于对爱情本身的爱，他把失败的原因推给了“天”，于是发出“骓不逝兮可奈何”的浩叹！这时的项羽对于“天”的安排恐怕早已“认命”，甚至抱定了必死的决心，战事的成败因为毫无悬念而变得无足轻重，最让他揪心的只有一个，就是眼前这位心爱的女人该如何发落。“虞兮虞兮奈若何”一句，既是儿女情长处，亦是英雄气短时，朱熹谓其“慷慨激烈，有千载不平之余愤”（《楚辞集注》卷一），算是戳到了痛处。

好在，虞姬十分明白项羽的心情，她也作了一首《和项王歌》作为回答：“汉兵已略地，四方楚歌声。大王意气尽，贱妾何聊生！”歌罢，虞姬拔出项羽的长剑自刎而死。这歌是否虞姬所作颇可怀疑，但就算是后人造假，那情感却是逼真的，倒也无伤大雅。从此以后，中国的文学叙事和戏曲演绎中，“霸王别姬”便成了一个最具英雄史诗色彩的经典题材，令无数观众竞折腰！

顺便说一句，汉亦起于楚，刘邦和项羽及其部属多为楚人，然则，楚歌何以会让楚霸王如此不堪？《史记·项羽本纪》说得清楚，初闻楚歌的项羽大惊失色，曰：“汉已皆得楚乎？是何楚人之多也！”乌江之战，项羽正是在敌军阵中看到一位故人的熟脸才自刎而死的。他自杀前很有些黑色幽默地对那故人说：“听说刘邦悬赏千金买我的头，我就给你做个人情吧。”可见，除了苍天不佑、大势已去的无奈，以及和美人生离死别的凄凉，霸王的心灵深处，当还郁积着一种乡党成仇、众叛亲离的悲愤吧。

再刚强的男人也有一个特别柔软的“命门”，在西方的神话系统里，这命门叫“阿喀琉斯之踵”。项羽，这位天不怕地不怕的英雄，毕竟还有所期待、有所执着，“江东父老”的期许和爱戴正是他心中挥不去的一份侠骨柔情。

所以，我从这首绝命词里还读到了两个字——乡愁。

一个人的高峰体验

大风歌

刘邦

大风起兮云飞扬，
威加海内兮归故乡，
安得猛士兮守四方！

长达四年的楚汉战争以项羽的失败和刘邦的胜利而告终，刘邦从此成为大汉帝国的开国皇帝，史称高祖。

有道是“高处不胜寒”，做了天子、已进入晚年的刘邦，却不可能真正高枕无忧。他为达到江山稳固所进行的一系列政治举措，不时遇到那些功高盖主的元勋们的不满，后党的介入也使政权的结构重心不稳，帝国的大厦在政治风云的催迫下时常摇晃。这首歌就是在平定淮南王黥布的叛乱、衣锦还乡后所作。歌词只有三句，但跌宕起伏，音节铿锵，句句都有千钧之力。朱熹的评价是：“千载以来，人主之词，亦未有若是壮丽而奇伟者也。呜呼雄哉！”

很多人以为，这首胜利英雄的歌其实隐含着远比小人物更为强烈的不安。首句“大风起兮云飞扬”，李善认为是“以喻群雄竞逐而天下乱也”，同时也是对天命无常的暗示。次句“威加海内兮归故乡”，一方面有平定天下的志得意满，一方面因为这太平是用武力压制获得的，所以就让人怀疑是否能够长久。末句的诘问，似有后悔之意，迎面而来的是一种更为浓重的焦虑和不安。这一年，是打败项羽的第七个年头，刘邦已经六十二岁。

史载刘邦唱完这首《大风歌》，“慷慨伤怀，泣数行下”，他对父老乡亲说:“游子悲故乡。吾虽都关中,万岁后吾魂魄犹乐思沛！”这里，刘邦比项羽更为直接地表达了他的“乡愁”。这种乡愁寄予了一个叱咤风云的英雄对个人渺小的体认，对时间流逝的无奈，以及对生命本身的留恋。米兰·昆德拉说：“那些想要离开自己的热土旧地的人是不幸的。”这种不幸并不因为你是一个皇帝就能豁免。

《大风歌》与项羽的《垓下歌》皆以楚歌形式而得以流传千古，堪称中国诗歌史上帝王诗之“双璧”。日本人吉川幸次郎以为，这两首歌都是“感慨于自己境遇激变的歌”(《中国诗史》)。大概没有谁比一个“天子”更能彻底地感到“天意”的无常吧。

刘邦和项羽不仅在战场上是对手，就是在诗歌史上两人也 PK 了两千年，至今未分胜负。唐代诗人章碣《焚书坑》诗云：

竹帛烟销帝业虚，关河空锁祖龙居。
坑灰未冷山东乱，刘项原来不读书。

诗是讽刺秦始皇焚书坑儒的暴行的，现在看看，好像还可以从另一个角度解读。当大多数文人为“不朽”绞尽脑汁而未得的时候，不读书的刘邦和项羽偏偏随口道出了一首千古绝唱。你不得不承认，真正具有幽默感、会开玩笑的不是古圣先贤，不是芸芸众生，而是看不见的上帝和同样看不见的历史老人！

顺便说一句，史载项羽在鸿门宴后，引兵进咸阳，杀了秦王子婴和秦贵族八百多人，并一把大火焚毁了阿房宫（或以为此说不可信，不赘），然后，他带着大批财宝和妇女，也来了个衣锦还乡。项羽的理由似乎比刘邦更充分，他说："富贵不归故乡，如衣绣夜行，谁知之者！"英雄的虚荣心啊，常常比凡人更强烈。只可惜，衣锦还乡带给英雄的并不全是荣耀，项羽还乡后不几年即战败自杀，而刘邦还乡后，他在讨伐英布叛乱时所中的箭伤，也很快夺去了他的生命。

所以，这首胜利英雄的歌，也让我嗅出了一丝死亡的气息。也许，死亡，才是最好的还乡。

大风起兮云飞扬——这是刘邦一个人的高峰体验。

女人的战争同样惊心动魄

春歌 戚夫人

子为王，母为虏。
终日春薄暮，常与死为伍。
相离三千里，当谁使告女？

自古宫廷多恩怨。和一般家庭的爱恨情仇不同，宫廷的钩心斗角因为关系到巨大的家族兴衰和权力分配，常常是你死我活，惨绝人寰。在宫廷——尤其是后宫——上演的一幕幕悲喜剧中，女子常常成为战争的主角被推上前台。在历史的追光灯下，她们的花容常常失色，甚至面目狰狞，犹如一个旷世不醒的梦魇。

刘邦尚未发达时，娶了吕公之女，就是惠帝刘盈之母吕后。刘邦做了汉王之后，又娶了定陶美人戚姬，甚是爱幸，后来生下赵王如意，是为戚夫人。当时吕后所生的刘盈已被立为太子，但刘邦觉得太子仁弱，“不类我”（无乃父之风），而欲改立戚夫人之子赵王如意，多次努力均未能成功。戚夫人终日泣涕不止，刘邦遂颇为感慨地为她唱了一首歌：

鸿鹄高飞，一举千里。
羽翮已就，横绝四海。
横绝四海，当可奈何！
虽有矰缴，尚安所施？

言下之意，太子如今已经羽翼丰满，我也拿他没辙！刘邦唱这首《鸿鹄歌》时，命戚夫人为其伴跳楚舞，于是后人常把戚夫人和项羽的虞美人相提并论，所谓“垓下美人泣楚歌，定陶美人泣楚舞”。因为这些原因，吕后自然恨透了戚夫人。刘邦一驾崩，吕后便下令将戚夫人囚禁于永巷，给她剃了光头，戴上铁项圈，穿罪犯所穿的赭色囚衣，并让她干舂米的活儿以羞辱她。这时赵王如意尚在邯郸，母子离散，含垢忍辱的戚夫人就作了这首《舂歌》表达内心的愤懑和凄楚。

诗歌开头说“子为王，母为虏”，三言六字，以母子地位之悬殊直抒内心不平，先声夺人。紧接着说自己每天起早贪黑舂作不止，生命危在旦夕，随时可能发生不测。而末句“相离三千里，当谁使告女（汝）”，犹如一声绝望的呼号，将心中悲苦和对远方儿子的思念倾吐而出。可叹的是，这首歌带给戚夫人和赵王如意的却是更惨痛的灾难。吕后看到这首歌，恼羞成怒，杀心顿起，遂将赵王如意招至宫中，趁孝惠帝外出打猎之机，派人用鸩药将其毒杀。又用极残忍的手段断去戚夫人手足，去眼使瞎，煇耳使聋，饮瘖使哑，末了把她扔到厕所中，命曰“人彘”。自古以来，人类虐杀之毒，肉刑之剧，动心骇听，无过于此！

倒是这首句式灵活，语言质朴，情感真挚的歌留了下来。一个被侮辱与被损害的弱女子形象呼之欲出，千百年来，打动了无数读者的心，成为可以和《垓下》《大风》媲美的千古绝唱。

隔着遥远的时空再来读这首诗，觉得它不仅是戚夫人的告危通知，也是一份预先起草的死亡报告书。吕后的残暴让人想起“最毒妇人心”的老话，其实这话对于多数女性来讲，真是天大的冤枉。俗话说：男人通过征服世界征服女人，女人则通过征服男人征服世界。让男人发生战争的原因很多，可让女人你死我活的理由只有一个——男人。

我们不妨折中一下，将那句明显带有性别歧视的话，改成“最毒莫过妒妇心”，如何呢？你会发现，打击面缩小了，火力点集中了，事情的本质也开始发生变化。你会憬然而悟：也不能全怪那些妒妇悍妇和母夜叉的，道理很简单，让一个女人因妒成仇的罪魁祸首，恐怕不是红颜祸水，而是那些个经不起诱惑的臭男人。

将隐居进行到底

紫芝歌 商山四皓

莫莫高山，深谷逶迤。
晔晔紫芝，可以疗饥。
唐虞世远，吾将何归？
驷马高盖，其忧甚大。
富贵之畏人兮，不如贫贱之肆志。

这首歌又名《紫芝曲》或《采芝操》，相传是秦末隐士商山四皓所作。四皓是指东园公唐秉、角里先生周术、绮里季吴实和夏黄公崔广四位贤人。他们生逢乱世，不愿当官，遂隐于商山，作此歌以明志向。

与《采薇歌》一样，这首歌也提到了一种不可果腹、只可充饥的野生植物——紫芝。如果所说伯夷、叔齐是“不食周粟”，那么商山四皓则堪称“义不帝秦”。不过，四皓的思考也许更深一层，不仅因为唐尧虞舜的盛世不再，富贵本身对人的腐蚀和拘囿也成为逃避的理由，“富贵之畏人兮，不如贫贱之肆志”，其实就是宣示要“将隐居进行到底”。

隐居，从来都是中国古代士人的一个梦。“天下有道则见，无道则隐。”“邦有道则仕，邦无道则可卷而怀之。”“邦有道，贫且贱焉，耻也；邦无道，富且贵焉，耻也。”“隐居以求其志，行义以达其道。”……《论语》中的这些格言有如一粒粒种子，埋藏在人们心底。“用之则行，舍之则藏”，“邦有道，不废；邦无道，免于刑戮”，“穷则独善其身，达则兼善天下”，这些儒家的处世哲学，无不凝聚着古人应对生存困境的高级智慧。从某种程度上说，隐士身份和隐居行为，成了中国古代士人逃避政治高压、全身远祸的安全阀和镇静剂。隐居生活虽苦，却是乱世中保持尊严的一个有效途径。

但隐居是有前提的，隐士也不是想当就当的。渔夫樵夫的打鱼砍柴是基于生存的需要，他没有别的选择；而隐士则不同，隐士首先是士，他不是没有机会做官，而是不屑或不愿。如果说仕进是为了求功名利禄，那么，隐居则是求清名令誉。当然，汉唐以后，隐士便不彻底，“终南捷径”的典故说的就是那种以隐求仕的怪现象。清代蒋士铨所作传奇《临川梦·隐奸》，有一首出场诗就说：

> 妆点山林大架子，附庸风雅小名家。
> 终南捷径无心走，处士虚声尽力夸。
> 獭祭诗书充著作，蝇营钟鼎润烟霞。
> 翩然一只云间鹤，飞去飞来宰相衙。

鲁迅晚年也在《隐士》一文中对中国的隐士极尽嘲讽，说：“隐士，历来算是一个美名，但有时也当作一个笑柄。”但鲁迅对隐士的嘲讽毫无道理，其将砍柴打鱼的樵夫渔夫当作真正隐士，更是混淆了隐士作为“士”与渔樵作为“民”的阶层分际，抹杀了隐士作为“志于道”、“求其志”者的精神品位和道德追求。

还是回到商山四皓。四人隐居在商山，名声闹得很大。刘邦久闻其名，也曾请他们出山，而遭拒绝。根据张良的说法，四人隐居是因为刘邦慢侮士人，“故逃匿山中，义不为汉臣”（《史记·留侯世家》）。看起来这四人真是很有定力了吧，可没想到后来还是出山做了一回“托儿”，而且是古今第一“托儿”。

事情与刘邦废立太子有关。当时戚夫人深得刘邦欢心，每天大吹枕头风，让刘邦废掉太子刘盈，改立自己的儿子赵王如意。刘邦亦有此意，多次当众谈及此事。吕后很恐慌，就请“运筹策帷帐之中，决胜于千里之外”的张良为之“画计”。张良先是推辞，后来耐不过，就支了一招，说：当今世上，不为皇上所用的只有四人，就是商山四皓。如果能不惜“金玉璧帛，令太子为书，卑辞安车，因使辩士固请，宜来。来，以为客，时时从入朝，令上见之，则必异而问之。问之，上知此四人贤，则一助也”。计划可以说是相当周密。

事情果然不出张良所料，高唱“驷马高盖，其忧甚大”的四皓，还是没有挡住“卑辞安车”的诱惑，出山了。出山之后，就救了太子刘盈一命。汉十一年，黥布反，刘邦有病在身，欲让刘盈率军征讨。四皓献计阻止，理由是黥布乃一代猛将，太子肯定不是对手，让吕后哭泣劝谏。刘邦无奈，只好带病出征，虽然平定叛乱，自己也中了一箭，病情加重。思前想后，越发想要废掉刘盈了，张良苦谏、叔孙通死谏，刘邦都不听。直到有一次，刘邦和太子一起饮宴，在太子身后看到“须眉皓白”的商山四隐，这才彻底死了废长立幼之心。四人回答刘邦的质问，倒也堪称豪言壮语：“陛下轻士善骂，臣等义不受辱，故恐而亡匿。窃闻太子为人仁孝，恭敬爱士，天下莫不延颈欲为太子死者，故臣等来耳。”刘邦是个粗人，眼见这四位高人竟被自己一向看不上眼的儿子“拿下”，也就无法可想，只好对戚夫人大唱《鸿鹄歌》了。如果他知道戚夫人在他身后遭受的凌辱和酷刑，这个一生不愿受制于人的高皇帝会甘愿这么受人摆布么？

可以说，导致戚夫人在与吕后的斗争中败北的关键因素，就是商山四皓。得不到的总是好的，刘邦虽对四皓拒绝自己耿耿于怀，但还是把四人崇拜得不行。隐士对于非隐士的那种神秘的吸引力，真是有点不近情理。李白后来经过商洛一代，曾写过两首诗赞扬这四位高人，其中《商山四皓》云：

白发四老人，昂藏南山侧。偃卧松雪间，冥翳不可识。
云窗拂青霭，石壁横翠色。龙虎方战争，于焉自休息。
秦人失金镜，汉祖升紫极。阴虹浊太阳，前星遂沦匿。
一行佐明圣，倏起生羽翼。功成身不居，舒卷在胸臆。
窅冥合元化，茫昧信难测。飞声塞天衢，万古仰遗则。

据说，刘盈做了皇帝之后，四皓又回到山里做隐士了，莫非，做隐士就像抽鸦片，日久也会成瘾？

爱江山更爱美人

秋风辞 刘彻

秋风起兮白云飞，
草木黄落兮雁南归。
兰有秀兮菊有芳，
怀佳人兮不能忘。
泛楼船兮济汾河，
横中流兮扬素波。
箫鼓鸣兮发棹歌，
欢乐极兮哀情多。
少壮几时兮奈老何！

在中国古代的皇帝中间，汉武帝刘彻算得上雄才大略，儒雅风流。大汉帝国在他的时期，皇权高度集中，国力空前强盛，学术文化昌明，四夷宾服，人才荟萃，在世界上首屈一指。这是比较正面的评价。负面的评价是，皇权集中导致专制独裁，独尊儒术导致文化垄断，四夷宾服靠的是穷兵黩武，儒雅风流的背后，可能就是刚愎自用，唯我独尊。中国的皇帝，但凡寿数高、在位时间长的，总能营造某种开明盛世的景象，升平岁月过滤掉了不少负面的东西，史官笔下的他们常常生动到可疑。好在还有司马迁。《史记·孝武本纪》中的汉武帝，只是忙于求仙问道、封禅长生诸事，毫无文治武功，也许倒是最接近他的本来面目的。

不过，在汉武帝的时代，中国文学史终于渐渐脱离史前状态，正式拉开了帷幕，倒也是事实。“文学之士”在这一时期，开始受到重用，得以出入于帝王的宫廷。当然，先秦士人的那种相对独立的人格瓦解了，被皇权“收编”的文人，地位其实低贱得可怜，有时候甚至沦为倡优和弄臣，成了帝王取乐的工具。

武帝本人也是当时重要的写手，他的辞赋作品颇有几篇是脍炙人口的，比如这首“缠绵流丽”的《秋风辞》。

诗的头两句写秋景，秋风、白云、草木、归雁四个意象的交织，让人想起宋玉《九辩》的名句：“悲哉秋之为气也！”有人以为“秋风起兮白云飞”出自高祖的“大风起兮云飞扬”（谢榛《四溟诗话》），但二句的情境迥异却是显明的。三四句是从屈原《湘夫人》“沅有茝兮澧有兰，思公子兮未敢言”句化出，睹物思人，诗意为之一转。

五、六、七、八句写楼船行至中流，舭筹交错，丝竹并奏，引吭高歌，宴会似乎达到了高潮。因为快乐所以希望这快乐长久一些，又因为明知幸福永驻为世间最大的虚妄，这样的欢宴最终只能在善感的心灵里滋生出更大的悲哀。“欢乐极兮哀情多”，这是一个盛世帝王十分真实的内心独白。末一句“少壮几时兮奈老何”，急转直下，是全诗最为警醒的句子，韶华暗换，盛年不再，有什么能比衰老和死亡更让人无奈的呢？写到这里，戛然而止，给人以余音绕梁之感。

这首诗熔写景、抒情于一炉，吸取楚辞的特点，音节流美，情意曲折，富有某种哲理的意味，自是帝王诗中不可多得的佳作。

诗中的“佳人”，或以为是李延年之妹、“倾国倾城”的李夫人。张玉穀则以为“佳人”是指仙人，因武帝晚节颇好黄老，曾遍求长生之术；有感于秋风摇落，老至可哀，因而想到长生求仙之事，倒也言之有理。不过以我看，两者并不矛盾，“美人”本就和“韶光”异曲同调，思慕美人其实正是一位过了更年期的老人对青春时光的无限留恋。

如果说，高祖刘邦在老迈之时感叹的是帝业虽定而江山未稳，“江山”与“美人”之间，刘邦无疑更爱“江山”；而做了几十年皇帝的刘彻，享受了太多的歌舞升平，盛世华年，“江山”在他手里稳固得不能再稳固，实在有些“审美疲劳”了，他便开始向往秦始皇热衷的事业——求仙问道，益寿延年。于是，“江山”之爱让位于“美人”之爱，就像我们这些凡夫俗子总会从年轻时唱过的歌里“嗅”到青春的味道一样，当汉武帝唱到“少壮几时兮奈老何”的时候，爱美人、爱年华和爱自己是可以画上一个等号的。

所以，“当且仅当”在那个时候，江山，这生不带来死不带去的劳什子，在武帝眼里，反而成了特别“形而下”的东西，再也激不起心中的“半点沦漪”了。

李延年导演的“超级女声”

佳人歌 李延年

北方有佳人，
绝世而独立。
一顾倾人城，
再顾倾人国。
宁不知倾城与倾国？
佳人难再得！

如果可以的话，我们不妨把这首歌看作宫廷乐师李延年为他妹妹所写的推荐信和广告词。凭借这首歌，李延年的妹妹一夜成名，成为那个时代的“超级女声”。

李延年，中山人，出身于倡优世家，是汉武帝时最著名的音乐家，不仅能歌善舞，还会作曲填词。大概因为曾受过宫刑的缘故，李延年颇有几分女性的柔媚，故而深得有“断袖”之癖的汉武帝的宠爱。不知是出于何种考虑，也许是痛感自己作为宫廷弄臣势单位贱终非长久之计吧，在一次宫廷宴会上，李延年轻歌曼舞地唱起了这首歌。歌词虽简单，但其中的潜台词却很可玩味，用大白话敷衍一下就是：

辽远的北方有一位美人，她风华绝代姿容盖世，如空谷幽兰般超尘脱俗，茕茕独立。她的美貌胜过所有的武器，只要被她的美目“秋波一转”，再坚固的城池也会失守；如果再被她抛上一个媚眼儿，对不起，再强大的国家也要完蛋！难道不知道历史上红颜祸水的教训吗？可是，对于“爱江山更爱美人”的盛世雄主来说，这样的美人如果错过，就不要再作第二人想了！

李延年唱这首歌，一定准备得很充分。在此之前，《诗经·卫风·硕人》里的“手如柔荑，肤如凝脂。领如蝤蛴，齿如瓠犀。螓首蛾眉，巧笑倩兮，美目盼兮”，宋玉《登徒子好色赋》里“增之一分则太长，减之一分则太短；著粉则太白，施朱则太赤”，都已是歌颂美人的经典，要想引起“轰动效应”，就必须出奇制胜。李延年果然聪明，他走了一招险棋：用“倾国倾城”来形容佳人的美貌，是反衬，也是夸张，危语奇兵，果然奏效。一句“佳人难再得”，似乎将佳人完全凌驾于城国、江山之上了。听罢此歌，武帝叹息道：“善！世上果有其人乎？”李延年趁此机会将妹妹献上，从此平步青云，当上了专为他设置的乐官协律都尉，并与皇上同卧起，受宠的程度不亚于另一位著名的男宠韩嫣。

有道是红颜薄命，李夫人年纪轻轻便得病死了。病危之时，武帝前去探视，李夫人以被蒙面，死活不让皇帝看到她的脸。武帝许诺为其兄弟加官晋爵，以求一见。李夫人却说：“尊官在帝，不在一见。”武帝不悦而去。身边的人看不过去，便责怪这位面子比天大的李夫人。李夫人却像莎士比亚笔下的女主人公背台词似的说了一席让人刮目相看的话，她说：“我本以容貌之好，得以从微贱而爱幸于皇上。以色事人者，色衰而爱弛，爱弛则恩绝。皇上所以挛挛顾念我者，乃以平生容貌也。现在若见我容貌毁坏，颜色非故，一定畏恶吐弃于我，哪里还会顾及我的兄弟呢？我所以不愿见皇上，正是为我的兄弟考虑啊！”

如此懂得自处之道，难怪武帝要对她朝思暮想，念念不忘。史载李夫人死后，武帝思念不已。有个齐国的方士少翁自称能招致李夫人的神灵，于是夜里张灯设帐，摆好酒肉，让武帝坐在帐中。不一会儿，仿佛看见有一女子款步走来，状貌颇似李夫人。武帝起身走过去迎接，却又杳然而逝。武帝越发相思悲感，于是写了一首《李夫人歌》：

是耶非耶？立而望之。
翩何姗姗其来迟？

这歌恍兮惚兮，如梦似幻，真是别有一番滋味在心头。武帝另有一首《落叶哀蝉曲》，也是写李夫人的：

罗袂兮无声，玉墀兮尘生。
虚房冷而寂寞，落叶依于重扃。
望彼美之女兮，安得感余心之未宁？

罗袂，玉墀，虚房，落叶，意象一个比一个凄美，真是情真意切，哀婉动人。这样的情诗总让我们一不留神，干脆相信了帝王竟也有着常人的痴情。其实，帝王是否真有痴情并不重要，拥有李夫人的知人和自知之明，才是把握尘世幸福的关键。

降，还是死？这是一个问题

别歌 李陵

径万里兮度沙幕，
为君将兮奋匈奴。
路穷绝兮矢刃摧，
士众灭兮名已陨。
老母已死，
虽欲报恩将安归！

这首诗可以当作“汉匈战争史”来读，而且，是李陵一个人的战争史。

莎士比亚的《哈姆雷特》中有句经典名言：“活着，还是死去？这是一个问题。”我读李陵的这首诗，想到的是：降？还是死？同样也是一个问题。

自古以来，叛臣降将多矣，别的不说，三国时群雄逐鹿，一身而事二主乃至 N 主的多了去了，可没有一个降将像李陵，不仅令人同情，还能引起哲学层次的思考。无论从哪个角度说，李陵的忧郁和痛苦，都不亚于哈姆雷特。他甚至比那位丹麦王子更痛苦，王子复仇成功后自己也死掉了，两难选择不复存在，可李陵却不仅选择了投降，而且苟活到最后。长痛终究不如短痛，这就是我们的古代猛将与丹麦王子的命运落差。

李陵（?—前74）是汉代名将飞将军李广之孙，他继承了祖辈的英雄秉性，是个天生的将才，因立战功而得汉武帝刘彻赏识，封骑都尉。诗中所写的这次“以少击众”的战争是李陵主动请缨的，时在天汉二年(前99)。读李陵的请战宣言可知，他是真心想奋击匈奴，报效汉室的，但以五千人马抗击匈奴数万之众，则完全是个人英雄主义膨胀所致，他的请战既是向武帝效忠，同时也给自己挖了一个陷阱。战争前半段，李陵节节胜利，杀敌无算。后来军内出了奸细，告知单于李陵孤军奋战的实情，这才导致深陷重围，矢尽援绝，末了，李陵长叹一声：“无面目报陛下！”遂降。

这是极为简单的概述。整个战役的残酷性可能就被这样的概述抹杀殆尽。而投降，最终成了远比死亡更痛苦的精神酷刑。我猜想，李陵是个在君权至上的时代怀有自我意识的人，在穷途末路的那一刻，他的佩剑之所以没有刎上自己的脖颈，一定是对生命的信仰超过了对皇帝的忠诚。作为早已明白“人的生命高于一切”的现代人，我们对于李陵的这一选择，难道有理由和资格指手画脚么?

当李陵被俘的消息传到朝廷，最希望李陵战死沙场的汉武帝刘彻，把李陵的老母妻儿都从边塞召回来，让相士前来相面，发现并没有死丧之色，不免有些失落；后来果然听说李陵投降，更加恼羞成怒，满朝文武看风使舵，前几天还纷纷称赞李陵的英勇，眼下却附和主子，纷纷指责李陵的罪过。只有司马迁不知好歹，竭尽愚忠，奋起良知，为本不相识的李陵辩护。他对武帝说，李陵只率领五千步兵，深入匈奴，孤军奋战，杀伤许多敌人，立下了赫赫功劳。在救兵不至、弹尽粮绝、走投无路的情况下，“士张空拳，冒白刃，北首争死敌，得人之死力，虽古名将不过也。身虽陷败，然其所摧败亦足暴于天下。彼之不死，宜欲得当以报汉也”(《汉书·李广苏建传》)。认为李陵投降不过权宜之计，以便寻找合适的机会报答汉室。这说法得到后人的同情，西晋诗人刘琨在《扶风歌》中就说："惟昔李骞期，寄在匈奴庭；忠信反获罪，汉武不见明。"

尽管司马迁的辩护辞合情合理，但虚荣心受到严重伤害的刘彻早已丧失理智，竟将忠肝义胆的司马迁下狱叛了死刑，因为武将未能"死于战"，就叫文官"死于谏"，皇权的变态和残酷竟至于斯！司马迁在极度的痛苦中，选择了以腐刑免死，这才有了彪炳千秋的皇皇巨著《史记》。

事实证明，司马迁说的不无道理。李陵投降一年后，汉武帝曾派遣公孙敖带兵深入匈奴营救李陵。敖军无功而还，却带回一个坏消息，说李陵正在训练匈奴兵以备汉军。刘彻一听，便把李陵全家老小全部杀掉。李陵闻讯，悲痛欲绝，这才打消了归汉的念头。其实，这是个"假新闻"，为匈奴练兵的不是李陵，而是另一位降将李绪！

李陵在《答苏武书》中说，自己初降时"忽忽如狂，自痛负汉"（《汉书·李广苏建传》），后又在《答苏武书》中说："但闻悲风萧条之声。凉秋九月，塞外草衰。夜不能寐，侧耳远听，胡笳互动，牧马悲鸣。……身之穷困，独坐愁苦，终日无睹，但见异类。"一句"忽忽如狂"，与哈姆雷特的佯狂何其相似！如果仅仅为了苟且偷生，投降本身绝不至于如此难挨！孔子说："志士仁人，无求生以害仁，有杀身以成仁。"（《论语·卫灵公》）曾子也说："可以托六尺之孤，可以寄百里之命，临大节而不可夺也，君子人与？君子人也。"（《论语·泰伯》）夜深人静，降将李陵默诵古圣先贤的谆谆教诲，该是何等愧悔无地，痛不欲生！

李陵的流亡生涯之所以羞辱，还因为另有一个参照物——苏武。

李陵投降匈奴前一年，苏武出使匈奴被扣留，武拒不投降，单于只好令他到北海（今贝加尔湖）去牧羊。后来汉匈和亲，汉朝派使者来匈奴，要求释放苏武归汉。匈奴单于无奈，只好同意，不过还是让苏武的好友李陵先去劝降。苏武不从，李陵遂改劝降为送行，执手相看，伤心落泪，不在话下。苏武在匈奴牧羊十九载，归汉时须发如霜！

这首诗正是写于苏武归汉、李陵送别之时。李陵说，如果当初天子赦免自己之罪，保全老母妻小，自己也不至于此！说罢起舞，唱起了这首《别歌》。“老母已死，虽欲报恩将安归！”说的正是李陵当时的矛盾心情。钟嵘《诗品》评李陵诗云：“其源出于《楚辞》。文多凄怆，怨者之流。陵，名家子，有殊才，生命不谐，声颓身丧。使陵不遭辛苦，其文亦何能至此？”这里，钟嵘想要表达的，不仅是学术上的见解，还有对李陵的深切同情。

想想，命运真是弄人，这样一对好朋友，竟成了道德评判的两极，互为反衬，极具张力。记得我上小学的时候，音乐课上，就学过一首《苏武牧羊》的歌曲，歌词沉郁顿挫，旋律哀婉凄怆，令人低回：

> 苏武留胡节不辱，雪地又冰天，苦忍十九年，渴饮雪，饥吞毡，牧羊北海边。心存汉社稷，旄落犹未还。历尽难中难，心如铁石坚，夜坐塞上时听笳声入耳心痛酸。
>
> 转眼北风吹，群雁汉关飞。白发娘，望儿归，红妆守空帏。三更同入梦，两地谁梦谁；任海枯石烂，大节总不亏。定教匈奴惊心破胆共服汉德威。

然而现在读这歌词，心情就复杂得多。平心而论，我真不知道苏武和李陵孰优孰劣，孰高孰低。如果说苏武是“求仁而得仁”，那么，李陵也并非一无所获。他以投降的方式把人生和世道的很多东西参透了：汉武帝希望他死，恰恰说明这样一个皇帝不值得为他死；汉武帝杀了他全家，恰恰说明一个毫无人道的国家根本不值得效忠！

李陵其实是和司马迁一样屈辱地活着，但他们都从不同的方向发现并捍卫了个体生命的尊严和价值。只可惜，在黑暗蒙昧的中世纪，人们尚且无法确认，像李陵这样一个叛国者和流亡者的人类学意义，以及其超越民族和地域局限的终极价值。九泉之下，不知李陵是否瞑目？

才子佳人的传奇从这里开始

琴歌二首

司马相如

一

凤兮凤兮归故乡，遨游四海求其皇。
时未遇兮无所将，何悟今夕升斯堂。
有艳淑女在闺房，室迩人遐毒我肠。
何缘交颈为鸳鸯，胡颉颃兮共翱翔！

二

皇兮皇兮从我栖，得托孳尾永为妃。
交情通意心和谐，中夜相从知者谁？
双翼俱起翻高飞，无感我思使余悲。

这两首琴歌据传是司马相如“琴挑”卓文君的曲词，是否属实已经无从查考，但歌词的确很好地传达了相如对文君的思慕和热恋。

司马相如是蜀郡成都（今属四川）人，少有文名，曾与梁孝王的文学侍从邹阳、枚乘等同游，著《子虚赋》。梁孝王死，相如归蜀，路过临邛，结识了商人卓王孙。一次卓王孙宴请相如，酒酣之际，临邛县令王吉请相如弹琴一曲，意在撮合相如与卓王孙的寡女卓文君。相如当即援琴弹奏了一曲《凤求凰》(《琴歌》其一)。曲词通篇以“凤求凰”作比，表达对文君的炽烈爱慕。

卓文君本就喜欢音乐，听到琴声便从门外偷窥，见相如仪表不凡，芳心大悦。相如趁热打铁，当即买通文君的使女传达殷勤爱慕之意。《琴歌》第二首就很像是通过使女传递的情书，不仅大胆倾吐配偶求欢之愿，并且把中夜幽会并私奔的意图都表露无遗。卓文君也是一点就着，连夜私奔相如，两人遂一同驰归成都。这一对才子佳人的孟浪举动，在“不待父母之命，媒妁之言，钻穴隙相窥，逾墙相从，则父母国人皆贱之”（《孟子·滕文公下》）的当时社会，引起的震动可想而知。

有人说，相如文君的故事在中国古代青年男女追求婚姻自主、恋爱自由的漫长历程中，很有一些先驱的价值。也有人以为，这不过是不良文人司马相如设了个圈套诱文君往里钻，目的是劫财又劫色。但无论如何，才子佳人的传奇却从这里拉开了帷幕。清末大儒王闿运认为，卓文君私奔司马相如是“史公欲为古今女子开一奇局，使皆能自拔耳”，其弟子陈锐则说：“读史传，窃疑相如、文君事不可入国史，推司马意，盖取其开择婿一法耳。”

不过，婚姻作为爱情的目标实现之后，爱情反而会随之降温或稀释。柴米油盐的小日子对于轰轰烈烈的爱情来说，真是最残酷的杀手。相如文君的婚后生活因为家境贫寒而失去了当初的光彩，两人只好重返临邛，以当垆卖酒为生。从后来的情况看，小夫妻的与家财丰厚的卓王孙搞好关系的小算盘打得还是不错，最终，他们在卓王孙的赞助下过上了“小康生活”。

相如后来名扬天下，春风得意，对当初狂热追求的文君似乎有些“审美疲劳”了吧，曾跃跃欲试地要聘一位年轻的茂陵女子为妾。文君遂写了一首《白头吟》表达决绝之意：

> 皑如山上雪，皎若云间月。闻君有两意，故来相决绝。
> 今日斗酒会，明旦沟水头。躞蹀御沟上，沟水东西流。
> 凄凄复凄凄，嫁娶不须啼。愿得一心人，白头不相离。
> ……

相如读罢这首诗，便打消了纳妾的念头。这首颇有女性主义色彩的诗，大概只有像卓文君那样敢爱敢恨的人才写得出吧，它似乎在告诫人们：那些为了爱而做出过牺牲、付出过代价的女子，终究是不可侮的。

从这个意义上说，司马相如还算明智，且不管他的自律是否出于爱情。

“人生失意无南北”

怨诗 王昭君

秋木萋萋，其叶萎黄。
有鸟处山，集于苞桑。
养育毛羽，形容生光。
既得升云，上游曲房。
离宫绝旷，身体摧藏。
志念抑沉，不得颉颃。
虽得委食，心有徊徨。
我独伊何，来往变常。
翩翩之燕，远集西羌。
高山峨峨，河水泱泱。
父兮母兮，道里悠长。
呜呼哀哉，忧心恻伤！

“昭君出塞”的故事很有名。有一种流传颇广的版本这样说：汉元帝刘奭后宫佳丽甚多，皇帝没法一一召见，乃令画工毛延寿将宫女一一画影图形，皇帝若有需要，便披图召之。为了早日被皇帝临幸，那些相貌平常者纷纷贿赂毛延寿，以求笔下留情，把她们画得美些。当时王昭君（名嫱，字昭君，西晋时避司马昭讳而改称王明君）也在宫中，她对自己的姿容十分自信，自然不愿苟求，毛延寿便故意把她画得很对不起观众。后来匈奴前来求和，求美女于汉帝，皇帝便打发被画得最丑的昭君充行。不料一见之下，才知昭君竟是天下少有的美女，但名字已定，不能再改，于是遂行。元帝痛失佳丽，一怒之下，竟把毛延寿给杀了。

这个其实未必可信的传说,其效果很像是现在的“恶意炒作”——先请人把自己骂一顿，或搞个莫须有的绯闻，于是一夜之间大红大紫——昭君的美丽因此得以彰显，从此跻身“古代四大美女”之列，而且名声也比貂蝉、杨玉环好得多。

这首四言体的《怨诗》，又名《昭君怨》，据说是昭君“将入匈奴时所作”，主要写入胡之苦。前两句写秋木摇落，以悲景烘托悲意，振起全篇。接着以鸟、燕自托，写自己生长良家，因姿容美丽被选入宫，然不得宠幸，后又远嫁匈奴，形只影单，不胜悲苦，完全是昭君的一篇诗体小传。后六句才由鸟燕之喻脱出,迁及自身,山高水长之叹,家国父母之悲，喷涌而出复又哽咽收束，怨而不怒，哀或有伤，读来凄恻动人。

昭君的不幸遭遇历来为文人墨客所吟咏。著名的如杜甫的《咏怀古迹五首（其三）》:

群山万壑赴荆门，生长明妃尚有村。
一去紫台连朔漠，独留青冢向黄昏。
画图省识春风面，环佩空归月夜魂。
千载琵琶作胡语，分明怨恨曲中论。

王安石《明妃曲二首其一》也是其中难得的佳什：

明妃初出汉宫时，泪湿春风鬓脚垂。
低徊顾影无颜色，尚得君王不自持。
归来却怪丹青手，入眼平生几曾有。
意态由来画不成，当时枉杀毛延寿。
一去心知更不归，可怜着尽汉宫衣。
寄声欲问塞南事，只有年年鸿雁飞。
家人万里传消息，好在毡城莫相忆。

君不见咫尺长门闭阿娇，人生失意无南北。

诗歌以全新的眼光诠释昭君的命运，将个人悲剧泛化为人生无处不在的群体困境，让人再次想起米兰·昆德拉“生活在别处”的命意，如此消解个体无法承受的生命之“重”，怕也是宿命论的一个好处了。

“人生失意无南北”，谁说不是呢？时间和空间是人类永远无法摆脱和战胜的敌人，无论你在哪里，无论你是谁，总会遇到挫折、磨难和不幸，并且唯有一个人孤独地品尝，除了社会的原因，还有哲学上的理由——因为你是人。

“跨国婚姻”的悲剧

悲秋歌 刘细君

吾家嫁我兮天一方，
远托异国兮乌孙王。
穹庐为室兮毡为墙，
以肉为食兮酪为浆。
居常土思兮心内伤，
愿为黄鹄兮归故乡。

作为古代的“跨国婚姻”，和亲政策于帝国政治也许不无裨益，却也把难言的屈辱和苦楚一股脑儿抛给了那些无辜的女性。松赞干布和文成公主的故事历来被当作佳话流传，在国家美学的辉映下一片祥和。就算我们乐观一些，承认文成公主找到了一位如意郎君，那么，下面这个疑问也绝不多余——

要是没有文成公主的好运气呢？

据说王昭君所嫁的单于死后，按照“父死妻母”的胡制她要嫁给自己的儿子，昭君不愿受辱，遂吞药自杀。此说虽未必可信，但远嫁异族的女性婚姻生活很难说有什么幸福可言，却是不错的。汉武帝时远嫁乌孙国的江都王刘建之女刘细君，就是这些不幸女子中颇具代表性的一位。

如果说王昭君的《怨诗》叙述视角是较为宏观的鸟瞰式，那么，乌孙公主刘细君的这首《悲秋歌》，笔触和情思就更细腻入微。这首歌依然用楚歌的体式，去掉调节音节的“兮”字，就是一首完整的七言诗。它在中国诗歌史上还是有一定地位的。

诗的前两句交代自己万里迢迢、远嫁乌孙的身世。其中隐含的一个事实是，乌孙王年纪老迈，细君初嫁时年纪和乌孙王的孙子相当。年辈如此悬殊，加上语言不通，习俗迥异，这样的婚姻其悲剧性是注定了的。作为一名王室公主，细君自幼锦衣玉食，知书识礼，来到文化相对落后的乌孙国，心理上自然产生极度的抑郁苦闷。别的不说，住在简陋的帐篷里，整天以牛羊肉为食、以奶酪为饮的异族生活方式，就让她无法忍受。而且，文化上的巨大差异是比生活上的“水土不服”更难忍受的痛苦。史载乌孙王后来竟让细君嫁给他的孙子为妻，细君上书汉天子抗争未果，只得含垢忍辱接受这种祖孙共妻的乱伦生活。

从这一意义上说，居处饮食习惯的落差固然使细君思乡情切，而婚姻生活的不堪才是她“心内伤”的真正原因。诗的末句借南来北往定期迁徙的候鸟黄鹄，表达自己对汉家故土的无尽怀恋。可惜的是，民间女子出嫁后尚可回娘家探亲，贵为公主的刘细君却老死他乡，终生未曾归汉。

古代的“跨国婚姻”往往以这样的悲剧而告终。今天的又怎样呢？那天偶尔打开电视，看到歌星韦唯和朱军正在畅谈“艺术人生”，独身后的韦唯尚能粲然而笑，但问及她此生最大的遗憾是什么，她沉吟良久，还是说：“如果有遗憾，就是我的婚姻。”作为三个孩子的母亲，韦唯当然比刘细君幸运得多，但曾经的过量的幸福常常会成为后来的痛苦的资本。

上帝似乎是公正的，尽管有时也不免刁钻促狭。有过幸福的人常会夸大自己的不幸，那时上帝会在天上说：瞧，是我把你宠坏了。

团扇上的爱情

怨歌行

班婕妤

新裂齐纨素，鲜洁如霜雪。
裁为合欢扇，团团似明月。
出入君怀袖，动摇微风发。
常恐秋节至，凉飙夺炎热。
弃捐箧笥中，恩情中道绝。

那是一柄汉朝的团扇，扇柄上留有两千年的体温。某个阳光稀薄的早晨，幽闭深宫的女子醒来，发现那满月似的扇面，像极了自己失去血色的脸。

这女子，就是汉代著名的才女班婕妤。

班婕妤曾是汉成帝刘骜的宠妃，成帝即位之初便选入后宫。开始时任少使，后得成帝宠幸，立为婕妤，婕妤是宫中嫔妃的一个称号，俸禄同于列侯。不久，班婕妤产下一子，可惜几个月后就夭折了。而这，几乎是班婕妤悲剧命运的开始。

班婕妤不仅貌美，而且端庄矜重，富有文才，深得成帝的喜爱和信赖。一次成帝游于后庭，为了显示对班婕妤的恩宠，就邀请婕妤与自己同乘一辆车辇，婕妤很有风度地谢绝了，说："我看古代图画，贤圣之君，都有名臣在侧，只有夏、商、周三代末主的身旁，才有嬖幸的妃子同坐，我今天如果和皇上同辇，岂不和那些亡国之君的嫔妃一样了么？"刘骜善其言而止。太后听说此事，很是高兴，说："古有樊姬，今有班婕妤。"樊姬是春秋时楚庄王之姬，曾谏止楚庄王狩猎，使勤于政事，又激楚相虞丘子辞位而进贤相孙叔敖，楚庄王赖以称霸（刘向《列女传·楚庄樊姬》）。后来东晋大画家顾恺之的名作《女史箴图》，就是取材于这一事件。史载"婕妤诵《诗》及《窈窕》《德象》《女师》之篇。每进见上疏，依则古礼"（《汉书·外戚传》）云云，可见班婕妤当时的确是以皇帝的妻子自居的，她也具备"母仪天下"的所有条件。

遗憾的是，班婕妤的"幸福生活"很快就毁于后宫的残酷斗争。罪魁祸首不是别人，就是那位"楚腰纤细掌中轻"的赵飞燕。

那是鸿嘉三年（前18），赵氏的飞燕、合德姐妹先后入宫，专宠淫肆，飞扬跋扈。《汉书·外戚传》载：

> 赵飞燕谮告许皇后、班婕妤挟媚道，祝诅后宫，詈及主上。许皇后坐废。考问班婕妤，婕妤对曰："妾闻'死生有命，富贵在天'。修正尚未蒙福，为邪欲以何望？使鬼神有知，不受不臣之诉；如其无知，诉之何益？故不为也。"上善其对，怜悯之，赐黄金百斤。

要不是班婕妤机智，从容应对，只怕也要和许皇后一样被"坐废"了。作为对班婕妤的贤德聪慧的表彰，此事被收录于《世说新语·贤媛》篇里。

班婕妤到底有见识，她看"赵氏姊弟骄妒"，深恐自己在宫中会遭不测，便请求到长信宫奉养太后，刘骜当即应允。从此，班婕妤每日持帚洒扫台阶，形影相吊，不胜孤苦。这首《怨歌行》又名《团扇》诗，正是班氏感怀身世、遣忧去闷之作。梁代钟嵘在《诗品》中说：

“从李都尉迄班婕妤，将百年间，有妇人焉，一人而已。”班婕妤得到如此高的评价，主要就是由于这首诗。

在比较浅表的层面上，此诗可算是一首咏物之作，所咏之物是宫廷生活中常见的团扇。团扇的质地、颜色、形状、功用无不涉及。但咏物的性质从第五句就开始变化，因为诗歌的本文中出现了一个“君”字。我们知道，团扇最经常的使用者其实多为宫廷的女性，而不是“君”。“君”的出现，特别是“怀袖”的出现，使这诗的象征意义得以凸显，“团扇”的意象随之发生裂变，变得复杂了，除了具有“物”的属性，还让我们联系到和“君”有着某种亲密关系的“人”——宫廷里的女人。

于是，对人的感知“覆盖”了先前对“物”的体认。我们随之发现，前四句也不仅仅是状物，似乎有一面“镜子”出现在读者和文本之间，团扇的形象和一位美丽女子的形象叠加起来，对物（团扇）的静观，一下子成了人（女人）在镜子前的“顾影自怜”。“合欢”不再是对团扇的客观描画，而成为人对于爱情的美好期待。到了这里，团扇由“本体”蜕变为“喻体”，尽管作者下面仍然循此路径一喻到底，但“秋节”、“凉飙”、“炎热”、“箧笥”等意象无不具有双关之义，遂使咏物变为言情了。一句“恩情中道绝”，终于把色衰爱弛、红颜薄命的悲苦哀怨极深沉地宣泄出来。这时，扇与人、物与我已经合而为一，难分彼此。

这是中国文学史上最早的一首宫怨诗，全篇写扇，又句句写人。团扇的意象，经班婕妤之手成为宫怨的绝妙象征。我们甚至还从这首诗中嗅到了某种女性主义的味道，因为作者似乎是在向那个贵为天子的男人，要求一种对等（“一对一”）的爱情。而这在佳丽如云的后宫，该是多么不切实际的奢望！

有道是“人生自是有情痴”，史载“至成帝崩，婕妤充奉园陵，薨，因葬园中”。皇帝都成死鬼了，还要为他洒扫陵墓，死而后已，班婕妤啊班婕妤，你是真情不渝呢，还是执迷不悟？

后来，许多诗人都演此事而作诗，一时《班婕妤》《婕妤怨》之类的诗题大行其道。李白《长信怨》诗云：

> 月皎昭阳殿，霜清长信宫。
> 天行乘玉辇，飞燕与君同。
> 更有留情处，承恩乐未穷。
> 谁怜团扇妾，独坐怨秋风。

然而，男性诗人们不过是以“他者”的眼光看待那些宫廷怨女，个中的滋味，也许只有当事人才最有发言权吧。

团扇上的爱情飘摇不定，对爱情充满期待的宫廷女子，其命运的脆弱性和悲剧性也就可想而知。班婕妤后来竟成为“妇德”的形象代言人，真不知是幸，还是不幸？

有主题的变奏

五噫歌

梁鸿

陟彼北邙兮，噫！
顾瞻帝京兮，噫！
宫阙崔嵬兮，噫！
民之劬劳兮，噫！
辽辽未央兮，噫！

此诗原载《后汉书·梁鸿传》。梁鸿（约25—104）是东汉初年人，性情高古，特立独行，他和妻子孟光“举案齐眉”的故事历来传为佳话。梁鸿不仅是一位志行高洁的隐士，还颇有狂狷之气，这首不同凡响的《五噫歌》就是他东出函谷关，经过京城洛阳时所作。

诗人登上了洛阳城外那高高的北邙山，回头眺望山下的洛阳城，只见巍峨的宫殿鳞次栉比，拔地而起；从各地征发来的民工背井离乡，日夜劳作，痛苦的徭役旷日持久，不知何时才是尽头……诗歌展示给我们的就是这样一幅全景式的画面。但我们不难把诗人选取的视角由远景推到特写，在那些宫殿的基石下面埋着多少尸骨，那些已经涂满了油漆的椽木上又凝着多少血泪！也许，诗人刚刚从热火朝天的工地走过，甚至和某一个疲惫不堪、愁苦无已的劳工交换过无奈的眼神，这才离开了繁华之中有憔悴的洛阳城，他一步一回头的背影渐行渐远，终于消失在逶迤不绝的北邙山。

此诗形式上很独特：表面看是一首楚歌，实则又不尽然。按照楚歌的形式，调节音节的衬字“兮”后面往往还有实在的内容，可这首《五噫歌》却一改旧制，“兮”字在句尾表示感叹语气，相当于“啊”，而且，每句末尾又分别加上一个更为强烈的感叹词“噫”，不仅形式上有异军突起之势，情感表达上也是一波未平，一波又起，五个“噫”字犹如五声惊雷，出人意表且振聋发聩。张玉穀《古诗赏析》称：“无穷悲痛，全在五个‘噫’字托出，真是创体！”可谓知言。

可以说，这是一首“有主题的变奏”，它以另类的形式表达了十分强烈的现实关怀。难怪此诗传到汉章帝刘炟耳中，会让他龙颜大怒，下令全国上下捉拿梁鸿了。

梁鸿当然没捉到，这首讥刺帝王劳民伤财、大兴土木的《五噫歌》却从此流传下来，无论谁写文学史都忘不了补上一笔。

绝交的诗意

与刘伯宗绝交诗

朱穆

北山有鸱，不洁其翼。
飞不正向，寝不定息。
饥则木览，饱则泥伏。
饕餮贪污，臭腐是食。
填肠满嗉，嗜欲无极。
长鸣呼凤，谓凤无德。
凤之所趋，与子异域。
永从此诀，各自努力！

绝交是个耐人寻味的举动，它必得满足的一个条件恰恰跟它的结果构成了反对。千金易得，知音难期。朋友该是人世间最能给人安慰和温暖的东西之一，何以先“交”而后“绝”之？不用说，那原因一定很复杂，其情感也势必很激烈，而绝交的诗意也正在于此。

古人耿直，乃好绝交。《论语》里说：“君子以文会友，以友辅仁。”“益者三友：友直，友谅，友多闻，益矣。”《易·系辞上》也称：“二人同心，其利断金；同心之言，其臭如兰。”可见先秦时代对友谊的好处已经颇有会心，尽管最爱研究君子和小人分野的孔子还是时常有“道不同不相为谋”的感叹，但总的说来还不失为“温柔敦厚”。到了汉代，绝交的举动也随着人的内在自我的日益觉醒而火药味渐浓。这一时期断交的故事颇不少，但把绝交当成天大的事写进文章且青史留名的，东汉的朱穆要算第一人。

朱穆（100—163）字公叔，南阳郡宛（今河南南阳）人，丞相朱晖之孙。此人为人耿直有韬略，二十岁举孝廉，后拜郎中、尚书侍郎，被人称为“兼资文武，海内奇士”（范晔《后汉书·朱穆传》）。朱穆是当时著名的史学家，汉桓帝时曾与边韶、崔寔、曹寿等，共入国史馆东观撰修《汉纪》，作《孝穆、崇二皇及顺烈皇后传》，又增补《外戚传》及《儒林传》。其文论也颇有名，曾作《崇厚论》，呼吁重视德教；又著《绝交论》，倡导交往以公。

朱穆的“绝交”主张，和孔子的学生子游任武城宰的时候，向孔子提到的那个“行不由径，非公事，未尝至于偃（子游名言偃）之室也”（《论语·雍也》）的澹台灭明的做法，其实是一致的。朱穆不是要和哪个具体的个人“绝交”，而是主张朝廷的“公务员”在政治生活中应该“无私游之交”，不拉帮结派，不结党营私，不搞“裙带关系”，从而改变当时社会人际交往中“公轻私重”、“于道而求其私”的不良现状。

品行很方正的朱穆，曾有感于一个叫刘伯宗的朋友“一阔脸就变”的丑行乃愤而与之绝交。他写了一封绝交书，说：“当年我做丰令的时候，足下不是正赶上母亲去世吗？你还脱掉孝服来官府见我。等到我作持书御史，你又亲自到办公的地方来看我。现在你官俸达到二千石，我的职位不过是个下级郎官，你反倒通过手下的计吏来谒见老朋友了。足下您难道是丞相太尉之类的高官吗？我难道是足下您手下的臣民吗？咥！你这个刘伯宗啊，你对仁义之道的理解是多么浅薄啊！”历数刘伯宗阳奉阴违的事实之后，还随信附了这首《与刘伯宗绝交诗》。范晔《后汉书》本传称：“盖因此而著论（指《绝交论》）也。”

诗中朱穆自比为高洁之凤，斥刘伯宗为恶浊之鸱，说对方是“飞不正向，寝不定息。饥则木览，饱则泥伏。饕餮贪污，臭腐是食。填肠满嗉，嗜欲无极”的邪佞无耻之辈，骂得好不痛快！事实证明，朱穆果然开了一时“绝交”之风气。汉末名士蔡邕在《正交论》里，有“疾浅薄而携贰者有之,恶朋党而绝交者有之”的话,说的正是当时的盛况。南朝梁代的刘孝标甚至还写过一篇《广绝交论》,为朱穆隔代声援。

这期间,最著名的绝交案例莫过于“管宁割席”。因为朋友华歆在锄地时发现一片金子并将其掷出去(说明他眼里还是有金子),又在同席读书时被窗外车马经过的喧闹声所吸引而“废书出看”(说明他不甘寂寞),管宁就把好好的一张席子一刀两断,说:“子非吾友也。”故事纯用白描写成,而人物的动作心理乃至人格境界赫然可见,堪称中国文言小说之精短极品。在这则绝交故事中,有一个在场的道具——席子,还有一个不在场的利刃——剪子或者刀。正是这一点使管宁的绝交行为在其决绝性上超越了朱穆,撇开管宁在今天肯定交不到朋友的推断不论,那把看不清形制的刀具躲在历史的暗处闪闪发光,的确晃得我们这些稀里糊涂的现代人睁不开眼。

有一段日子,我一直迷恋着那些绝交的故事。我常常想到另一个更为经典的故事,故事的主人公嵇康甚至为此付出了生命的代价。在中国历史上的旷世奇文《与山巨源绝交书》里,魏晋之际最“酷”的美男子嵇康显得有些小题大作。读过这封绝交信的人难免都会犯嘀咕:老朋友山涛推荐的官儿你可以不做,可也犯不着“绝交”啊?绝交就绝交吧,干嘛又把人骂个狗血喷头?其实,想不通就对了。因为“刚肠疾恶”的嵇康不过借力打力,通过痛骂山涛表明坚决不与司马氏合作的政治立场而已。这封信最终成为把嵇康推向断头台的引线之一。众所周知,行刑前,嵇康顾视日影,弹奏了一曲《广陵散》,遂成千古绝唱。可在这唯美的死亡之前发生的“托孤”事件却未引起充分的注意。嵇康没有把他十岁的儿子嵇绍托付给当时在场的哥哥嵇喜,却出人意料地交给了山涛,还对儿子说:“有巨源在,汝不孤矣。”这不能不让千年后的我们莫名惊诧,可知在嵇康心里,所谓“绝交”的对象并非山涛,而是心怀鬼胎又杀红了眼的司马氏。正是在这一刻,死亡的诗意和绝交的诗意才令人心动地交织在一起。

对于今人来说,绝交不仅洋溢着童年的天真,甚至还有些残忍的奢侈。人非圣贤，孰能无过？干嘛那么认真！可你得承认，古人的顶真中的确散发着更多的人的气息。古之绝交者往往外表似儒而骨子里近道。礼失求诸野，道不同则不得不诉诸“绝交”。绝交其实是一种表态，它主要不是宣布和某个个体的分道扬镳，而是在世俗与人海中，为奋力区别出自我而发出的一声近乎绝望的呐喊。现代人绝交行为的减少不是出于理性的成熟，而是少了一些执着和操守，多了许多得过且过的私心杂念。

我的绝交故事主要集中在童年，但二十多岁时也和朋友写过绝交信。关于此点我只想说，绝交的滋味是很苦的，尽管里面多少残留着一些古典的诗意。

谁说女子不如男?

咏史诗 班固

三王德弥薄，惟后用肉刑。
太苍令有罪，就递长安城。
自恨身无子，困急独茕茕。
小女痛父言，死者不可生。
上书诣阙下，思古歌《鸡鸣》。
忧心摧折裂，《晨风》扬激声。
圣汉孝文帝，恻然感至情。
百男何愦愦，不如一缇萦。

在长篇史诗的写作上，中国人几乎算是交了白卷，但本着古老的“诗言志”的传统，我们的古人倒是发明了一种聊可告慰的史诗“代用品”——咏史诗。

咏史诗的始作俑者，就是东汉大史家班固。不过，班固是“但开风气不为师”，他的这首咏史诗后人评价并不高，梁代钟嵘就在《诗品序》中说这首诗是“质木无文”。孔子说过：“质胜文则野，文胜质则史。”钟嵘言下之意，是说班固这首诗有点“野”，不够典雅，缺乏文采。但他也说“东京二百载中，唯有班固《咏史》”云云，并不抹杀班固在文人五言诗题材开拓上的贡献。

诗的头两句“三王德弥薄，惟后用肉刑”，点出唐尧、虞舜之后，夏商周三代的君王德行渐薄，刑罚苛峻，尤以肉刑为剧。广义的肉刑，盖指黥（刺面并着墨）、劓（割鼻）、刖（斩足）、宫（割势）、大辟（死刑）等五种刑罚。《汉书 · 刑法志》称 ：“禹承尧、舜之后，自以德衰而制肉刑，汤、武顺而行之者，以俗薄于唐、虞故也。”这是全诗的一个总纲，叙事的动力由此产生。

紧接着，班固用诗歌的形式为汉文帝时的孝女淳于缇萦“树碑立传”。所以，与其说这是一首咏史诗，不如说是关于淳于缇萦的一篇“诗传”。除了后两句，通篇都在讲故事，讲一个民间小女子诣阙救父的故事。

淳于缇萦的故事分别见于《史记·孝文本纪》和刘向《列女传》,《史记》原文如下 ：

> （汉文帝十三年，公元前 167 年）五月，齐太仓令淳于公（名意）有罪当刑，诏狱逮徙系长安。太仓公无男，有女五人。太仓公将行会逮，骂其女曰 ：“生子不生男，有缓急非有益也！”其少女缇萦自伤泣，乃随其父至长安，上书曰 ：“妾父为吏，齐中皆称其廉平，今坐法当刑。妾伤夫死者不可复生，刑者不可复属，虽复欲改过自新，其道无由也。妾愿没入为官婢，赎父刑罪，使得自新。”
>
> 书奏天子，天子怜悲其意，乃下诏曰 ：“盖闻有虞氏之时，画衣冠异章服以为僇，而民不犯。何则？至治也。今法有肉刑三，而奸不止，其咎安在？非乃朕德薄而教不明欤？吾甚自愧。故夫驯道不纯而愚民陷焉。诗曰‘恺悌君子，民之父母’。今人有过，教未施而刑加焉？或欲改行为善而道毋由也。朕甚怜之。夫刑至断支体，刻肌肤，终身不息，何其楚痛而不德也，岂称为民父母之意哉！其除肉刑。”

引用这么长的原文，是想让大家明白班固的咏史诗与原始素材的关系。废除肉刑本是国家大事，但促使宅心仁厚的文帝下定决心的，却是一个十几岁的少女。汉文帝固然伟大，小女子缇萦更是了不起。而班固的独特之处，正在于他把国事和家事做了一个“嫁接”，从而彰显了“谁说女子不如男”的主题。

班固发出“百男何愦愦，不如一缇萦”的感叹，是有缘故的。他除了赞美缇萦的勇敢，还流露了对她的父亲太仓公淳于意的羡慕。淳于意虽然生了五个女儿，“自恨身无子”，最终却受益于女儿；班固儿子虽不少，却个个顽劣无度，很不靠谱，自己最后下狱被害，没有一个儿子挺身而出。其实，也不能全怪儿子，《后汉书·班固传》说“固不教学诸子，诸子多不遵法度，吏人苦之”，这不是“养不教，父之过”的最好例证么？因为家教不严，连奴才都飞扬跋扈，当时的洛阳令种兢正是被班固的奴才得罪在先，而后才报复班固在后的。等到班固的保护伞大将军窦宪倒台，种兢见时机已到，便将班固抓捕入狱，严刑拷打，惨死狱中。

这首诗大概就是班固狱中所写，在死亡的前夜，这个六十一岁的父亲悔恨交加，他用当时人们还很少操作的五言诗，提出了一个至今仍很现实、也很严峻的问题：生男好呢？还是生女好？

老话说：嫁出的女儿泼出去的水。宋人陈元靓《事林广记》也说：“养儿防老，积谷防饥。”但，这话在农业社会还说得过去，放在商业社会就行不通了。当社会结构发生变化，大家族渐渐消失，小家庭成为社会最小细胞之后，宗法制度下的“男尊女卑”乃至“父权”、“夫权”等观念，早已名存实亡。在某些大城市，甚至是“女权”抬头、“妻权”至上，儿子们长大后，纷纷如民间谣谚所云，“小喜鹊，尾巴长，娶了媳妇忘了娘”！

人总是趋利避害的，当年杨贵妃入选进宫，“回眸一笑百媚生，六宫粉黛无颜色”之时，白居易便写下“遂令天下父母心，不重生男重生女”（《长恨歌》）的名句。这在当时可能有些调侃之意，可在高度全球化的今天，特别是在男女同工同酬的今天，这两句诗却成了地道的写真。生男孩变得很不合算，因为常常是“娶个媳妇卖个儿”；养女儿则一本万利，且不说女儿是父母的“贴身小棉袄”，就是那自己没养过一天的毛脚女婿，最后不也变成“一个女婿半拉儿”了吗?

所以,“弄璋之喜”远不如“弄瓦之喜”来得实惠:生男孩也就是“开心一刻”，生女孩才会真正“笑到最后”。这，恐怕是班固始料不及的。

不知怎么，竟想起1968年4月29日，以“现行反革命”罪被上海公安局秘密枪毙的有“圣女”之称的林昭来。当她从一个狂热的革命青年，觉醒为一个自由的斗士，用“爱”而不是“仇恨”来拯救这个世界的时候；当她在批斗会上站出来，大声疾呼“我的观点很简单，就是人人要平等，自由，和睦，和蔼，不要这样咬人”的时候;当她在狱中八年，忍受着非人的折磨，用竹签和发卡戳破皮肉和血管，在墙壁、衬衫和床单上，用鲜血写下二十余万字的文章和诗歌的时候；这些时候，她让整个世界的男人感到汗颜!

林昭自豪地说：“这个大义所在一往无前的青年反抗者偏偏是个女子！”

林昭，是以人类的名义发出自己的声音，而且是在无人聆听的黑夜。相比之下，孝女缇萦的运气要好得多，她的事迹毕竟青史流传，而圣女林昭的名字，至今还没有太多的人知道。

当爱情遇到婚姻

赠妇诗·其一 秦嘉

人生譬朝露，居世多屯蹇。
忧艰常早至，欢会常苦晚。
念当奉时役，去尔日遥远。
遣车迎子还，空往复空返。
省书情凄怆，临食不能饭。
独坐空房中，谁与相劝勉。
长夜不能眠，伏枕独展转。
忧来如循环，匪席不可卷。

妻子回娘家养病去了，夫妻小别有日，念远盼归的心情已经很浓，几不可持。这时，偏偏又接到一纸命令，要自己速到洛阳就任某职，平静的生活全被打乱，公务与家事于是陷入两难。这么一个小小的变故，却在诗人敏感的心里激起了巨大的波澜，诸如人生无常、命运屯蹇、造化弄人、事与愿违这些形而上的思虑便纷至沓来，“剪不断、理还乱”了。

一切具有自我意识的个体，面对他无法掌控也无从逆料的命运时，难免会作如是想。于是，诗人做了一个自以为果断的决定——“遣车迎子还”——算是对命运的一个示威和挑衅。他可能这样盘算：既然接下来的是更长更远的离别，那么，不如抓住今天，努力创造一次欢聚的机会！

然而，妻子终于因为病体未安，而让那载满诗人希望的车子“空往复空返”了。

抗争被宣布无效，这更加重了诗人的伤感。他寄过去的诗一定很感人吧，妻子的答诗充满歉疚和思念，竟说“恨无兮羽翼，高飞兮相追。长吟兮咏叹，泪下兮沾衣”。看了这样的答书，怎不令人凄然伤怀？于是，饭也吃不下了，觉也睡不好了。末句“忧来如循环，匪席不可卷”，化用了《诗经·邶风·柏舟》“我心匪席，不可卷也”一句，遂将离忧别绪不绝如缕的样态，极形象地表达出来，夫妻间的挚爱亲情跃然纸上，可触可感。

人常说，婚姻是爱情的坟墓，可这句话对秦嘉夫妇而言，显然无效。

古人活得终究是精致的，相比今人来说。手机和网络的出现，使今天的人远离了情书的写作，甚至连写信本身都变得风雅了许多，如果有谁竟然以诗歌的方式写一封给老婆的家书，那恐怕是要让人跌掉眼镜、笑掉大牙的吧，至少可以获赠一顶“矫情”的帽子。

所以，读秦嘉的这首《赠妇诗》，我们会感到时光在人类的心灵上积满了太多的灰尘，掸也掸不掉，正如李后主的词，“拂了一身还满”。

这对夫妇的故事告诉我们，当爱情遇到婚姻，如何才能从“坟墓”走向“天堂”。

批评者怎样才能获得尊严

疾邪诗·其一 赵壹

河清不可俟，人命不可延。
顺风激靡草，富贵者称贤。
文籍虽满腹，不如一囊钱。
伊优北堂上，抗脏倚门边。

东汉末年是少有的乱世：外戚、宦官交替专权，主荒政谬，礼崩乐坏，民不聊生，类似的评价可以罗列出一大堆。性情耿直的文士赵壹于是写了一篇《刺世疾邪赋》，对时政和世风加以严词抨击。赋的结尾部分，作者假托秦客"为诗"，鲁生"作歌"，用两首讽喻色彩很强的诗歌提挈全赋主旨。这里所选的就是所谓"秦客诗"。

我们知道，《左传·襄公八年》有"俟河之清，人寿几何"之句，诗的头两句即用了此典，并且做了否定的回答：河清是等不到的，人的寿命也不会长久。联系《刺世疾邪赋》的内容可知，作者对汉末社会的污浊黑暗已经彻底绝望。而最让他不能忍受的，是社会价值观的严重扭曲，金钱和权势几乎成为评价贤愚的唯一标准。那些靠祖上的荫庇或者非法的手段牟取了财富的人，不仅占据了社会的各个要津，而且冠冕堂皇地以“贤者”自居，拥有对一切伦理道德的解释权和评判权，不管他们事实上多么庸碌、蠢笨和丑恶。统治者表面上鼓吹德行和才学，暗地里却又容忍甚至助长卖官鬻爵、徇私舞弊等不正之风，最终造成了“文籍虽满腹，不如一囊钱”的荒唐局面。末一句把专事阿谀谄媚的“伊优”之徒，跟高傲耿直即“抗脏”之士作对比，前者占据朝廷高位，后者却被拒之门外，沉沦下僚。

人们不禁会问，读书问学到底有何意义？正道直行究竟是不是上当受骗？如果一个社会，竟让那些追求正面价值的人找不到出路，穷愁潦倒，那么这个社会的正当性和合法性自然是大可怀疑的——诗歌的意义正在于此。

赋体而以诗歌作结，代替了先前的“乱曰”，这大概是赵壹的首创，后来赋体的诗化倾向在这里已初露端倪。另一首“鲁生歌”也是同样格调的不平之鸣，其文云：

势家多所宜，咳唾自成珠。
被褐怀金玉，兰蕙化为刍。
贤者虽独悟，所困在群愚。
且各守尔分，勿复空驰驱。
哀哉复哀哉，此是命矣夫！

因为篇幅短小，言简意深，这两首小诗竟然脱离了它们的母体，单独成了一道引人瞩目的风景了。

赵壹的这首诗，不过是穷愁潦倒时的牢骚，它可能于事无补，但，如果只是在外部的不公正和内部的怯懦的双重压迫下度过一生，那才是真正的可悲复可怜！赵壹用行动告诉我们：

批评者只有通过批评才能最终获得尊严。

怎样和“陌生人”说话

羽林郎　辛延年

昔有霍家奴，姓冯名子都。
依倚将军势，调笑酒家胡。
胡姬年十五，春日独当垆。
长裾连理带，广袖合欢襦。
头上蓝田玉，耳后大秦珠。
两鬟何窈窕，一世良所无。
一鬟五百万，两鬟千万余。
不意金吾子，娉婷过我庐。
银鞍何煜爚，翠盖空踟蹰。
就我求清酒，丝绳提玉壶。
就我求珍肴，金盘脍鲤鱼。
贻我青铜镜，结我红罗裾。
『不惜红罗裂，何论轻贱躯。
男儿爱后妇，女子重前夫。
人生有新故，贵贱不相逾。
多谢金吾子，私爱徒区区。』

和著名的汉乐府民歌《陌上桑》一样，这首诗也涉及了古代的“性骚扰”问题。诗歌写到“性骚扰”最远可以追溯到《诗经》,《豳风·七月》的“女心伤悲：殆及公子同归”，说的就是奴隶主贵族对民间女子的性侵犯。当时的女性似乎除了“伤悲”外没有其他办法。美国影星梅尔·吉普森主演的《勇敢的心》里，也有这种平民英雄和贵族争夺“初夜权”的悲壮故事，真可谓“太阳底下无新事”。

《陌上桑》里秦罗敷的表现，至少说明在汉代女子地位有所提高，尽管她捍卫自己的尊严仍不免要为自己找一个男性靠山。面对使君“宁可共载不”的挑逗,伶牙俐齿的罗敷是通过“塑造”一个比使君相貌更好、官位更高、前途更远大的“夫婿”形象，来“吓”退这位心怀鬼胎的骚扰者的，可谓“道高一尺，魔高一丈”。很多人把罗敷当作“阶级斗争”的楷模去颂扬，而忽视了罗敷的“致辞”并未表现出对“使君”所处阶级的不满与对立，她所塑造的“夫婿”形象倒是迎合了世俗流行的“官本位”的价值观念的。罗敷的表现更多的还是一种个体行为，从女性主义的立场解释远比阶级的分析更妥当，倒是《陌上桑》洋溢的喜剧色彩颇有趣味，和民间社会的机智故事一样，它带给我们的是开心一笑。

相比之下，辛延年的这首《羽林郎》所塑造的胡姬形象，其立场和性格就要鲜明得多。由胡姬的职业身份所决定，最初面对金吾子的曲意殷勤——“就我求清酒”“就我求珍肴”——她不得不有求必应。“丝绳提玉壶”“金盘脍鲤鱼”的描写说明胡姬是一个聪明、能干、见过世面、具有职业精神的商场女性，“金吾子”这类仗势欺人的无赖她不会没见过，只要对方的行为尚在客人“消费”的范围之内，她就能忍则忍。正是在这一点上，胡姬的形象要比罗敷更为真实、丰满和可信。不过，她的忍耐却助长了对方的气焰，“贻我青铜镜，结我红罗裾”，显然超越了容忍的限度。面对金吾子的轻佻举动，胡姬终于忍无可忍，和风细雨于是变为雷霆万钧，接下来的慷慨陈辞句句警醒，气势夺人，无懈可击！

“不惜红罗裂，何论轻贱躯”，语言何等刚烈，动作何等决绝！“男儿爱后妇，女子重前夫”两句，既恰情境，又含无尽意味，既表达了自己对爱情的忠贞，也揭示了人性的深层根性。而“人生有新故，贵贱不相逾”一句，则将自己不因“新故”“贵贱”而改变爱情的心志和节操坦露无遗。最后以“多谢金吾子，私爱徒区区”作结，修辞方法上属于反语，表达效果上却是用正面的评价给对方以回旋的余地，使其只能以体面的方式收场，说明胡姬在盛怒之下依然保持了适当的克制，这种斗争方式真可谓“有理、有据、有节”。胡姬的形象于是乎不仅可爱，而且可敬！一首篇幅不长的诗歌，能够把叙述故事和塑造人物结合得如此完美，实在难能可贵。

前些年，有一部反映性骚扰题材的电视剧到处热播，题目叫《别和陌生人说话》。事实上，真的遇到别有用心的“陌生人”，不说话也不是个事，关键是怎样说、说什么的问题。你看，这首诗里的胡姬不是说得很好吗？

“新”与“旧”的悖论

古怨歌

窦玄妻

茕茕白兔，
东走西顾。
衣不如新，
人不如故。

生活中很多东西都挡不住一个旧字，比如衣服。衣服旧了，颜色褪了，穿在身上已不复当初的光鲜，虚荣心是有些犯嘀咕的。无论男人女人，得到一件新东西总是开心的，因为见异思迁原是人的本性。俗话说：“旧的不去，新的不来。”现代女性追逐时尚，有“女人永远都缺一件衣服”之说，和这首歌谣里“衣不如新”的表达正相对照。

不过，如果把衣服换作人，情况就要复杂得多。汉乐府民歌《上山采蘼芜》就说：

上山采蘼芜，下山逢故夫。长跪问故夫：“新人复何如？”

"新人虽言好，未若故人姝。颜色类相似，手爪不相如。
新人从门入，故人从阁去。新人工织缣，故人工织素。
织缣日一匹，织素五丈余。将缣来比素，新人不如故。"

一对离婚的男女邂逅于山间，于是有了一段关于"新人"和"旧人"的"悄悄话"。"前妻"问"故夫"：我的继任怎么样啊？没想到，"故夫"竟然啰里啰嗦地说了一大通，主要就是表达一个意思："她比你差远啦！"是心存歉意而讨好，还是痛定思痛的肺腑之言？我们不得而知。最后一句"新人不如故"，除去"新"字，和这首《古怨歌》的末句完全吻合。可见，人类生活中的喜新厌旧是要经受伦理道德的拷问的。

此诗最初见于《太平御览》，题为《古艳歌》，并无作者名氏。明、清人选本则作东汉窦玄妻《古怨歌》。沈德潜《古诗源》说："（窦）玄状貌绝异，天子使出其妻，妻以公主。妻悲怨，寄书及歌与玄，时人怜之。"看来窦玄是个人见人爱的大帅哥，他的移情别恋竟是奉了皇上的"钧旨"，属于"国家意志"了。面对蛮不讲理、横刀夺爱的皇帝老儿，窦玄妻又能怎样呢？

也许，"新人不如故"是再婚男子发自肺腑的感叹，但悲剧已经酿成，悔之晚矣。甚至那"悔"恐怕也是做给人看的，只是为了安慰。你看他用来判断的根据竟是"颜色"和"手爪"，他拿来做比方的竟然是衣服！可知男人确有自私的一面。但上帝造人时就做了这些手脚，又能如之奈何？那种把改变男女之间的性别不平等的希望，寄托在社会更新、法令完善的想法也许只是自欺欺人，别忘了，上帝自己好像也是个男人。

不管是否属于附会，沈德潜将诗题的"艳"改为"怨"还是有道理的。联系到《羽林郎》里"男儿爱后妇，女子重前夫"一句，可知汉代社会的婚姻并不牢固，"离婚率"和"再婚率"均相当高，否则"后妇""前夫"不会成为经验之谈。另一方面，也说明这种婚姻的不稳定，罪魁祸首在于男人的三心二意，朝秦暮楚。"由来只有新人笑，有谁见过旧人哭，爱情两个字，好辛苦。”男子的喜新厌旧，停妻再娶，显然造成了对已婚妇女的重大威胁。

不过话又说回来，在现代社会，特别是大都市中，女性在婚姻中率先“叫停”的比例日渐增多，因为古代的女子太受压抑，现代女性的“喜新厌旧”反倒给赋予“追求幸福”的美好内涵了。其实，人性本质上是相似的，女性的喜新厌旧并不就比男性的喜新厌旧更具道德合理性。——没受过旧社会的苦，却尽享新社会的甜，这是现代女性从旧时怨妇那里“得来全不费功夫”的“胜利果实”。

还是回到这首《古怨歌》。如果说这诗真是窦玄妻所作，说明这个女子对于人性有着充分的洞悉。而末两句“衣不如新，人不如故”，除了提前对再婚男女的情感做出“预判”之外，也隐隐透露了她的自信，以及对窦玄的不能忘情。她在想，总有一天你会发现，老婆还是原配的好，那时你就是悔到“肝儿绿”也没门了！

也许，在对待情感的执着专一上，女子堪作男子的老师。可是，如果“前夫”真的已成“前夫”，又有什么值得“重”的呢？倒是眼前的生活，需要好自为之。

爱上一个不回家的人

盘中诗 苏伯玉妻

山树高，鸟鸣悲。泉水深，鲤鱼肥。
空仓雀，常苦饥。吏人妇，会夫稀。
出门望，见白衣。谓当是，而更非。
还入门，中心悲。北上堂，西入阶。
急机绞，杼声催。长叹息，当语谁？
君有行，妾念之。出有日，还无期。
结巾带，长相思。君忘妾，未知之。
妾忘君，罪当治。妾有行，宜知之。
黄者金，白者玉。高者山，下者谷。
姓者苏，字伯玉。人才多，智谋足。
家居长安身在蜀，何惜马蹄归不数。
羊肉千斤酒百斛，令君马肥麦与粟。
今时人，知四足。与其书，不能读。
当从中央周四角。

这首诗在中国历史上名气很大，它不是普通的诗，而是一种用智慧和情思结撰而成的艺术品。如图所示，最初它是被写在盘子里的，至于识读的方式，作者最后已经告诉我们，“当从中央周四角”，即由内向外，或向左旋，或向右转，词意均能上下衔接。

所以,这首“形式”完全大于“内容”的回文诗被称作《盘中诗》，似乎它写了什么都是次要的了，关键是它竟然别出心裁地写在盘子里，而且字数、音节、诗意、情感配合得浑然天成，好比一杯勾兑得色香味俱佳的鸡尾酒，让人叹为观止！

苏伯玉的妻子真是善解人意，聪明绝顶。你看她先诉说相思之苦，把自己比作空仓之雀，苦饿交并，形象多么生动而传神，情感多么深挚而强烈！接下来是对“出有日，还无期”的丈夫的埋怨，却又含蓄委婉，点到即止。这还不算，还话里有话地说，“君忘妾，未知之。妾忘君，罪当治”，言下之意，你是否忘记我了只有天知道，但如果真的忘记了那也是难逃罪责的，因为我无时无刻不在想念着你！并且以金、玉、山、谷四种不变的事物为喻，表明自己的节操和心志。紧接着宕开一笔,突然指名道姓地拍马屁,先恭维丈夫“人才多,智谋足”,又引诱说家里羊肥酒香，就等你回来享用呢！

最让人感动的还是后几句，因为怕自己写的诗丈夫看不懂，便故意绕着弯子说“今时人”读不懂，既提示了诗的读法，又照顾了丈夫的面子，真是心细如发，情意绵绵。读到这里，大概很多男性读者都会羡慕那个不知好歹的苏伯玉吧？

“回文诗”是我国古代特有的一种诗歌体式,刘勰《文心雕龙·明诗》说:“回文所兴,则道原为始。”有人以为“道原”乃指南朝宋时人贺道庆,果真如此，那么刘勰并不知道汉末已有此诗，更不知道东晋时的才女苏惠还有一首织在锦上的《璇玑图》诗。现在看来，回文诗的创作实需要高超的语言技巧和形式创意，也只有兰心蕙性、心思缜密的痴情女子才能写得出。

这些诗为什么叫“回文”？我想是另有些含义的。那个“回”字，不正是这些“爱上一个不回家的人”的苦命女子的声声呼唤么？看了这样的凝结着爱与泪的诗，远方的丈夫怎能不感动，岂敢不早“回”？

香花最是惹人妒

董娇娆 宋子侯

洛阳城东路，桃李生路旁。
花花自相对，叶叶自相当。
春风东北起，花叶正低昂。
不知谁家子，提笼行采桑。
纤手折其枝，花落何飘扬。
『请谢彼姝子，何为见损伤？』
『高秋八九月，白露变为霜。
终年会飘堕，安得久馨香。』
『秋时自零落，春月复芬芳。
何如盛年去，欢爱永相忘？』
吾欲竟此曲，此曲愁人肠。
归来酌美酒，挟瑟上高堂。

那是一个晴好的春日，阳光明媚。洛阳城东，一条小路蜿蜒伸向远方，路的两旁，谁家种的桃树和李树错落而生，枝叶葳蕤，花事正闹。诗的开头为我们描画的，正是这样一幅自然、美丽的春光图。

但紧接着，这和谐静谧的氛围起了变故。也不是多大的乱子，只是一位采桑的女孩走进了画面，她一手提篮，另一只本该采桑的手许是有些无聊吧，顺势就攀住一条桃李的柔枝，只那么轻轻一折，开得正艳的花瓣便轻舞飞扬，飘然而落。

于是善感的诗人让我们听到了这样的“画外音”：

花的诘问：“请问你这小闺女，为何要来损害我？”

女顾左右而言他：“高秋八九月，白露变为霜。终年会飘堕，安得久馨香。”言下之意，这点损害算得了什么呢，反正你早晚都要凋谢的。

花于是生气了：“我固然是经秋而黄，入冬而落，但来年春天我会再度芬芳；比起你们这些盛年既逝就色衰爱弛的女子来，总要好得多吧？”

——如果拍成电影，这时该有一个采桑女孩困窘不堪、怅然若失的特写的。

然而这诗的情节和对话虽好，却是子虚乌有的向壁虚构。与其说是采桑女见花生妒，进而攀枝损花，倒不如说是诗人偶然瞥见了此景而自兴人生苦短、韶华易逝之叹。最后四句“吾欲竟此曲，此曲愁人肠。归来酌美酒，挟瑟上高堂”，原是乐府民歌的常调，视角忽然换成第一人称，似乎上述画面只不过是“吾”一手导演而成，诗人想说的是什么呢？应该是生命属于人类只有一次，所以应该忘却烦恼，抓住现在、及时行乐吧。

这样看来，此诗就颇有寓言的味道，它不仅有学习乐府民歌的一面，也染上了汉末文人诗感时伤生的流行色。特别值得一提的是，诗歌以花喻人、又将人花对比，借以抒发人生有限、自然永恒的感叹，此中幽曲，对于初唐刘希夷、张若虚等人的时空咏叹当有着直接的影响。刘的“年年岁岁花相似，岁岁年年人不同”（《代悲白头翁》）和张的“人生代代无穷已，江月年年只相似”（《春江花月夜》），似乎在几百年前的这首《董娇娆》里就已经埋下了种子，奏响了序曲。

人们常把美人比作香花，殊不知，香花最是惹人妒，美人啊，面对春花秋月，收起你那经不起推敲的高傲吧。珍惜生命，把握眼前，不知幸福为何物的时候，其实就是幸福。

四 点点滴滴凄凉意

（汉乐府与《古诗十九首》八首）

史上最高的爱情保险

上邪

上邪！
我欲与君相知，
长命无绝衰！
山无陵，江水为竭，
冬雷震震，夏雨雪，
天地合，乃敢与君绝！

汉代的“一代之文学”是汉赋，可是能够通读汉赋的有几人呢？记得汉赋中的华彩乐段的有几人呢？汉赋在我们心里，常常浓缩为几个耳熟能详的人名和篇目，至于汉赋的详情，则成了学者专家的研究课题。相比之下，汉代诗歌倒是深入人心，前面说过的文人诗如此，和汉代文人诗分庭抗礼的汉乐府民歌和《古诗十九首》，也是如此。诗歌，在文学诸样式中的优势地位，在汉赋与汉诗的 PK 中，又一次得到了彰显。

而这首《上邪》，几乎是汉乐府民歌的一个“标志性文本”，谁写“文学史”都绕她不过。

这首诗几乎不必翻译。因她本就是大白话，因她本就是自由诗。二言、三言、四言、五言、六言，跌宕起伏，错落有致，犹如语言的冲浪，怎么刺激怎么来！

这诗又是有性别的。她一发声，我们就听出了是个“原生态唱法”的女高音。首句“上邪”，犹言“天啊”，一上来就是赌咒发誓的调子，一上来就把自己放到了天地之间的最高处，一上来就把爱情的弓拉得不能再满！我们的心不由得悬起来，听候这个激情澎湃的“女高音”发落。

接下来，她直接对着她的心上人高喊：“我愿与你相爱啊，只要生命不息，我的爱就永不绝衰！”这是扯天扯地、旁若无人的呐喊，在女主人公的心里，似乎爱情就是生命，就是呼吸，不可须臾或离！鲁迅在《伤逝》里说：“爱要有所附丽，才能长久。”我们的女高音才不管这么多，她的脑子里没有一丁点儿退缩和犹豫，名人名言她也背得不多，更不知道什么“人言可畏”，那一刻，她听任自己烧成了一团熊熊的爱之烈火，那一刻，她就是要站在世界的最高处，完成一次“爱的蹦极”！

如果没有这前三句的“蓄势”，诗歌的后半部很难完成那些“高难度动作”：

山无陵，江水为竭，（除非高山变平地，江河不见一滴水，）

冬雷震震，夏雨雪，（除非冬天雷轰鸣，夏日炎炎下大雪，）

天地合，乃敢与君绝！（除非天地重合到一起，才敢忍痛与君离！）

什么叫“海誓山盟”“海枯石烂”，这就是了。这些排山倒海般的句子，恍如天外飞石，扑面而来，目击心遇，鲜有不为之动容者！这姑娘情急生智慧，觉得把爱情期限定在自己有限的一生中还是太短，竟然一口气又给自己的爱情上了五个“终极保险”。言下之意，我的爱的长度要远远超过我的生命，除非这个世界不存在了，我的爱才会终止！清人沈德潜评此诗云：“山无陵下共五事，重叠言之，而不见其排，何笔力之横也！”(《古诗源》卷三)张玉穀也说："首三，正说，意言已尽，后五，反面竭力申说。如此，然后敢绝，是终不可绝也。迭用五事，两就地维说，两就天时说，直说到天地混合，一气赶落，不见堆垛，局奇笔横。"(《古诗赏析》卷五)但张玉穀把此诗判为“忠心于上之诗”，就未免盲人摸象了。

记得电影《大话西游》中，周星驰口吐莲花地说了一段名言：

> 曾经有一份真诚的爱情摆在我的面前，我没有珍惜，等到失去的时候才追悔莫及，人世间最痛苦的事情莫过于此。如果上天能够给我一个重新来过的机会，我会对那个女孩子说三个字："我爱你。"如果非要给这份爱加上一个期限，我希望是，一万年！

尽管十分搞笑，许多少男少女还是把这段话奉为“爱情圣经”。可是，你把这段话和《上邪》比一比，无论情感力度还是艺术高度，相去岂可以道里计？“一万年”听起来挺唬人，可还是有个期限，不如索性给爱情判个“无期徒刑”来得干脆利落。

不知道那姑娘的爱是不是“单行道”，如果是，也大可不必担心，试想：哪个男人能经得起这样的“语言轰炸”呢？恐怕你明知道这是高烧不退的胡话，还是会感动得一塌糊涂。爱情是不讲逻辑的，有时候，事实上不能兑现的誓言，反过来倒可以用来测量，一个人情感“沦陷”的程度。“假作真时真亦假，无为有处有还无。”此之谓也。

自古以来，女性表达爱情的诗歌，在力度上有没有超过这一首的？也许有的吧，但我不知道。

明明白白我的心

有所思

有所思，乃在大海南。
何用问遗君？双珠玳瑁簪，用玉绍缭之。
闻君有他心，拉杂摧烧之。
摧烧之，当风扬其灰。
从今以往，勿复相思！
相思与君绝！
鸡鸣狗吠，兄嫂当知之。
妃呼豨，秋风肃肃晨风飔，
东方须臾高知之！

如果说，《上邪》表现的是要死要活的爱，那么，这首《有所思》，宣泄的则是咬牙切齿的恨。

此诗也是汉乐府民歌的名作，她借一个民间女子之口，演绎了一份如火如荼的爱，是怎样迅速转化为势同冰炭的怨的，语言质朴，情感真切，形式及内容俱臻佳境。

诗分三层。前五句为第一层，写“爱”，情思缠绵：我有一个日思夜想的爱人，远在大海之南，天涯一角。“何用问遗君”三句，自问自答，是乐府诗中常见的句式：我用名贵的珍珠和玳瑁制作了一枚发簪，周围还有碎玉缠绕，这，就是我为他精心准备的礼物。

中间七句为第二层，写“恨”，情绪急转直下：听说你竟然移情别恋，这凝结着我的真爱的发簪还要它何用？不如扯碎了扔到火里一烧了之！即便如此，仍不能解我心头之恨啊——“摧烧之，当风扬其灰”！簪子已经烧成了灰烬，还要把它当风甩出去，这是多么决绝而又孩子气的仪式！这一刻，那飞扬的灰烬，几乎成了那个昨日还思恋的人的化身。——从今以后，再也不会想这个人了！“相思与君绝”，即“与君相思绝”，言下之意，从今以后，我的字典里再没有对你的相思和爱慕了！

后五句为第三层，写“愁”。“鸡鸣狗吠，兄嫂当知之。”这是转念一想，写当初幽会之时，尽管小心翼翼，还是惊得“鸡飞狗跳”，我和他的事，兄嫂应当是知道的吧。为什么突然这样说？大概一阵感情的风暴过后，主人公冷静下来。到底该怎么处理与他的这份情感呢？是隐而不发，还是捅破这层窗户纸？她拿不定主意。而正是这个下意识的情绪波动，几乎把前面的“决绝”誓言及行为的刚烈性给消解了，冲淡了。毕竟，他们有过一段美好的时光啊。

“妃呼豨”三字，闻一多先生解释为：“妃读为悲，呼豨读为歔欷。”（《乐府诗笺》）这是顾影自怜的意思，犹言“多么可悲啊”，作用是承上启下，以为过渡。“秋风肃肃晨风飔”，是以景写情。晨风，是一种鸟；《诗经·秦风·晨风》：“鴥彼晨风，郁彼北林。未见君子，忧心钦钦。”这里提到晨风，或有恨意渐消、转而思念之意。但这属于“潜意识”的情感，连女主人公都未必愿意承认吧。“飔”，闻一多训为乃“思”字之讹，言晨风鸟慕类而悲鸣。不过“飔”也可训为“风凉”“风疾”，早晨的秋风迅疾而又微凉，反衬无限凄清之情，亦可通。末句“东方须臾高知之”不易解。须臾，犹瞬间。“高”，音、义皆同“皓”，谓东方欲晓，天色皓然。整句可解为：很快就会日出东方，天光大亮，那时我就知道该怎么办了，我的忧愁和烦恼也就会被明亮的阳光驱散了吧！

这么一首不足八十字的短诗，却把一个陷在爱情泥淖中的女子的内心，十分生动、细腻地刻画出来，给人以无穷的联想。她让人想起那首著名的流行歌曲：

> 明明白白我的心，渴望一份真感情。曾经为爱伤透了心，为什么甜蜜的梦容易醒。你有一双温柔的眼睛，你有善解人意的心灵。如果你愿意，请让我靠近，我想你会明白我的心。星光灿烂风儿轻，最是寂寞女儿心。告别旧日恋情，把那创伤抚平，不再流泪到天明。……

看来，在爱情心理上，古人和今人真是并无太大的不同。

“明明白白我的心”？——如果真能那么明白就好了。当初，孔子的学生子张问孔子什么是“惑”，孔子这样回答：“爱之欲其生，恶之欲其死。既欲其生，又欲其死，是惑也。”(《论语·颜渊》)如果将《上邪》和这首诗联系起来，甚至假想两首诗中的女子是同一人，会怎样？你会发现，人类的“爱”里面，真是充满了理性不可索解的“惑”，难怪《世说新语》为男女之爱专设一篇，题为《惑溺》。“惑”而不知，“溺”而不觉，甚至“无怨无悔”，这，也许就是人类永远摆脱不了的情感瘟疫——爱情——吧？

兄嫂为何难久居？

孤儿行

孤儿生，孤儿遇生，命独当苦。
父母在时，乘坚车，驾驷马。
父母已去，兄嫂令我行贾。南到九江，东到齐与鲁。
腊月来归，不敢自言苦。头多虮虱，面目多尘土。
大兄言办饭，大嫂言视马。上高堂，行取（趋）殿下堂，
孤儿泪下如雨。
使我朝行汲，暮得水来归。手为错，足下无菲。怆怆
履霜，中多蒺藜。
拔断蒺藜肠肉中，怆欲悲。泪下渫渫，清涕累累。
冬无复襦，夏无单衣。居生不乐，不如早去，下从
地下黄泉。
春气动，草萌芽。三月蚕桑，六月收瓜。
将是瓜车，来到还家。瓜车反覆，助我者少，啖瓜者多。
『愿还我蒂，兄与嫂严。』独且急归，当兴较计。
乱曰：里中一何譊譊，愿欲寄尺书，将与地下父母：
兄嫂难与久居！

此诗写一个失去父母的孤儿，在兄嫂驱使和盘剥下的悲惨生活，既是社会状况的写照，也触及了家庭生活中一个深刻而又沉重的话题。

诗用口语写成，比较质朴而略显枝蔓，故沈德潜称："极琐碎，极古奥，断续无端，起落无迹，泪痕血点，结撰而成，乐府中有此一种笔墨。"（《古诗源》卷三）

我疑心沈德潜并没有细读，"琐碎"有一点，"古奥"却谈不上，"泪痕血点"看得是不错，但"断续无端，起落无迹"，则纯属妄说了。

因为根据内容，分明可将此诗分作如上所示的三段：

第一段主要写孤儿“行贾”事。前三句，总写孤儿命苦。接着写“父母在时”，尚且能“乘坚车，驾驷马”（说明家道尚殷实）；父母死后，兄嫂继承家业，成了自己的“监护人”。怎奈兄嫂无情，先是迫令其出去做买卖（“行贾”），九江齐鲁，不辞劳苦。冬日归来后，兄嫂不仅不嘘寒问暖，反又勒令其做饭喂马，跑前跑后，没个消停，以至“孤儿泪下如雨”。

第二段换一个场景，写兄嫂使其“汲水”。寒冬腊月，孤儿朝出晚归，双手皲裂（皮肤皴裂），脚下无履（草鞋），走在霜雪之中，每为蒺藜所伤。“拔断蒺藜肠肉中”，不禁心中悲怆，涕泗交流。“居生不乐，不如早去，下从地下黄泉”，犹言生不如死，不如一死了之。

第三段写冬去春来，兄嫂要孤儿采桑养蚕，春去夏来又要他种瓜收瓜。孤儿毕竟年幼，体力有限，以致收瓜归来的路上，车翻瓜滚。祸不单行的是，路人不仅不来帮忙，反而趁火打劫，你争我抢，大快朵颐。孤儿情急之下，一边叫：“快还我瓜蒂，兄嫂殊严厉！”一边想：“还是快回家，否则兄嫂欺。”对此，张玉穀说：“愿还蒂，谓尚可点数目也；兴较计，相与计议凌虐之法也。”（《古诗赏析》）解释得颇在理。

诗的末尾（“乱曰”），写孤儿刚到家门口，只听家中一阵喧闹之声，大概兄嫂知道瓜车路上翻车之事正在大发雷霆，不免心生恐惧，转而突发奇想：“愿欲寄尺书，将与地下父母：兄嫂难与久居！”有苦无处诉，有冤无处伸，可怜的孤儿只好求助于九泉之下的父母了！这是孤儿第二次萌生死志，今后他将怎样面对这一切呢？他会不会就此走上绝路？诗歌偏偏在此收束了，一任孤儿的命运紧紧揪住我们的心。

想起了流传于汉代的那首《淮南歌》：“一尺布，尚可缝。一斗粟，尚可舂。兄弟二人，不相容！”这歌所表达的，本是帝王之家兄弟相残的故事，因为牵涉权力的争夺，我们尚可理解。可是，为什么一对平常人家的兄弟，也会产生这么一种“压迫与被压迫”“剥削与被剥削”的反常关系呢？

这里一定有至为复杂的原因，一言难尽。但以《孤儿行》这个个案，倒是可以发现另一个不易觉察的“伦理秘密”，即在传统的“三纲”（君为臣纲、父为子纲、夫为妻纲）之外，事实上还存在着隐而不显的“第四纲”——“兄为弟纲”；或者说，在传统的“君权”“父权”“夫权”之外，也还存在着一个“兄权”？

证明有这么一个“第四纲”的存在并不难。我们读过的诗歌中，可做例子的还真不少：

……岂敢爱之？畏我诸兄。仲可怀也，诸兄之言，亦可畏也。（《诗经·郑风·将仲子》）

我心匪鉴，不可以茹。亦有兄弟，不可以据。薄言往诉，逢彼之怒。（《诗经·邶风·柏舟》）

黄鸟黄鸟，无集于桑，无啄我粱。此邦之人，莫可与明。言旋言归，复我诸兄。（《诗经·小雅·鸿雁之什·黄鸟》）

鸡鸣狗吠，兄嫂当知之。（《汉乐府·有所思》）

最典型的还是汉乐府民歌的长篇杰作《孔雀东南飞》（因为此诗太有名，本书不拟专门解读），刘兰芝第一次提及自己的兄长时这样说：

“我有亲父兄，性行暴如雷。恐不任我意，逆以煎我怀。”举手长劳劳，二情同依依。

“父兄”放在一起，绝对不是“偏义”，而是并称，说明“父权”之外，“兄权”亦令人生畏。当兰芝被休回到娘家，不仅“阿母大悲摧”，“阿兄”更是鼻子不是鼻子，脸不是脸：

阿兄得闻之，怅然心中烦。举言谓阿妹：“作计何不量。先嫁得府吏，后嫁得郎君。否泰如天地，足以荣汝身。

> 不嫁义郎体，其往欲何云？”兰芝仰头答：“理实如兄言，谢家事夫婿，中道还兄门，处分适兄意，那得自任专。虽与府吏要，渠会永无缘。登即相许和，便可作婚姻。”

此时兰芝已萌必死之志。嗣后，当兰芝和焦仲卿相约同赴黄泉时，她又这样陈词：

> “我有亲父母，逼迫兼弟兄。以我应他人，君还何所望。”

众所周知，刘兰芝走投无路，最后“徘徊庭树下，自挂东南枝”，含恨离开了人世。检点刘兰芝悲剧的根源，婆婆的淫威固然是首要原因，但阿兄的逼迫怕也难辞其咎！

在儒家的伦理系统中，“孝悌之道”向来是重中之重。《论语》开篇第二条，孔子的弟子有若就说：“其为人也孝弟，而好犯上者，鲜矣；不好犯上，而好作乱者，未之有也。君子务本，本立而道生。孝弟也者，其为仁之本与？”第六条，孔子亲自说：“弟子入则孝，出则弟，谨而信，泛爱众，而亲仁。行有余力，则以学文。”这里的“弟”，即“悌”，《说文解字》释云：“悌，善兄弟也。”语焉不详。贾谊《道术》的“弟爱兄谓之悌”，庶几近之。这个“悌”，就是做弟弟的单方面对兄长的恭敬和顺从。父母在世是如此，父母去世更是如此。所以，当一个人失去父母的护佑，如果他还有兄长，他就只好“长兄为父”；而嫂子的地位也跟着水涨船高，民间不是说么——“老嫂比母”！

不过话又说回来，虽然“兄权”足够强大，但毕竟不像“父权”那么带有某种“天然合理性”，手足兄弟的情感也并非坚不可摧，一旦牵涉权力的争夺，或者财产的分配，特别兄弟背后各自有一个不甘示弱的老婆的时候，“兄弟阋于墙”的事情便不可避免了。所以，“兄嫂难与久居”，就像“婆媳总是难处”一样，简直具有人类学的研究价值了。

然而，像这首诗中的孤儿所遭受的如此残酷的“虐待”，毕竟不是普遍现象，有的论者试图从这一家庭矛盾中，理出“阶级斗争”的线索来，从而得出“汉朝社会上商人地位低，当时的商贾有些就是富贵人家的奴仆”的结论来，就不免有些郢书燕说了。有些人离开“阶级分析”的“理论武器”之后，简直就不知道怎么说话了。——实在也不好怪人家。

战争，让老人走开

十五从军征

十五从军征，八十始得归。
道逢乡里人：『家中有阿谁？』
『遥看是君家，松柏冢累累。』
兔从狗窦入，雉从梁上飞。
中庭生旅谷，井上生旅葵。
舂谷持作饭，采葵持作羹。
羹饭一时熟，不知贻阿谁！
出门东向看，泪落沾我衣。

这首诗，有的版本把它算作“古诗”，如沈德潜的《古诗源》；有的则将其视为乐府民歌，如郭茂倩《乐府诗集》，就把它列入“梁鼓角横吹曲”，题为《紫骝马歌辞》。我们姑且同意《乐府诗集》的判断，把它当作汉乐府民歌来读吧。

喜欢这首诗，首先是因为它文从字顺，音节和谐，符合一首好诗的标准。这首诗，几乎是汉乐府民歌向文人诗转化过程中的一个里程碑：典型乐府诗常见的错落的句式不见了，杂沓的节奏缓和了，形式感更强了，但汉乐府的视角——不是文人的视角，而是平民的视角——还在，汉乐府特有的叙事成分还在，那不时穿插的对话描写，依旧让人备感亲切。特别是，它的情感和语言都是质朴的，生活化的，几乎不做议论，而只让事实说话。用现在的话说，这首诗一点都不“精英”，属于彻头彻尾的“草根”叙事。

诗的头两句，其实是道数学题，小学一年级的孩子完全可以把它列成一个算式：

$$80-15=?$$

当我写出这么一个算式的时候，感到芒刺在背：我这么没心没肺地联想，是否是对主人公的大不敬？会不会冲淡了这首诗本应该让读者铭记的那么一份沉重？也许吧。但我还是决定一意孤行了。现在，我们已经得出这个减法的答案：

$$80-15=65。$$

你会发现，数字是那么无情，尤其是阿拉伯数字。但你必须记住，这个数字是一个退伍老兵的兵龄！六十五年，大半个世纪啊，他是怎样度过的？——肃杀的兵营，嗜血的冷兵器，没完没了的衔枚夜行，不知道为谁打的战争，受伤，流血，死亡，惨叫，恐惧，被恐惧催生出的勇敢，以及视死如归……这一切的一切，横亘在一个男人的侥幸而又不幸的漫长生命中，这一端，是一个十五岁的红颜少年，那一端，是一个八十岁弓腰驼背的垂垂老翁！

“十五从军征，八十始得归。”几乎所有人读到这两句，都会想起贺知章的那首诗：

少小离家老大回，乡音无改鬓毛衰。
儿童相见不相识，笑问客从何处来？（《回乡偶书》）

别忘了，关于回家之苦，还有另外两个诗人的句子可为佐证：

未老莫还乡，还乡须断肠。（韦庄《菩萨蛮》）
近乡情更怯，不敢问来人。（宋之问《渡汉江》）

可是，这位八十岁的老兵，被战争抛弃的老兵，他还是冒着“断肠”的危险还乡了，当他终于看到熟悉的村庄时，不管心里多么胆怯，还是不得不拦住一个狭路相逢的“乡里人”，没头没脑地问：“我的家中还有谁？”

人家告诉他，“遥看是君家”，这句应该伴随着说话者回首一指的动作吧，但不是“牧童遥指杏花村”，而是指向一片“松柏冢累累”的墓地——那松柏森森、坟茔累累的地方，大概就是你的家吧？杜甫后来有诗云：“访旧半为鬼，惊呼热中肠。”（《赠卫八处士》）已经让人不忍卒读，但这老兵更惨，他出门时只有十五岁，尚未成家，现在以八十岁的高龄还乡，家里当然没有一个活人！我们顺着老兵的目光望去，他混浊的泪眼也同时模糊了我们的视线……

终于走近了，在松柏和坟茔旁边，还有着两三间破败的老屋。但老屋已不是人的居所，没有一丁点“人气”：“兔从狗窦入，雉从梁上飞。”狗窦尚在，出入其间的却是野兔；房梁还没有垮塌，只见羽毛斑斓的野鸡在上面飞来飞去——老兵的家，已经是一座“野生动物园”了！再看庭院之中：“中庭生旅谷，井上生旅葵。”两个“旅”字十分扎眼，“谷”、“葵”的野生身份一语道破，遂使家园破败之象再一次升级，不仅是“野生动物园”，还是“天然植物园”，总之已经和从前的主人、今日的客人没有任何关系！

不知道在叹过多少次气之后，老人饿了，他开始了收回老屋“主权”的行动——起身去屋里做饭：“舂谷持作饭，采葵持作羹。”不用说，他因地制宜，利用了“天然植物园”里的“资源”，至于野兔和野鸡，这时怕已逃之夭夭了吧。我猜想，这位早已失去战斗力的老兵，在军队里可能干的正是伙夫厨师的活计，回到家，他先是把袅袅的炊烟从自家的灶上升起，当他颤巍巍地做着这一切时，也许还是抱着生活的希望的吧。

然而，后两句却把我们刚刚松下来的神经再次绷紧了：“羹饭一时熟，不知贻阿谁！”这可怜的老兵啊，他大概像从前在军队的“炊事班”里那样，做了不止一个人的羹饭，可到头来却发现，竟然没有一个人和他共进晚餐。无父母可孝敬，无子女可呵护，无亲朋可往来，这个八十老翁的心情该是多么凄凉！这是不是“最后的晚餐”呢？我们不知道。

“出门东向看，泪落沾我衣。”为什么要“东向看”呢？也许，因为东方是他当年出征的方向？抑或，因为东方是旭日初生之处？总之，“东向看”隐含着老人回首往事，不胜悲凉的意思。十五岁的少年，和八十岁的老翁，在时光深处会合了，除了白发和皱纹，老病和伤悲，六十五年几乎是“弹指一挥”，已成南柯一梦！“泪落沾衣”，是乐府民歌常用的句子，这样一个“空镜头”般的特写常常胜过千言万语！

突然想起《诗经·采薇》里，那“催泪弹”般的句子来：

昔我往矣，杨柳依依。今我来思，雨雪霏霏。
行道迟迟，载渴载饥。我心伤悲，莫知我哀！

王夫之评这一段说:“以乐景写哀，以哀景写乐，一倍增其哀乐！”(《薑斋诗话》) 真是判官一样的手笔！

那么,这首《十五从军征》则是“以哀景写哀”,不仅“哀”了而且“伤”了,不仅“怨”了而且“怒”了——至少,它引起了我们的愤怒:是谁?又是以什么名义，发动了这场该死的战争？你凭什么就夺去了一个花季少年的幸福人生？！

战争，既然让女人走开了，让儿童走开了，现在也让老人走开了，那么，战争，为什么不从人类身边走开？——有谁，真正愿意过那被抽空、被榨干、被蒸发了的人生呢！

身体是爱情的本钱

古诗十九首·行行重行行

行行重行行，与君生别离。
相去万余里，各在天一涯。
道路阻且长，会面安可知。
胡马依北风，越鸟巢南枝。
相去日已远，衣带日已缓。
浮云蔽白日，游子不顾返。
思君令人老，岁月忽已晚。
弃捐勿复道，努力加餐饭。

漫漫长天，悠悠古道，纵横的车辙伸向远方，复叠的足印早已辨不清方向，灞桥外，杨柳依依，愁心里，风雨如晦，鸡鸣不已……不用说，这是古时送别的经典画面。

《古诗十九首》的第一首《行行重行行》，一开头给我们描画的正是这样一幅送别图：一位不知名的女子站在不知名的路口，目送着丈夫或情郎的背影渐行渐远，终于消失在地平线的那一端。征尘未定，柔弱的心便开始哭泣。

古时候的人尚未像今天的我们，能够利用便捷的交通运输工具和高科技手段，征服、或者至少缩短了空间，那时候，空间于人而言，还有着不亚于时间的“杀伤力”。所以，一次远行带来的离别，比如诗中所说的“生别离”，常常含有死亡的气息。爱情和死亡，这人类生命经验中的两大主题，就在这首诗中遭遇了，碰撞了，擦出了耀眼的火花。

我们设想，在这首诗的旋律悄然升起之前，必定有这么一次十里五里、长亭短亭的漫长相送，所谓“行行重行行”（走啊走啊，不停地走）。结果是，留下来的人比走上征途的人更凄然——外面的世界也许很精彩吧，可常伴着那女子的，只剩下迢迢如春水、绵绵如远道的思念。

于是，会有太多的思绪生发出来，从一个人的心头，也是从整个人类的心头，蔓延开去。我们隔着千年的时空，仿佛还能看见征夫远行的鞋袜落满了他乡的灰尘，而思妇深情的眸子里，则写满了梅雨般铺天盖地的愁绪和幽怨。在意识深处，一匹北方的骏马迤逦行来，又有一只南方的好鸟掠过树林，在比这更古的古歌里，胡马已经在凛冽的北风中萧萧悲鸣，越鸟也已养成了在朝南的树枝上筑巢的习性。“胡马依北风，越鸟巢南枝”两句，似乎是在说：“物犹如此，人何以堪！”——胡马和越鸟尚且思乡恋家，远方的人啊，你是否也在把我思念？

而“相去日已远”，紧扣前面那句“相去万余里”，这是对空间的恐惧向对时间的恐惧转化的开始。日出又日落，寒来复暑往，远方的人啊，你一定也在怀乡的夜晚耿耿难眠吧？你可知道，在日子匆匆走过的时候，闺中的女子早已憔悴消瘦，体不胜衣？“衣带日已缓”，这是现代女子心向神往的“瘦身”效果，可那样的代价，如今健身房里的幸福女生岂能梦见？

身体既已虚弱，难免胡思乱想。“浮云蔽白日”是个很有意味的象征，原指君主为佞臣所蒙蔽，但君臣关系和夫妻关系的“异质同构”常使这一象征发生偏移，把这一句和下面的“游子不顾返”联系起来，所指的事情是再明显不过的。远行的男子总是让空闺中的妇人“不放心”，所以邓丽君有首歌这么唱：

送君送到小城外，有句话儿要交代：虽然已经是百花开，嘟咯哩咯哩咯嘟，路边的野花，你不要采！

诗中的“浮云”，不正是这歌中所唱的“野花”么？看来在人类情感心理的最深处，古今的差别并不像我们想象的那么大。

但这诗的好处就在于怨而不怒、哀而不伤。伤感、猜疑并没有让女主人公绝望进而怨恨，在无奈的思念中，她心里升起了对自己的怜爱：“思君令人老”，看似对着远方亲人的表白，又何尝不是对自己的提醒，仿佛一个女子对着镜子说：你要注意了，再这样下去真要老得没人要了！“岁月忽已晚”一句，让我们想起屈原《九歌·山鬼》里“岁既晏兮孰华予”的感叹——韶华暗换,容颜不再,谁还能再给我“第二次青春”呢？

如果说，前几句里这女子的情感是外向的，那么最后四句则将更多的关注投向自身。“弃捐勿复道”一句，甚至带有将包括丈夫在内的一切都抛开的冲动，而“努力加餐饭”，也仿佛有给自己打开感情的枷锁、重新开始生活的意思。比起《诗经·伯兮》里那个“自伯之东，首如飞蓬；岂无膏沐，谁适为容”的少妇，这个汉代的女子显得更为实际和开朗。

与其说这诗表达了爱情的忠贞，思念的深切，不如说它写了一个把一切都寄托在丈夫身上的女性，最终发现还是自己最可靠的秘密，因为这世界上最不会背叛你的人，就是你自己。“努力加餐饭”一句，有人以为是女子对丈夫的叮咛，我倒觉得，这是女主人公说给自己的“体己话”：与其相思成病，“甘心首疾”，不如好好爱惜自己，保存实力，因为，身体是爱情的“本钱”啊！身体是“皮”，爱情是“毛”——皮之不存，毛将焉附？

是啊，让自己活得好一些，多给自己一点爱，有什么不好呢？都说汉代是“人的觉醒”的时期，难道这“人”的概念里不也包括“女人”么？很多人以为最后一句，是写女子为了丈夫而保重身体，以免色衰爱弛，不用说，这又是男权社会所培养的男性读者的一厢情愿。

南朝梁代的诗评家钟嵘对“古诗”极为推崇，说她：“文温以丽，意悲而远，惊心动魄，可谓几乎一字千金！”刘勰也称之为“五言之冠冕”，至于“诗母”“风余”之赞美，更是不在话下。

我想，这首出于无名氏之手的诗，完全配得上这些评价，她是不折不扣的汉语诗歌的不朽经典。

你看，你看，月亮的脸

古诗十九首·青青河畔草

青青河畔草，郁郁园中柳。
盈盈楼上女，皎皎当窗牖。
娥娥红粉妆，纤纤出素手。
昔为倡家女，今为荡子妇。
荡子行不归，空床难独守。

又是一首让人惊艳的诗！读《古诗十九首》仿佛一次历险，她用一个一个看似便宜轻巧的汉字，镌刻了一系列人类存在的母题，创造着一个又一个语言奇迹，对一个中国人来说，不读《古诗十九首》，就像不读《诗经》《离骚》、李白杜甫一样，总是缺憾。

这诗给人印象深刻的不是别的，而是它的视角。尽管画面上只有一个女子，可是我们却从诗句中读到了另一双眼睛。诗的镜头感很强，画面的“蒙太奇”式的切换和组接，富有层次感和叙事性。这让人想起当代诗人卞之琳的那首题为《断章》的著名小诗：

你站在桥上看风景，

看风景人在楼上看你。
明月装饰了你的窗子，
你装饰了别人的梦。

卞之琳的诗里有两个“人”同时出场，这首古诗也有三个人被我们同时感到：一个是“楼上女”，一个是“荡子”，还有一个是谁呢？他不在“楼上”，也不在“桥上”，而在主人公的视野之外——或者说，他在幕后。但是，作为读者的我们看见了，正是他运用“推拉摇移”的电影分镜头式的叙述方式，让我们看清了楼上那位盛装女子的容颜、表情和心事。清人张玉穀以为此诗是“见妖冶而儆荡游之诗”（《古诗赏析》），这里的“见”正说明了有这样一个幕后的视角存在。

诗的头两句，“青青河畔草，郁郁园中柳”，看似起兴——“先言他物以引起所咏之词也”——然而又不尽然，在整首诗的时间序列中，这两句应该排在“盈盈楼上女，皎皎当窗牖”之后，即河畔草也好，园中柳也好，都是“盈盈楼上女”眼中的“风景”。为什么她偏偏看到河畔草呢？也许，她读过另外一首古诗吧：“青青河畔草，绵绵思远道；远道欲何之？宿昔梦见之。”（《饮马长城窟行》）春光撩拨春情。原来她是在思念远方的荡子啊（这里的“荡子”没有任何伦理道德上的贬义，仅指远行在外的“游子”）！

然而从第三句，视角就发生转换，镜头一下子拉开，“盈盈楼上女，皎皎当窗牖”，这是一个全景，于是我们看到那女子体态的丰盈和明丽照人的容貌。这让人想起一首流行歌曲的歌词——“你看，你看，月亮（般）的脸。”紧接着，镜头推进，“娥娥红粉妆，纤纤出素手”，那是“中景”转为“特写”的效果，于是，我们从那浓妆艳抹和曼妙的肢体语言中嗅到了某种信息。这是一种“偷窥”般的视角，因而充满了浓郁的色彩和明快的节奏，而那频出连用的六个叠词据说还创下了中国诗歌的“纪录”。

诗歌的最后四句可以做不同的阐释。一方面，可以说这是女性某种私密心理的宣泄，从中能看出闺中思妇情感的饥渴和苦闷，引人同情。另一方面，也可以说，这是女性在旷日持久的等待中，痛感人生快乐被剥夺，因而欲有所反拨甚至想有所行动的情感宣言！——游子啊，你要是再不回来，我可真要红杏出墙了！不用说，这里面充满了某种报复的刁钻和快意。

我们也可以从另一个角度得出这样的印象，即最后四句所写，完全是这组镜头的“画外音”，为之“配音”的不是女主人公本人，而是一个低沉而又促狭的男声。或者说，“空床难独守”一句，很大程度上并非写实，而是一种隔墙偷窥者的欲望期待罢了。当然，也有人从这女子从前的职业（倡家女）上做文章，说此诗“为既娶倡女，而仍舍之远行者，致儆深矣”（张玉穀《古诗赏析》）。言下之意，既然娶了倡家之女，就要严加防范，“舍之远行”只有自取其辱。

因相思而成怨望，古今同理，绵延不绝。唐代王昌龄有首《闺怨》诗云：“闺中少妇不知愁，春日凝妆上翠楼。喜见陌头杨柳色，悔教夫婿觅封侯。”大概就是受了此诗的启发，但其内涵不如这首古诗来得丰富，却是显而易见的。

痛，并快乐地活着

古诗十九首·青青陵上柏

青青陵上柏，磊磊涧中石。
人生天地间，忽如远行客。
斗酒相娱乐，聊厚不为薄。
驱车策驽马，游戏宛与洛。
洛中何郁郁，冠带自相索。
长衢罗夹巷，王侯多第宅。
两宫遥相望，双阙百余尺。
极宴娱心意，戚戚何所迫？

这首诗有两层意思：一叹人生苦短，一倡及时行乐。这两层意思，已是汉代文人反复吟唱的人生主题。在这首诗里，两个“母题”交融在一起，互相提挈，构成一对因果关系。

诗人写人生短暂，用了四个自然物作为反衬：常青的松柏，坚固的涧石，然后是亘古不变的天和地。人的悲哀不仅在于，生命短暂犹如一只暂寄世上的包裹——真是无知无觉的包裹倒也好了——而在于，他虽有着高贵的情感和心灵，却有着朝露蝼蚁一般的命运。诗人也许悟到这人与物之间的巨大反差，他对命运的安排只好接受。

从某种意义上说，上帝是公平的，有一得必有一失——他让能够感知永恒的人类早夭，让无法感知永恒的万物长寿，从而达到一种“收支平衡”。

反过来看，人类在这样的安排中其实占了不少便宜：对于松柏、天地而言，永恒毫无意义，而对于人类，生命因短暂性和一次性而成了一场难得的盛宴，这世界，真正的主人是天地，是山川，是松柏和土石，作为来去匆匆的过客，人，必须只争朝夕！因此他要“斗酒相娱乐”，“极宴娱心意”，要在有限中体会无限，要在痛苦的深渊中及时行乐，纵情狂欢！这和《董娇娆》里“归来酌美酒，挟瑟上高堂”的意思毫无二致。

说到“及时行乐”，汉乐府民歌和《古诗十九首》的其他篇章中也多有相似的主题：

> 出西门，步念之。今日不作乐，当待何时？夫为乐，为乐当及时。何能坐愁怫郁，当复待来兹。（《西门行》）
>
> 来日大难，口燥唇干。今日相乐，皆当喜欢。……欢日尚少，戚日苦多。以何忘忧，弹筝酒歌。（《善哉行》）
>
> 人生忽如寄，寿无金石固。万岁更相送，贤圣莫能度。服食求神仙，多为药所误。不如饮美酒，被服纨与素。（《古诗十九首·驱车上东门》）
>
> 生年不满百，常怀千岁忧。昼短苦夜长，何不秉烛游？为乐当及时，何能待来兹？愚者爱惜费，但为后世嗤。仙人王子乔，难可与等期。（《古诗十九首·生年不满百》）

这里，痛苦和快乐既是并列的关系，同时也是一对互为因果的矛盾。

因为活着常怀有死亡的恐惧和痛苦，所以，追求快乐就成了人类最有意义的生活方式。

此外，这诗对城市的描写也很值得注意。汉代的京都大赋已经为我们描画过城市的繁华景象，而在诗歌里如此切近地表现对城市生活的向往，尚不多见。宛和洛即南阳和洛阳，“洛中何郁郁，冠带自相索。长衢罗夹巷，王侯多第宅。两宫遥相望，双阙百余尺。”这段描写历来多有争议，撇开思想价值不论，至少可以见出，当时城市建筑的丰富以及上流社会生活的奢侈。主人公虽非城市中人，出身也不算高贵，这一点从他骑着驽马便可看出，但他来到城市显然不是为了“打工”，而是为了“游戏”，为了行乐，这和他意识到人生如寄、人生苦短恰成呼应——一个下层文士企图跻身上流社会，享受此生所能享受的一切的冲动，强烈生猛，纤毫毕现。仅从阶级分析的角度看，诗歌深广的人生内涵和社会价值反而会受到限制。

所以，还是不要用所谓的“思想觉悟”去为难那些古人吧，毕竟，他们率真、大胆地唱出了如此激情丰沛的生之恋歌！

时尚是种软暴力

城中谣

城中好高髻，
四方高一尺。
城中好广眉，
四方且半额。
城中好大袖，
四方全匹帛。

这是一首关于“时尚”的歌谣。《玉台新咏》收录此诗，题为《童谣歌》；郭茂倩《乐府诗集》将其归入《杂歌谣辞》，题为《城中谣》。

其实这首《城中谣》，最早的出处是在《后汉书·马廖传》。马廖，字敬平，扶风茂陵人，东汉著名军事家马援之子，汉明帝时曾任羽林左监、虎贲中郎将，章帝时很受重用，封为顺阳侯。马廖大概是个很注意体察民情的人，所以，他在上报皇帝的奏折中，引用了这首当时长安城里很流行的《城中谣》来说理。

谣谚往往来自民间，道听途说，口耳相传，作者常常是“无名氏”，或者被蔑称为“好事者”。但谣谚却一直都是“民情”“民意”“民智”的最佳载体，它的讽刺力量之巨大、传播速度之迅捷、生命力之顽强，常常令文人的作品相形见绌。尤其是,谣谚常常凝结着普通民众的“集体无意识”,一经产生便具有某种“标本”价值和“普世”意义,所以,对历朝历代的民谣和谚语进行研究,可补正史野史之不足,是了解世风民情的第一手材料。

这首《城中谣》,字面上的意思再明白不过,就是作为天子脚下的京城长安,完全领导着全国的“时尚潮流”:

> 京城妇女喜欢梳着高高的发髻,全国妇女的发髻就会高达一尺;
>
> 京城妇女的眉毛画得又宽又阔,全国妇女的眉毛就能覆盖半个前额;
>
> 京城妇女喜欢宽大的衣袖,全国妇女就恨不得用整匹帛做成衣袖穿着上街。

大意就是如此吧。有道是,“榜样的力量是无穷的”。无论古代还是现代,时尚潮流永远是这么一种非理性的“发烧”症状,永远是“爱你没商量”,也永远是“长江后浪推前浪,前浪死在沙滩上”。这种有点类似“蝴蝶效应”或“多米诺骨牌”式的时尚潮流,真是古已有之,于今为烈!

这歌谣里的“城中”,其实也可以理解为“宫中”,因为就时尚潮流而言,漩涡的中心往往就是最高统治者居处的“大内”之中。也许,“高髻”“广眉”“大袖”的开风气者,正是那些帝王身边的宫廷女子。不仅正儿八经的“新款服饰”会有人跟风,就是“服妖”之事,也会天下效仿。《晏子春秋·内篇杂下》就有一段记载,说齐灵公有个怪癖,喜欢妇人“女扮男装”,于是“国人尽服之”。灵公觉得此事不妥——寡人的私密爱好,岂可推而广之?——就命令官吏禁止这件事。如有“女子而男子饰者,裂其衣,断其带”。大概是这惩罚不够严厉吧——毕竟没有伤筋动骨——追逐时尚的妇女们竟然照穿不误,以至于“裂衣断带相望,而不止”。有一次晏婴来朝见,齐灵公就问他这是怎么回事。晏子回答说："君使服之于内，而禁之于外，犹悬牛首于门，而卖马肉于内也。公何以不使内勿服，则外莫敢为也。"于是灵公就下令禁止宫内"女扮男装"，一月之后，这股风气就被遏止了。

这就是所谓"上梁不正下梁歪"。只许你州官放火，却不让百姓点灯，如何说得过去？

不过，马廖的目的不是为了向皇帝汇报"时尚动态"，而是不满于当时"世尚奢靡"的风气，认为此弊之造成，根子在上层，"百姓从行不从言也"。他写这篇奏折上报朝廷，就是想要引起皇帝的注意，以便"改政移风"。在这首谣谚之前，马廖还引用了另一则民间盛传的俗谚：

吴王好剑客，百姓多创瘢；楚王好细腰，宫中多饿死。

这则谣谚包含两个真实的典故，此类记载不只一见，我们且以《墨子·兼爱中》的一段为例：

昔者晋文公好士之恶衣，故文公之臣皆牂（zāng）羊之裘，韦以带剑，练帛之冠，入以见于君，出以践于朝。是其故何也，君说之，故臣为之也。

昔者楚灵王好士细要（腰），故灵王之臣皆以一饭为节，胁息然后带，扶墙然后起。比期年，朝有黧黑之色。是其故何也？君说之，故臣能之也。

昔越王勾践好士之勇，教驯其臣，和合之焚舟失火，试其士曰："越国之宝尽在此。"越王亲自鼓其士而进之。其士闻鼓音，破碎乱行，蹈火而死者左右百人有余。越王击金而退之。

时尚的暴力性质于此可见一斑。古语云：上有所好，下必甚焉。

在专制独裁时代，统治者的好尚常常可以转化为“温柔地杀人”的软刀子，让被其严重“愚化”和“奴化”的子民深受其害而浑然不知。如果生逢“个人崇拜”的狂热年代，情况也许更可怕，当“与人斗”变得“其乐无穷”，当“凡是敌人拥护的，我们就要反对”，当“革命”成为国人乐此不疲的最大“时尚”,……“软暴力”可能就会升级为“硬暴力”，所谓“民主专政”，就可能沦为“多数人的暴政”，人们也就会失去罗斯福总统所说的“免于恐惧的自由”。

同理，在消费主义时代，通过各种渠道“升堂入室”的时尚信息，大多也是不怀好意，这些海量的信息，不仅掏空了你羞涩的阮囊，而且，最终会把你塑造成一个——“不知道风在往哪个方向吹”的“稻草人”。

也许，对付各种时尚的最佳办法只能是——“非暴力”，但“不合作”。

五　倜傥风流乱世情

（魏晋南北朝诗十四首）

解忧的N种方式

短歌行

曹操

对酒当歌，人生几何？
譬如朝露，去日苦多。
慨当以慷，忧思难忘。
何以解忧？唯有杜康。
青青子衿，悠悠我心。
但为君故，沉吟至今。
呦呦鹿鸣，食野之苹。
我有嘉宾，鼓瑟吹笙。
明明如月，何时可掇？
忧从中来，不可断绝。
越陌度阡，枉用相存。
契阔谈宴，心念旧恩。
月明星稀，乌鹊南飞。
绕树三匝，何枝可依？
山不厌高，海不厌深。
周公吐哺，天下归心。

历史上的曹操是个聚讼纷纭的人，可以说是毁誉参半。我只能说，上帝对他足够偏爱，立德、立功、立言这“三不朽”，他一个人就占了两个！而且他是真正凭自己的实力“不朽”的，无论是治国平天下，还是横槊赋诗。当你对其为人不满，甚至想借此人表现一下“嫉恶如仇”的正义感的时候，一转眼，又被他那豪气干云的诗歌给俘虏了。这样一个人，真是怎么说都容易错！

曹操是个“既开风气又为师”的人物，无论政治上，军事上，还是文学上。鲁迅说他是“改造文章的祖师”，绝非溢美。谈魏晋诗歌当然要从曹操开始，但历来解读曹操诗歌的文字实在太多，一不小心，就会与人“撞车”。为免掠美，我打算从《短歌行》说起，谈一个由曹操提出、魏晋文人共同面对的一个话题——何以解忧。

说起来，“何以解忧”这四个汉字团结起来敲打我们的耳鼓、撞击我们的心灵当自曹孟德始。这首《短歌行》开篇就说：“对酒当歌，人生几何？譬如朝露，去日苦多。慨当以慷，忧思难忘。何以解忧？唯有杜康。”孟德此诗，不仅“炒作”出天下名酒“杜康”，同时也告诉我们解忧的一种方式——饮酒。中国酒文化可谓源远流长，酒的功能最初诉诸礼制，而后才成为一种生活消费品，酒的麻醉作用使它迅速成为“解忧”和“浇愁”的理想工具，原也在情理之中。《诗经·卷耳》中就有“陟彼高冈，我马玄黄，我姑酌彼兕觥，维以不永伤”的诗句，可见酒能解忧消愁在《诗经》时代就已是常识。

但以酒解忧的“发明专利权”，毋宁说应该属于汉代大名鼎鼎的东方朔。据《殷芸小说》记载，汉武帝幸甘泉宫，在驰道中发现一种赤色小虫，头目牙齿耳鼻尽具，而观者莫能识。东方朔素有博学多闻之名，武帝乃使朔视之。朔还对曰：“此‘怪哉’也。昔秦时拘系无辜，众庶愁怨，咸仰首叹曰：‘怪哉怪哉！’盖感动上天，愤所生也，故名‘怪哉’。此地必秦之狱处。”当即按察地图，果然是秦朝的监狱所在地。武帝又问：“何以去虫？”朔曰：“凡忧者得酒而解，以酒灌之当消。”于是使人取虫置酒中，须臾，虫果糜散。东方朔“凡忧者得酒而解”的说法真是很妙，一不小心竟使那杯中物成为天下第一解忧灵药。

然而，如同常服一种药物人体会产生抗体，一种解忧方式在其流传过程中效力也会减退，曹操为“杜康”做了广告之后，紧接着又说“忧从中来，不可断绝”，可见酒的作用毕竟有限。而到了“抽刀断水水更流，举杯消愁愁更愁”的李白那里，酒甚至成了加重忧愁的东西了。清人戴名世《醉乡记》说：“夫忧之可以解者，非真忧也。夫果有其忧焉，抑亦必不解也。况醉乡实不能解其忧也，然则入醉乡者，皆无有忧也。”醉乡不能解忧，却有暂时忘忧的作用，倒也有理。看来阮籍的“胸中垒块”并非真的被酒浇掉了，只是局部的暂时麻醉使他失去知觉而已。晋人有不喝酒便觉“形神不复相亲”之说，我倒觉得这是反话，因为喝酒的最佳境界正在于"形神不复相亲"，故而东倒西歪的酒徒醉汉常有飘飘欲仙之感，彼时其形虽在地上，其神则早已飞上云端矣。

解忧的办法中国人真是想了很多。《周易·系辞传》说："乐天知命,故不忧。"可是谁能真正做到"乐天知命"呢？古人尚且不甘认命，懂得"维权"的现代人忧患自然就更多了。古人似已明白，忧不可解，所冀不过一"忘"字。

还有一种解忧方式是登楼。发明人王粲在《登楼赋》里说："登兹楼以四望兮，聊暇日以销忧。"但登楼的方法很快就不灵了，初唐的陈子昂凳上高高的幽州台，"前不见古人，后不见来者"，竟然"念天地之悠悠,独怆然而泣下"地哭起鼻子来了。于是李后主只好说"独自莫凭栏",因为辛弃疾说了,就算你"把吴钩看了、栏杆拍遍",也"无人会、登临意"！而唱过"高处不胜寒"的苏轼，当他"起舞弄清影"的同时，甚至还有患上"恐高症"的嫌疑。

魏文帝曹丕留下来的诗歌不算多，"忧"字倒出现十余处，可见做了皇帝的他也无法摆脱生之忧患。他在《善哉行》其一中写道："策我良马，被我轻裘。载驰载驱，聊以忘忧。"如同现代青年喜欢飙车，这位文武全才、"善骑射"的公子哥的忘忧之法竟是骑马！大概在风驰电掣的骑乘之中,人会产生摆脱时间限制的美妙快感(也是错觉)吧。

陈思王曹植也是一个忧愁满腹的人，他的《朔风诗》其五云："弦歌荡思，谁与消忧？临川暮思，何为泛舟。岂无和乐，游非我邻。谁忘泛舟,愧无榜人。"这个"榜人",其实就是《越人歌》里的那个舟子。贵为王侯的曹植，终生郁郁不得志，没有知音良朋倒也罢了，连一个像样的崇拜者都找不到，怎不令人英雄气短？其实，崇拜者从来都是"锦上添花"，何来"雪中送炭"？"粉丝"如果多了，不仅不能解忧，反而经常添乱，还是算了吧。

陶渊明是酒中豪士，其诗云："酒云能消忧，方此讵不劣！""中觞纵遥情,忘彼千载忧。"可知他对解忧之法中酒的优势地位深信不疑。但如同狡兔有三窟，我们的田园诗人在饮酒之外，另有乐子。其一是种菊采菊，“秋菊有佳色，裛露掇其英。泛此忘忧物，远我遗世情。”“菊仙”之说盖由此而来。其二是琴书，《归去来兮辞》云：“悦亲戚之情话，乐琴书以消忧。”“琴书消忧”的法子，大概是从嵇康那里“盗版”的，嵇康十分明白地说过，他是借“弹琴咏诗，聊以忘忧”的（《赠秀才入军·十六》）。可让人费解的是，渊明不仅不会弹琴，连他墙上那把琴也只是个道具，因为——没有一根弦！

南朝的诗评家钟嵘也主张以诗解忧。他在《诗品序》称：“使穷贱易安，幽居靡闷，莫尚于诗矣！”但以为诗歌能解闷怕也是书呆子的傻话，别的不说，诸如“人生识字忧患始”“诗必穷而后工”“愤怒出诗人”“文章憎命达”以及“不平则鸣”等老话，就纷纷可为反证之据。好的诗人大多是“先天下之忧而忧，后天下之乐而乐”的，一个整天嘻嘻哈哈的乐天派可以写点励志散文，却很难写出好诗来。

现代人解忧的方式更是五花八门。据说女孩子解决烦恼的办法就是猛吃零食，以一种轻度的自暴自弃来抵抗世界对她弱小身体的重压。还有的人通过电脑游戏解闷，或通过虚拟的网络排遣孤寂和无聊。当然了，最可见出现代人的精明的，是把“解忧”二字换成“休闲”或“解压”，不过，就像小品里说的，别以为穿上马甲就不认识你了，忧愁还是那个忧愁，一如现代人最常用的解忧方式还是——喝酒。西方人管喝酒叫“酗酒”，真是涉世未深且不解风情。

“生年不满百，常怀千岁忧。”痛苦既是人类急欲除之而后快的赘疣，也是人之所以为人的勋章。忧愁虽不是“胎里带”，却是“命里有”，这劳什子决不会因为人类文明的进步而“与时俱退”，相反，现代文明越是发展，人类的忧愁指数就越是攀高，其情形之复杂，程度之强烈，非三言两语所能道也。佛语不有云乎：苦海无边，回头是岸。那个“岸”对于今生今世来讲终归是个子虚乌有的“乌托邦”。所以《诗经·黍离》反复唱着：“知我者，谓我心忧。不知我者，谓我何求？”东坡居士也说：“长恨此身非我有，何时忘却营营！”从这个意义上说，人类试图解忧，真是十分可笑的事。不过话又说回来，人类要是不作此种“知其不可而为之”的努力，那一定是另外的物种而不是人类了。

《短歌行》，是乐府的旧题，此前未见杰作，只有曹操，在《诗经》开启的四言传统式微千年之后，又以个人的绝世才力，撑起了一片四言诗的天空。所以，人生苦短也好，求贤若渴也好，当曹操唱出这首四言绝唱的时候，他的看似不可化解的忧愁，已经得到了最大限度的释放。

两只桃子引发的血案

梁父吟 诸葛亮

步出齐城门，遥望荡阴里。
里中有三坟，累累正相似。
问是谁家墓？田疆古冶子。
力能排南山，文能绝地纪。
一朝被谗言，二桃杀三士。
谁能为此谋？国相齐晏子。

这首诗的“版权”不一定属于诸葛亮，但很多版本都把它算在诸葛亮的名下，根据是什么呢？大概是《三国志·诸葛亮传》里的一句话：

亮躬耕陇亩，好为《梁父吟》。

“梁父吟”，也叫“梁甫吟”。“好为”云云，说明此歌古已有之。东汉蔡邕的《琴颂》里有“《梁甫》悲吟，周公越裳”之句，就是明证。但也不能排除，此诗乃诸葛亮根据古题而自创。还有一种说法认为，《梁父吟》最早乃孔子的弟子曾参所撰，原文如何，不得其详。

梁父，山名，在泰山脚下。据说古时人死后即葬此山下，有些相当于现在的墓地和陵园。所以《梁父吟》性质上当属葬歌、挽歌一类，可以入乐演唱，宋人郭茂倩编《乐府诗集》，就把此曲放在“相和歌辞楚调曲”里。

从内容上说，此诗应该属于“咏史诗”。先写自己“步出”齐都临淄的城门（在今山东淄博市临淄城北），远远向临淄城南“荡阴里”（又名阴阳里）遥望，在众多的坟墓中，三座坟茔紧紧相连，形状相似，十分醒目。如果说这四句算是“写实”,那么下面的内容则是“咏史”。“问是谁家墓？田疆古冶子。”作者自问自答,这是汉乐府歌辞常有的写法，旨在引起下文，推进诗境。原来坟冢所埋的竟是那被两只桃子杀死的三位勇士！

这就不得不说那个著名的“二桃杀三士”的故事。据《晏子春秋》记载，春秋末年的齐国，晏婴为相，政声显赫，齐景公对其甚为爱重。景公手下，又有三位猛士，分别是：公孙接、田开疆、古冶子。三人均以勇力闻名,但颟顸无礼。一次,晏婴上朝,快步从他们身边经过时，三人竟然都不起身施礼。晏婴很生气，就进宫对景公说：这三人“上无君臣之义,下无长率之伦;内不以禁暴,外不可威敌。此危国之器也，不若去之”。

齐景公也不傻，问了一句：“这三个大汉，搏斗恐怕没人斗得过，击剑恐怕也没人能刺得中，如之奈何？”

晏婴到底聪明，他抓住三人“四肢发达，头脑简单”的弱点，认定他们“无长幼之礼”，于是让景公派人赏两个桃子给三人，让他们计功食桃。接下来的事情就好玩了：三人果然中计，没有人礼让为先，退出“比赛”，而是轮流“述职”，摆功争桃。

公孙接先自报有搏杀乳虎的功劳，田开疆又自报曾两次力战却敌，两人各取了一桃。轮到古冶子，他自报当年跟从景公渡黄河，战车的骖马被大鼋衔入中流，他虽不会游泳，却逆流潜行百步，又顺流直下九里，终于杀死了大鼋。当他左手提着马、右手拎着鼋头跳出水面的时候，岸上的人都误以为他是河伯（即河神）。末了他说：“我最有资格吃桃子，二位何不还回桃子？”公孙接、田开疆二人听后，自愧不如，为自己的贪功不让而羞愧，乃自刎而死。古冶子见此，也觉得自己独生不仁，自夸不义，自恨而不死又显得无勇，于是也自刎而死。

这个“四两拨千斤”的故事，可以说是一起“两只桃子引发的血案”，三位力士“舍生取义”的自绝行为让人唏嘘不已。晏婴的“借桃杀人”虽然奏效，但如此刻毒的阴谋诡计实在让人不齿。故清人朱乾在《乐府正义》中称：“（此诗）哀时也，无罪而杀士，君子伤之，如闻黄鸟之哀吟。后以为葬歌。”如果说，这首《梁父吟》真是诸葛亮所作，那么“一朝被谗言，二桃杀三士。谁能为此谋？国相齐晏子”四句，真是十分鲜明地表达了他的立场和态度。比较一下两人的生平行事，我们可以套用一句俗话：都是历史上有名的贤相，境界咋就相差那么大呢？

平心而论，晏婴还是个很有才干、懂得礼贤下士的宰相，孔子就说他“善与人交，久而敬之”（《论语·公冶长》）。《晏子春秋》一书，主要是记载晏婴的机智善辩、犯颜直谏的故事，唯独这一次，他竟劝谏景公杀人！追究起来，固然与其位高权重，自我膨胀有关，但还有个原因也可一说。众所周知，晏婴五短身材，其貌不扬，我很怀疑，这个小个子男人对身材高大者，天生有一种基于嫉妒的敌意。有例为证。当年孔子在齐国谋求发展，就被晏婴作梗，落个无功而返。有人说，那是他嫉妒孔子的才华，我却觉得晏婴未必那么小气，论政治才干他也未必在孔子之下。原因或许在于孔子身高九尺六寸（换算成今天的尺寸，约有两米多），号称“长人”，如此身长而又多才，对晏婴来说，真是“是可忍，孰不可忍”！而这三位力士，据说也都是身高过丈的巨无霸，个个堪称“力拔山兮气盖世”，这样的人物本身对晏婴就是一种压力，如果再桀骜不驯，目中无人，晏婴就很容易将其视为对自己生理弱势的歧视和轻蔑。否则，平常总劝齐景公“刀下留人”的他，决不会这么火烧火燎地“借刀杀人”！

李白后来也写有一首《梁甫吟》，中有四句云：

智者可卷愚者豪，世人见我轻鸿毛。
力排南山三壮士，齐相杀之费二桃。

这诗据说是李白“赐金放还”，离开长安之后所写，意在讽刺权相李林甫陷害韦坚、李邕、裴敦复等大臣。李白还有一首《惧谗》诗，也提到了这个典故：

二桃杀三士，讵假剑如霜。众女妒蛾眉，双花竞春芳。
魏姝信郑袖，掩袂对怀王。一惑巧言子，朱颜成死伤。
行将泣团扇，戚戚愁人肠。

我们从李白的诗里，不仅感受到了他特有的古道热肠，同时，也听到了刺世疾邪的愤懑和不平。

男人的一半是女人

燕歌行 曹丕

秋风萧瑟天气凉，草木摇落露为霜。
群燕辞归鹄南翔，念君客游思断肠。
慊慊思归恋故乡，君何淹留寄他方？
贱妾茕茕守空房，忧来思君不敢忘，
不觉泪下沾衣裳。
援琴鸣弦发清商，短歌微吟不能长。
明月皎皎照我床，星汉西流夜未央。
牵牛织女遥相望，尔独何辜限河梁？

这首一韵到底的七言诗，在中国诗歌史上具有里程碑的意义。她的作者魏文帝曹丕，当我们提起他的时候，与其说是在谈论一个帝王，倒不如说是在谈论一个文人。这是他和刘邦、项羽、刘彻，乃至他的父亲曹操，不一样的地方。鲁迅说“曹丕的一个时代，可以说是文学的自觉时代”，大概正是感到了这种“不一样”。

窃以为，在“三曹”里面，曹丕是最难捉摸的一个。论豪爽他不如其父曹操，论文采他不如其弟曹植，私德方面也有许多把柄，比如和曹操抢夺甄氏，命曹植七步成诗，还有以毒枣杀弟、收纳老爸姬妾的丑闻，他的以“禅让”之名行篡逆之实，更为后世士夫君子所诟病，总之，关于曹丕的“负面信息”实在太多，沸反盈天，云遮雾障，让人看不清他的真实面目。

然而越是这样的人，越是要谨慎对待。一个人被说成十恶不赦，一定有其原因。历史上有名的昏君兼暴君商纣王，是否就真的像传说中的那么坏呢？孔子最杰出的弟子子贡就为商纣王辩护："纣之不善，不如是之甚也。是以君子恶居下流，天下之恶皆归焉。"（《论语·子张》）鲁迅也说："某朝的年代长一点，其中必定好人多；某朝的年代短一点，其中差不多没有好人。为什么呢？因为年代长了，做史的是本朝人，当然恭维本朝的人物，年代短了，做史的是别朝人，便很自由地贬斥其异朝的人物，所以在秦朝，差不多在史的记载上半个好人也没有。"（《魏晋风度及文章与药及酒之关系》）如此说来，历史不过几十年的曹魏政权，几个帝王被糟践、被抹黑也就再正常不过了。

人性是复杂的，而历史——特别是由人书写的历史——常常是复杂人性总爆发的"是非之地"。我觉得，曹丕是个被严重"妖魔化"的帝王，因为他做了曹操都不敢做的事——废汉自立。这样的一个人物，一旦失势，便成为历史书写中的丑角，可以乱扣大帽子和屎盆子。产生这样的印象，不是主观的臆想，而是来自对曹丕诗文的阅读。

种种迹象表明，曹丕是个帝王中难得的性情中人。他的性情在对朋友的深情中表现得尤为突出。建安二十二年（217）初，王粲病死，追悼会上，曹丕竟号令前来吊丧的时贤名流每人学一声驴叫为其送行，理由是王粲生前"好驴鸣"！紧接着的一场瘟疫，又夺走了"建安七子"中四个人的生命，曹丕在《与吴质书》中非常悲痛地写道："昔年疾疫，亲故多离其灾。徐（幹）、陈（琳）、应（玚）、刘（桢），一时俱逝，痛可言邪！昔日游处，行则连舆，止则接席，何曾须臾相失！每至觞酌流行，丝竹并奏，酒酣耳热，仰而赋诗。当此之时，忽然不自知乐也。谓百年已分，可长共相保，何图数年之间，零落略尽，言之伤心！"此年，曹丕被立为魏王太子，政治上的得志并未冲淡失去良朋的悲伤，也就是这一年，他写下了文学史上的不朽名作《典论·论文》，此文开篇就说"文人相轻，自古而然"，但通篇表达的却是对"建安诸子"

的敬仰和怀念。此后不久，曹丕又亲自编订这些亡友的文集，前引《与吴质书》接着写道："顷撰其遗文，都为一集。观其姓名，已为鬼录。追思昔游，犹在心目，而此诸子，化为粪壤，可复道哉！"我想，曹丕的哀痛恐怕不是装出来的。

诗文中的曹丕给人的印象是：多愁善感，外刚内柔，有英雄丈夫气，亦有几分"妇人之仁"。曹丕可能是个极端自恋的人，以至于他对自己早生的白发都不能释怀。在《与吴质书》中他说："年行已长大，所怀万端。时有所虑，至通夜不瞑。志意何时复类昔日？已成老翁，但未白头耳！"每读至此，常常为之低回。曹操死后，年仅三十四岁的曹丕，在怀念父亲的四言诗《短歌行》里也叹道："人亦有言：忧令人老。嗟我白发，生一何早！"他对人生苦痛的敏感和描摹真是十分细腻和深刻的。

黄初七年（226），曹丕卒，年仅三十九岁。因为年寿短，曹丕没有成为后人心目中的"明君"，但很显然，他也绝不是昏君或暴君。曹丕做上皇帝之后，向汉文帝学习，扬弃了曹操的刑名法术，改用"黄老之学"与民休息，除了军事上征讨吴蜀未克成功以外，政治上还是颇有建树的。至少，曹丕没有把当初拥戴自己的功臣拿来祭刀！读他的诗文，你会忘记这个人曾贵为天子，因为很多人爬上高位、睥睨群雄、生杀予夺的时候，已经被权力严重异化到扭曲变态，不仅目中无人，甚至连"人话"都不会说了。

在这样一个背景下来读这首《燕歌行》，也许不会太走样儿。和其父曹操一样，曹丕也是音乐爱好者，表现在文学创作上，就是喜欢创作乐府诗。《燕歌行》是乐府的旧题，以前也没有流传下来的作品，曹丕的这首算是后来居上。郭茂倩《乐府诗集》引《乐府广题》说："燕，地名。言良人从役于燕，而为此曲。"在这首诗里，曹丕成功地扮演了一个闺中思妇的代言人。

诗歌共有十五句，押在同一个韵脚上，读来婉转流美，能移人情。首三句为一解，点明时令物候之变化："秋风萧瑟天气凉，草木摇落露为霜，群燕辞归鹄南翔。”三句都有出处，前两句出自宋玉《九辩》的开篇："悲哉，秋之为气也！萧瑟兮，草木摇落而变衰。”后一句则出自汉武帝《秋风辞》:“秋风起兮白云飞，草木黄落兮雁南归。”但曹丕以七言出之，动静结合，音节和情思都更和缓柔美，符合即将出场的女主人公的性别心理。

接下来，由物及人，引出思妇怀远的心理独白："念君客游思断肠，慊慊思归恋故乡，君何淹留寄他方？”此三句是拟测之辞，她猜想，丈夫客游外地，一定也像南归的大雁一样思念家乡吧？她还不敢说，你一定也会想念我，正如我想念你一样。她没有这个自信，因为明明是丈夫“淹留”在外，不曾回家嘛！（莫非又是“浮云蔽白日，游子不顾返”？）“贱妾茕茕守空房，忧来思君不敢忘，不觉泪下沾衣裳”三句，是写自己思念之苦，几乎是《古诗十九首》中“引领还入房，泪下沾裳衣”的扩展版。形只影单，孤苦无依，除了以泪洗面，这个闺中少妇又能怎样呢？

万般无奈之下，女主人公“援琴鸣弦发清商”，想用琴声解忧去闷，“清商”是一种凄清悲凉的调子，然而由于心情太过焦躁，以至于“短歌微吟不能长”，只能仓促短歌，而难以弹出优美的长调，真是旧愁未去，又添新愁。“明月皎皎照我床，星汉西流夜未央。牵牛织女遥相望，尔独何辜限河梁？”几乎完全由《古诗十九首·明月何皎皎》及《迢迢牵牛星》二诗化出，是说长夜漫漫，星光灿烂，牵牛星和织女星天各一方，只能遥遥相望，你们究竟犯了什么罪过啊，竟然被永久地隔断在银河的两旁？思妇借星星抒发心中的一腔忧闷，随着视线的慢慢提高，情感也达到了难以压抑的高潮。

这首诗除了是第一首完全摆脱楚辞特点的七言诗以外，还有一点值得注意，那就是作为男性的诗人对女性视角及心理的揣摩和模仿。“男人说女人话”，这在中国古代诗歌中是个常见的现象，其中所传达的微妙心理是很值得深思的。《诗经》中的很多以女性口吻写成的诗歌，就未必全出于女性之手，但由于《诗经》的作者大部分都是“无名氏”，这个问题便没有引起足够的重视。屈原的出现，第一次把这一问题提上议事日程。由于屈原的性别是确定的，他所创立的“香草美人”传统的“性别倒错”现象，自然引起了人们的注意。20世纪40年代，学者孙次舟便大胆地提出了“屈原是文学弄臣”、是个“富有女子气息的文人”的观点，一时引起轩然大波。无论大家情感上多么不能接受，孙先生列举出的众多例证还是不乏说服力的，但话又说回来，正如闻一多先生所言，即使证明了屈原不过是对楚怀王怀有特殊感情的一位“侍从之臣”，也丝毫不影响屈原政治上的作为和人格精神的伟大。

屈原之后，男性作家拟写闺怨题材的作品层出不穷，形成了一个特殊的文化现象。曹丕的《燕歌行》就是一个典型。不过，值得注意的是，和屈原的“自言自语”不同，曹丕却属于“代人言语”；屈原的“香草美人”确有不自觉的顾影自怜的意味，因而又是自然的，而曹丕的“男人说女人话”则属于自觉的、却不够自然的模仿。表现在文本上，屈原可能是男性视角和女性心理兼而有之，浑然一体；曹丕则是彻头彻尾的女性口吻，尽管他的诗歌写得很有“学养”，几乎“无一句无来历”，但由于其缺乏屈原的情感依据，读起来反倒觉得有些“隔”了。

男人为何要说女人话？比较学理的分析是夫妇之间的关系，常常是君臣关系的对应物，思妇怀远和士大夫的怀才不遇，其实是“异质同构”的关系。大概一般男人在现实世界中，也常有被疏远、被压抑、被抛弃的悲哀和痛苦，而又不能像女人那样哭哭啼啼，所以只好假借女性之口，将此郁闷在心的情绪发泄出来，一方面不失男性的尊严，一方面又能顺便对女性产生一种潜移默化的教化作用，一举两得，何乐不为？

但这样的分析对于曹丕就未必合理。曹丕贵为帝王而雅好文学，他以闺怨的题材作诗，颇有些“为艺术而艺术”的意思。而且，曹丕是有意识地要在题材上大胆创新的，二十五岁时他就曾写过同类作品。建安十七年（212），“七子”之一的阮瑀病逝，曹丕“伤其妻孤寡”，先后作《寡妇诗》《寡妇赋》。这首《寡妇诗》，也是“男人说女人话”：

霜露纷兮交下，木叶落兮凄凄。候雁叫兮云中，归燕翩兮徘徊。妾心感兮惆怅，白日急兮西颓。守长夜兮思君，魂一夕兮九乖。怅延伫兮仰视，星月随兮天回。徒引领兮入房，窃自怜兮孤栖。愿从君兮终没，愁何可兮久怀？

你说，这首特为朋友的遗孀而作的诗与怀才不遇又有什么关系呢？也许会有人说，男人揣摩女性心理，终究是失之毫厘，差之千里，但是，谁能说，男性对女性的了解真的不如女性深刻呢？京剧大师梅兰芳饰演的女性角色，不是连女性也自叹不如么？“反串”的艺术，有的时候反倒更易凸显出人性深处，那些不为人知的沟回和底色来。

再说，染色体的知识也早已告诉我们，生而为男，或生而为女，其实是很偶然的事情，“男人的一半是女人”，反之亦然。这一半对“另一半”的体察和感知，当然不可能绝对精准，但古语所谓“虽不中，亦不远”的境界，应该是不难达到的吧。因为说到底，除了生理上的差别之外，塑造性别及其心理的，更多的还是社会和文化。

事实上，刘勰早就为曹丕做过辩护，他说：“魏文之才，洋洋清绮，旧谈抑之，谓去植千里。然子建思捷而才俊，诗丽而表逸，子桓虑详而力缓，故不竞于先鸣，而《乐府》清越，《典论》辩要，迭用短长，亦无懵焉。但俗情抑扬，雷同一响，遂令文帝以位尊减才，思王以势窘益价，未为笃论也。”（《文心雕龙·才略》）依我看，“文帝以位尊减才，思王以势窘益价”，这倒是真正的“笃论”！

爱了，就“矮”了

七哀诗 曹植

明月照高楼，流光正徘徊。
上有愁思妇，悲叹有余哀。
借问叹者谁？言是宕子妻。
君行逾十年，孤妾常独栖。
君若清路尘，妾若浊水泥。
浮沉各异势，会合何时谐。
愿为西南风，长逝入君怀。
君怀良不开，贱妾当何依。

这当然不是最能代表曹植风格的一首诗。如果要选一首“本色当行”的曹植诗，至少有以下几首排名靠前：《白马篇》《送应氏诗二首》《赠白马王曹彪》《箜篌引》《美女篇》《野田黄雀行二首》《斗鸡诗》等等。通常情况下，我们的审美习惯极易受制于所谓“风格”，以至于对待另外一些“风格”边缘的诗，常常带有某种歧视。事实上，这些诗也是作者一笔一画、一字一句写出来的，和那些“主打诗歌”没有高低贵贱之分。

关于七哀诗，《乐府古题要解》说“七哀起于汉末”，当属于乐府新题。南宋葛立方云：“《七哀诗》起曹子建，其次则王仲宣（粲）、张孟阳（载）也。释诗者谓病而哀、义而哀、感而哀、悲而哀、耳目闻见而哀、口叹而哀、鼻酸而哀，谓一事而七者具也。”（《韵语阳秋》）果真如此，那么曹植的这首《七哀诗》还是具有典型意义的。此诗吸收了汉乐府民歌的特点，情思格调却是文人化的，和曹丕的《燕歌行》一样，它也写了一个独栖的思妇（这是曹植诗歌中常见的题材），但这个女主人公和诗人自己，无论形象还是情感，都有着惊人的“重叠”。

诗歌本身并不难懂，写一个留守空闺的女子对丈夫的思念，这在曹植的诗歌中也没有什么稀奇之处。值得注意的，是这个女主人公的言说方式，或者说，是她对自己在婚姻生活中所处位置的一种“确认”。思妇先是用了两个比喻，揭示自己和丈夫的关系：“君若清路尘，妾若浊水泥。”你很难说，这是古代女性独特的爱情心理。表达夫妻关系的比喻，我们熟知的要么是“在天愿为比翼鸟，在地愿为连理枝”，要么是“冉冉孤生竹，结根泰山阿。与君为新婚，菟丝附女萝”（《古诗十九首》）。在这些比喻中，两性关系的意象都是“自然化”的，而曹植的比喻则带有某种道德色彩和尊卑意识，“清”“浊”二字对举就是明证。如果说，贾宝玉把女儿比作“水做的骨肉”，含有一种“女性崇拜”的情结的话，那么曹植的“妾若浊水泥”，就带有明显的“女性歧视”意味，在诗歌文本中，则表现为女主人公的“自我矮化”。

“愿为西南风，长逝入君怀”，原是十分美丽的想象，情感表达上也是含蓄而又热烈的，可是接着刚才的话题讨论下去，你会发现，这个想象是女主人公更进一步的自我贬抑，就像班婕妤的“团扇”和“君怀袖”一样，“西南风”和“君怀”，也完全不是对等的关系了。在长达十年的等待中，这位思妇甚至宁愿变成一阵来去自由的风，只要能够得到“君怀”的呵护。这时候，自己生命意义的实现，完全寄托在了“君”的态度上。思妇的自我价值，在这个美丽的想象中给悄悄“删除”了。诗歌的结尾是可哀的，旷日持久的等待毫无结果——“君怀良不开”，于是，“常独栖”的“孤妾”，就沦落成无人问津的“贱妾”了。

这首诗，正是在这个意义上显得不同寻常。诗人无意之中道出了爱情心理的一个常见样态。人在爱情中，常常会不自觉地产生某种自轻自贱心理，特别是双方存在外部条件的悬殊和落差时，弱势的一方为了得到对象的爱，常常愿意付出任何代价。曹植还有一首《怨诗行》，可以说是这首《七哀诗》的姊妹篇，其中大部分是雷同的，值得注意的是中间几句：

……念君过于渴，思君剧于饥。君作高山柏，妾为浊水泥。北风行萧萧，烈烈入吾耳。心中念故人，泪堕不能止。浮沉各异路，会合当何谐。愿作东北风，吹我入君怀。君怀常不开，贱妾当何依。……

“妾”仍是“浊水泥”，“君”却成了“高山柏”，因为思念之深，思念的对象就变得高不可攀，可望而不可即，那时觉得自己真是卑微到了极点，可不就像脚下的“浊水泥”吗？千年之后，绝代才女张爱玲给胡兰成送照片，照片背后写了字：“见了他，她变得很低很低，低到尘埃里，但她心里是欢喜的，从尘埃里开花来。”（胡兰成《今生今世·民国女子》）一不小心，就把曹子建的这句诗落到了实处。

爱了，就“矮”了。不独女性如此，男性也同样。陶渊明的《闲情赋》有一长段全是自矮之辞，情辞并茂，妙不可言：

愿在衣而为领，承华首之余芳；
悲罗襟之宵离，怨秋夜之未央！
愿在裳而为带，束窈窕之纤身；
嗟温凉之异气，或脱故而服新！
愿在发而为泽，刷玄鬓于颓肩；
悲佳人之屡沐，从白水以枯煎！
愿在眉而为黛，随瞻视以闲扬；
悲脂粉之尚鲜，或取毁于华妆！
愿在莞而为席，安弱体于三秋；

悲文茵之代御，方经年而见求！
愿在丝而为履，附素足以周旋；
悲行止之有节，空委弃于床前！
愿在昼而为影，常依形而西东；
悲高树之多荫，慨有时而不同！
愿在夜而为烛，照玉容于两楹；
悲扶桑之舒光，奄灭景而藏明！
愿在竹而为扇，含凄飙于柔握；
悲白露之晨零，顾襟袖以缅邈！
愿在木而为桐，作膝上之鸣琴；
悲乐极而哀来，终推我而辍音！

诗人一口气写了十个心愿，缠绵悱恻，几乎让心目中的美人无从回避，无路可逃，真是“爱你没商量”！

不独古人有此情，今人亦有此意。徐志摩的诗《雪花的快乐》，也写到自己愿意变作一朵雪花，“盈盈的，沾住了她的衣襟，贴近她柔波似的心胸——消溶，消溶，消溶——溶入了她柔波似的心胸！”只要能和爱人亲近,变成阿猫阿狗胸针发卡都是可以的。王洛宾的《在那遥远的地方》有几句歌词也可参照：

我愿抛弃了财产，跟她去放羊，
每天看着那粉红的笑脸，和那美丽金边的衣裳。
我愿做一只小羊，依偎在她身旁，
我愿她拿着细细的皮鞭，不断轻轻打在我身上。

你看，这首歌中的小伙子因为爱火中烧，已经流露出了某种“受虐心理”,即使每天挨鞭子也在所不惜甚至欢天喜地了。爱是一种“不讲理”的情感，在爱情的表达中，这样的“自轻自贱”因为带有某种“牺牲”

和“奉献”意味，反而成了让人感动不已的煽情元素了。

何止是爱情呢，世界上一切东西，权力、财富、职位，一旦你“爱”上它，有所欲求、而又求之不得的时候，你的自我必然被“矮化”，你会夸张地放大你所追求的价值，而降低自我的高度，甚至缩小自己存在的意义。夫子说：“（申）枨也欲，焉得刚？”（《论语·公冶长》）在专制社会，有的人为了爬上高位，“必修课”就是要把尊严和人格踩在脚下。“矮”，是“爱”（或者“欲”）的必要的代价。

曹植的这首诗，何尝没有他自己的影子呢？这位“愁思妇”，和《美女篇》中那个“盛年处房室，中夜起长叹”的美女一样，都打上了他本人的人格烙印。曹植太想成为一个英雄，“闲居非吾志，甘心赴国忧”（《杂诗其五》）；“捐躯赴国难，视死忽如归”（《白马篇》）。然而，正所谓“心比天高，命比纸薄”，他的后半生一直都在事与愿违的抑郁和痛苦中度过。曹植的悲剧在于，他生在王侯之家，离最高权力只有一步之遥，似乎唾手可得，却又永远得不到。曹植的诗文塑造了一个令人同情的自我形象，可是，仔细想想，我们的同情会打个折扣。因为，曹植的才高气盛，目空一切，势必造成政治上的幼稚和短视，一到关键时刻，常常“拎不清”。按照权力继承“立长不立幼”的“游戏规则”，曹植一开始就不该觊觎太子之位——曹操有二十五个儿子，每个人都怀有这样的野心还得了？——正是这一失误使他付出了终生的代价。

起初“拎不清”倒也罢了，后来大势已去，他还“想不开”，不断地向曹丕和曹睿显忠心、表决心，说他摇尾乞怜吧？实在不忍。可你说这到底算是什么呢？更好笑的是，曹植还以周公自比，说什么“公旦事既显，成王乃哀叹”（《怨歌行》），似乎作为明帝的叔叔，周公的事业他是当仁不让的。殊不知对他来讲，权力，早已成了悬在头顶的达摩克利斯之剑，每一次向权力的靠近，都会因为猜忌给自己带来身首异处的危险。有时候替曹植想想，真是何苦来哉？

所以，曹植的悲剧尽管是悲剧，却远没有屈原的悲剧带给人一种崇高的美感。因为，他太像自己笔下的那位思妇，把自己生命的价值完全寄托在了所谓“事功”之上。而真正使其不朽的，反倒是他口头上十分轻视的文章事业。试想，如果他不会写诗，他的遭际还会那么令人同情吗？

最后，我们看到的是，在想象中的“英雄”和事实上的“怨妇”之间，曹植找到了自己的位置——那既是他诗歌的位置，也是其灵魂的位置。

刀尖上的人生观

咏怀诗 阮籍

三十三

一日复一夕，一夕复一朝。
颜色改平常，精神自损消。
胸中怀汤火，变化故相招。
万事无穷极，知谋苦不饶。
但恐须臾间，魂气随风飘。
终身履薄冰，谁知我心焦！

三十四

一日复一朝，一昏复一晨。
容色改平常，精神自飘沦。
临觞多哀楚，思我故时人。
对酒不能言，凄怆怀酸辛。
愿耕东皋阳，谁与守其真。
愁苦在一时，高行伤微身。
曲直何所为？龙蛇为我邻。

魏晋易代之际，是中国历史上少有的乱世。磨刀霍霍的司马氏，几乎把天下的名士都做了祭刀的牺牲，何晏、曹爽是一拨，夏侯玄、李丰是一拨，王凌、毌丘俭、诸葛诞又是一拨，最后一拨，是嵇康和吕安。老子说："勇于敢者杀，勇于不敢者活。"（《道德经·第七十三章》）司马氏则说：顺我者昌，逆我者亡。刀尖之上，士人似乎只有两种选择：一是宁为玉碎，不求瓦全；一是佯狂远祸，明哲保身。前一种，代表人物是嵇康；后一种，代表人物是阮籍。

关于阮籍，我们知道，他是"竹林七贤"的领袖之一，"建安七子"之一阮瑀的儿子，曹丕写《寡妇诗》时，他还不到三岁。阮籍早年本有济世之志，曾登上广武城头，观楚、汉古战场，说了一句很豪气的话："时无英雄，使竖子成名！”这句话配上“容貌瑰杰，志气宏放，傲然独得，任性不羁，而喜怒不形于色”的描写，颇给人一种英气逼人的印象。但后来司马氏当权，杀戮异己，“天下多故，名士少有全者”，阮籍乃性情大变，“由是不与世事，遂酣饮为常”（《晋书·阮籍传》）。由于出身的关系，阮籍当然倾向于曹魏皇室，但他审时度势，发现司马氏父子不仅有狼子野心，更有嗜血本性，恐怖和杀戮，居然像病毒一样渗透到司马家族的基因血统之中——惹不起，只好躲。但躲过初一，躲不过十五。因为在士林中享有崇高的声望，阮籍就成了司马氏眼中的一个绝佳筹码，司马氏这个“Yes or No”的选择题别人可以交白卷，阮籍却不能。就像一个最恋生畏死的人偏偏要与狼虫虎豹为伴，阮籍的痛苦和恐惧可想而知。

如果一个人选择了在刀尖上活下去，那就只能把沉重的肉身变“轻”，把坚硬的人格变“软”，把明确的立场变得“飘忽”，把清醒的大脑变得“糊涂”，于是，阮籍生活上选择了药与酒，艺术上选择了琴与诗，语言上选择了“发言玄远，口不臧否人物”，政治上选择了“非暴力不合作”，一切的妥协只为了一个目标——活着！潜水一般的活着！实验一般地活着！看看自己在刀尖上、火山口、陷阱中、射程内……怎么才能活下去？又能活多久？

而正是这样的人生经历，才使阮籍的八十二首《咏怀诗》，成了中国诗歌史上最具自省精神和“存在主义”深度的不朽杰作！

我们选的是《咏怀诗》紧邻的两首，可以视为姊妹篇。和其他诗歌写作时间难以确知不同，这两首诗很可能写于同时，不仅语言风格如出一辙，其情感的强烈程度也惊人的相似。

前一首是独白式的抒情。“一日复一夕，一夕复一朝”，四个“一”字，似乎是掰着指头数日子，不仅延宕了诗歌的速度，而且让人产生“度日如年”的联想。紧接着“颜色改平常，精神自损消”，是说容颜憔悴，精神萎靡。何以至此？答案是“胸中怀汤火，变化故相招”。因为世道多变，险象环生，心里便如同怀着沸汤烈火一样焦灼难耐。人常言“赴汤蹈火，在所不辞”，现在阮籍是“胸中怀汤火”，躯体犹如“燃烧弹”，随时可能“自焚自爆”，那该是何等恐怖的滋味！“万事无穷极，知谋苦不饶”，是说世事难料，变化无端，一个人的智谋常常不足以应付外来的风险和忧患。死亡无处不在，犹如随时扑面而来的风，转瞬之间就可以夺去你脆弱的生命——“但恐须臾间，魂气随风飘”。最后两句化用《诗经·小雅·小旻》“战战兢兢，如临深渊，如履薄冰”的句子，说自己终生都在恐惧中度过，表面上风平浪静，可是有谁知道，我胸中的“汤火”，早已把我的心脏烧焦了！这是阮籍坐在火山口上发出的“忧生之嗟”！

后一首则属于“对话式”的抒情，前四句基本意思不变，中四句则引入对话的对象——“故时人”。“临觞多哀楚，思我故时人。对酒不能言，凄怆怀酸辛。”这是阮籍咏怀诗中唯一一次提到“酒”的，可见“酣饮为常”的阮籍，不过借酒避祸罢了。读到此处，我们会想：这个“故时人”是谁？竟让阮籍如此牵肠挂肚？我猜想，这个人很有可能是被司马昭杀害的嵇康。只有嵇康的死才会给阮籍带来如此大的震慑！眼睁睁地看着一个朋友死在屠刀之下，该是怎样的悲痛和惶怖！“兔死狐悲”已经不足以形容阮籍当时的心情，最恰当的形容应该是“唇亡齿寒”！嵇康的被杀，犹如山崩地裂，使整个士林群龙无首，一片死寂，嗣后，司马氏加快了篡夺的步伐，再没遇到任何阻力。后六句则转入“对话”。“愿耕东皋阳，谁与守其真？”是说我愿意躬耕田亩，不问世事地做一个隐士，可是你不在了，我和谁一起去坚守并分享那份拙朴真淳？紧接着诗人似乎在劝慰死者：再大的愁苦也不过是一时的，忍耐一下就过去了，为什么你要那么顶真，那么刚烈？难道你不知道，直道而行、高尚其事，从来都会对自身带来伤害吗？最后，阮籍宣布了自己在无道之邦、混乱之世的人生观——“曲直何所为？龙蛇为我邻。”《周易·系辞下》有云：“尺蠖之屈，以求信（伸）也；龙蛇之蛰，以存身。”阮籍的意思再明白不过：何必要去论一个是非曲直？世上的事还不是“彼亦一是非，此亦一是非”？不如像尺蠖、龙蛇那样，能屈能伸，以求得生命的保全和延续。

这两首诗应该是写于嵇康被杀之后、阮籍写《劝进文》之前，而此后不久，景元四年（263），阮籍也在抑郁和孤独中离开人世。

不知为什么，这两首诗总让我想到阮籍的胃。我几乎有些走火入魔地牵挂着他的胃。我在想：一个为了逃避司马昭提亲而大醉过六十日的胃，该是一个怎样的胃？一个在听到母亲死讯后，竟“举声一号，吐血数升”的胃，该是一个怎样的胃？既然鲁迅先生可以从《论语·乡党篇》里“食不厌精，脍不厌细”，“割不正不食”，以及“不撤姜食”等记载，推定出“孔夫子有胃病”，那么，我也可以从“颜色改平常，精神自损消”“胸中怀汤火”“谁知我心焦”“彼求飨太牢，我欲并一餐”（《咏怀六十九》）“感慨怀辛酸，怨毒常苦多”（《咏怀十三》）等诗句，推定阮籍一定患有比孔夫子更严重的胃病！我甚至特意查阅了胃病的有关症状，至少有以下几条与阮籍有关：

恶心呕吐：饮食失常、寒温不适引起的胃病，容易造成患者恶心呕吐。（“吐血数升”）

面色：胃病患者病史过长，面色容易萎黄、黯淡无光。（“颜色改平常，精神自损消。”）

反酸烧心：这是胃病患者最常见的症状之一。有胃酸、泛酸、反酸、吐酸之分。胃热者有烧心感。（“胸中怀汤火”“谁知我心焦”“感慨怀辛酸”）

胸闷：以气不顺、滞留胸腔为特征，脾气暴躁者、情绪不佳者易得。（“阮籍胸中垒块，故须酒浇之”）

众所周知，胃病对心情的影响相当之大，带着胃病写下的诗歌，一不小心泄露点病情也是正常的。尽管没有更确凿的证据，但在阮籍有胃病这一点上，我准备做个顽固派。

从这个意义上说，阮籍的诗歌，是蘸着生命的血泪写就的。阮籍的一生，就是一个面临死亡危险的生命，如何利用有限的智能，获得“生存有效性”的最大实现的一生。阮籍的一生，也是在刀尖上跳舞的一生，他的舞姿虽然踉踉跄跄，但毕竟跳出了自己的节奏，自己的神韵。我们仰慕嵇康的同时，还是不要用不以为然的眼光去苛责阮籍吧，毕竟，我们谁都没有真正经历过他的处境。

看上去很美

赠秀才入军 嵇康

其十四

息徒兰圃，秣马华山。
流磻平皋，垂纶长川。
目送归鸿，手挥五弦。
俯仰自得，游心太玄。
嘉彼钓叟，得鱼忘筌。
郢人逝矣，谁与尽言？

这是魏晋时最具阳刚之美的自由斗士嵇康的一首四言诗。如果给四言诗写一部发展史，那么，第一章无疑应该是《诗经》，第二章是《曹操》，第三章必是《嵇康》，第四章，或许能轮到《陶渊明》。嵇康的四言诗，虽不像曹操那么黄钟大吕，不可一世，但自有一种渊雅宏放、潇洒飘逸的风采，和他的人一样——“看上去很美”。

这首诗是《赠秀才入军十八首》的第十四首，也是最能代表嵇康四言诗成就的一首。

这个被嵇康连赠十八首诗的“秀才”不是别人，正是他的哥哥嵇喜（字公穆）。关于嵇喜，我们知道的是，他在舆论中很倒霉，常常成为他的“龙章风姿”的弟弟的反衬。一次是在阮籍母亲的追悼会上，他就碰了一鼻子灰。史载阮籍有个绝活儿——“能为青白眼，见凡俗之士，以白眼对之”。嵇喜好心好意地赶去吊唁，没想到却撞上了阮籍的“白眼”，于是悻悻而归。嵇康听说这件事，就拿着酒、挟着琴去找阮籍，阮籍一见，大悦，马上青眼有加，从此结成莫逆之交。还有一次，嵇康的朋友吕安千里命驾，来找嵇康，碰巧嵇康不在，嵇喜就十分热情地出门邀请吕安进屋，没想到恃才傲物的吕安毫不赏脸，坚决不进门,这倒也罢了,吕安又在嵇喜的门上题写了一个斗大的“鳳”字，然后扬长而去。嵇喜还以为这是夸自己，殊不知吕安用的是“拆字法”，“鳳”字，犹言“凡鸟”也。

为什么嵇康的朋友这么不待见他的哥哥？原因很简单，“道不同不相为谋也”。嵇康的朋友都是当时的“不同政见者”，对嵇喜这样有志于仕途的人自然看不上眼。嵇喜先是举了秀才，后来又做上司马昭之子卫将军司马攸的司马，诗中所言“秀才从军”当指此事。不过话又说回来，嵇康和嵇喜的感情却是很深的，并没有因为政见不同而影响了手足情意。这组《赠秀才入军》诗就是最好的证明。

在这组诗中，嵇康反复表达了对嵇喜从军的遗憾和孤独无侣的痛苦。如《其六》：“所亲安在，舍我远迈。弃此荪芷，袭彼萧艾。”《其十一》：“虽有好音，谁与清歌？虽有姝颜，谁与发华？”《其十二》：“感悟驰情，思我所钦。心之忧矣，永啸长吟。”《其十三》：“思我良朋，如渴如饥。愿言不获，怆矣其悲。”《其十五》：“旨酒盈樽，莫与交欢。……佳人不存，能不咏叹。”最有震撼力的还是第十八首：“流俗难悟，逐物不还。至人远鉴，归之自然。万物为一，四海同宅。与彼共之，予何所惜。生若浮寄，暂见忽终。世故纷纭，弃之八戎。泽雉虽饥，不愿园林。安能服御，劳形苦心。身贵名贱，荣辱何在。贵得肆志，纵心无悔！”这几乎是《与山巨源绝交书》的诗歌版了！嵇康还写有一首《五言赠秀才诗》，又名《双鸾》，其中有云：“单雄翩独逝，哀吟伤生离。徘徊恋俦侣，慷慨高山陂。鸟尽良弓藏，谋极身必危。吉凶虽在己，世路多崄巇。安得反初服，抱玉宝六奇。逍遥游太清，携手长相随。”对嵇喜的选择表示深深的忧虑。

嵇喜也有《答嵇康诗四首》，其二云：“君子体变通，否泰非常理。当流则蚁行，时逝则鹊起。达者鉴通机，盛衰为表里。列仙循生命，松乔安足齿。纵躯任世度，至人不私已。”其三又云：“达人与物化，无俗不可安。都邑可优游，何必栖山原。孔父策良驷，不云世路难。”对自己的选择强作解释，其中“当流则蚁行，时逝则鹊起”两句，倒是与阮籍的“曲直何所为？龙蛇为我邻”遥相呼应。只不过，阮籍做官是为了存身保命，嵇喜则有着比较明显的功利诉求，二者有着本质的区别。

从这对兄弟的赠答诗可以看出，二人在政治立场或者说人生理解上的分歧几乎是不可调和的，如果把嵇喜换成别人，嵇康说不准又会写一封绝交信亦未可知。然而，我们看到的是，嵇康竟然那么敬爱这位兄长，他们的关系不仅是“血浓于水”的兄弟，还是无话不谈的朋友。在《赠秀才入军》的第九首，嵇康用饱蘸情感的笔墨为嵇喜画了一幅英姿飒爽的“军中速写”：

良马既闲，丽服有晖。左揽繁弱，右接忘归。
风驰电逝，蹑景追飞。凌厉中原，顾盼生姿。

这大概是嵇康心情好的时候，他把遗憾和担心暂时抛诸脑后，想象自己的哥哥一身戎装的模样，应该也是很帅气的吧。这首诗画面感和速度感极强，给人以强烈的视觉冲击力。不过，相比之下，这首诗还是比不上我们选中的第十四首，因为后者是嵇康借了赠诗的由头，给自己画了一幅形神兼备的“自画像”。

如果说，诗的前四句“息徒兰圃，秣马华山。流磻平皋，垂纶长川”，是猜想嵇喜军中生活的间隙，宿营喂马、弋射垂钓的情景的话，那么中间四句写弹琴自娱，则是嵇康本人的“传神写照”：“目送归鸿，手挥五弦。俯仰自得，游心太玄。”这十六个字，向来是魏晋风度的标志性概括——手挥目送，俯仰自得，精骛八极，心游万仞，那是何等潇洒脱俗的形象！又是何等自由高蹈的境界！这一刻，我们的精神也随着诗人的目光游走天外，随着优美的琴声羽化登仙；这一刻，世俗的烦恼被荡涤一空，我们从“必然王国”进入到“自由王国”，从世俗红尘飘升到一个空灵超越的审美世界！难怪东晋大画家顾恺之在根据此诗为嵇康画像时，感慨地说：“画‘手挥五弦’易，‘目送归鸿’难！”（《世说新语·巧艺》）

这样的一首诗，一幅画，当然“看上去很美”！

诗的后四句，借用《庄子》中“得鱼忘筌”、“郢人运斤”这两个典故，慨叹嵇喜走后，自己再没有可说话的人了，而“手挥目送”所包含的玄理妙谛，又有谁能真正领会呢？真是其情可触，其哀可感！如果嵇康对嵇喜的情感并非受制于儒家伦理规范，而是发自肺腑，那么，我们就没有理由把这个史称“有当世才”（《晋书·嵇康传》）的嵇喜，当作一个多么可恶可鄙的人。嵇康临死时，兄弟亲族都来刑场送别。嵇康颜色不变，问其兄嵇喜：“有没有把我的琴带来？”嵇喜说：“带来了。”嵇康这才弹奏了那曲流芳千古的《广陵散》，然后叹道：“《广陵散》于今绝矣！”嵇喜对嵇康相知可谓深矣！如果不是他把弟弟最爱的琴带到刑场来，史上最具诗意的死亡“广陵绝唱”岂不要真的销声匿迹？

嵇康死后，嵇喜为其立传，是为著名的《嵇康别传》。你看他对弟弟的描写：

> 康长七尺八寸，伟容色，土木形骸，不加饰厉，而龙章凤姿，天质自然。正尔在群形之中，便自知非常之器。
>
> 康性含垢藏瑕，爱恶不争于怀，喜怒不寄于颜。所知王浚冲在襄城，面数百，未尝见其疾声朱颜。此亦方中之美范，人伦之胜业也。

拳拳手足之情，溢于言外！

嵇康和嵇喜的这种超越政见的兄弟之谊，常常让我觉得震撼。我想起韩国电影《太极旗飘扬》。剧中的一对兄弟，不管在哪里都是“相濡以沫”，绝不因为意识形态不同，甚至处于敌我双方的不同战壕，而“相忘于江湖”！在我看来，这种生死不渝、看似非理性、甚至近乎疯狂的兄弟亲情所折射的人性光辉，远比因为阶级立场不同、政治信仰有异而导致的大义灭亲、兄弟反目，更具震撼力，更能让人感到人之所以为人的东西，是多么坚强而伟大，更能让人留恋于爱的深沉，生的美好。

所以，看上去很美的，不仅是嵇康这个人，和他写的这首诗，还有他和嵇喜演绎出的那种让人荡气回肠的兄弟情谊。

美男不是无情物

悼亡诗·其一　潘岳

荏苒冬春谢，寒暑忽流易。
之子归穷泉，重壤永幽隔。
私怀谁克从，淹留亦何益。
僶俛恭朝命，回心反初役。
望庐思其人，入室想所历。
帏屏无仿佛，翰墨有余迹。
流芳未及歇，遗挂犹在壁。
怅恍如或存，回惶忡惊惕。
如彼翰林鸟，双栖一朝只。
如彼游川鱼，比目中路析。
春风缘隙来，晨霤承檐滴。
寝息何时忘，沉忧日盈积。
庶几有时衰，庄缶犹可击。

潘岳（247—300），字安仁，又称潘安。在一般人心目中，潘岳的名气之所以很大，一多半是因为他长得漂亮，通常所说的“才比子建，貌若潘安”，或“才比宋玉，貌似潘安”，反映的正是这样一种接受心理。在《世说新语·容止》篇中，潘岳绝对是个令人“惊艳”的明星人物。一则说：

潘安仁、夏侯湛并有美容，喜同行，时人谓之“连璧”。

这是“正衬”，还有一则属于“反衬”，潘岳的美几乎不仅要引起交通堵塞，甚至还给貌丑者带来“人身伤害”：

> 潘岳妙有姿容，好神情。少时挟弹出洛阳道，妇人遇者，莫不连手共萦之。左太冲（左思）绝丑，亦复效岳游遨，于是群妪齐共乱唾之，委顿而返。

这个故事还有不同的版本，如《语林》就把左思的“悲惨遭遇”放在了张载身上：

> 安仁至美，每行，老妪以果掷之，满车。张孟阳（张载）至丑，每行，小儿以瓦石投之，亦满车。

我估计，这两则例子可能不属于“传闻异辞”，而是发生在不同时间和地点而性质相同的两件事，可见美貌的打击面和杀伤力还真不小。无论“正衬”还是“反衬”，都使得潘岳的形象愈发光彩夺目，简直就是今天所说的“少妇毒药”或“师奶杀手”！

因为是历史上有名的美男，人们往往关注于他的“貌”，而忽略了他的“才”。其实潘岳也是十分杰出的文学家，钟嵘的《诗品》门槛不可谓不高，却把潘岳的诗放在了“上品”！而且，只要提起潘岳，一定是和西晋著名诗人陆机在一起的，如李充的《翰林论》称赞潘岳的诗“翩翩然，如翔禽之有羽毛，衣服之有绡縠，犹浅于陆机”。东晋诗人谢混也称：“潘诗烂若舒锦，无处不佳；陆文如披沙简金，往往见宝。”玄言诗人孙绰评价二人说：“潘文浅而净，陆文深而芜。”钟嵘的判词则是：“陆才如海，潘才如江。”总之，潘岳在西晋是可以跻身一流作家而无愧的，文学史的经典表述“三张、二陆、两潘、一左”（《诗品序》），也的确堪称不刊之论。

潘岳不仅多才，而且多情。这个多情，不是滥情之意，也不是小儿女的多愁善感，而是对人世间的悲欢离合，有着超出常人的敏感洞察和精确把握。魏晋文士大多重情，《世说新语》专列《伤逝》一门就是明证。而潘岳则有意识地把这种伤逝悼亡之情，作为生命感悟和诗文创作的重要内容，并且发挥到了极致。史书上说，潘岳是个孝子，曾因母亲生病而辞官奉母，而且，他“善为哀诔之文”，所作《怀旧赋》《寡妇赋》《哀永逝文》等都是哀诔文中的名篇，王隐《晋书》称他“哀诔之妙，古今莫比，一时所推”。而在诗歌创作上，潘岳给人印象最深、对后世影响最深远的，则是他的三首《悼亡诗》。

潘岳之前，文人们很少在诗文中表达夫妻之情，悼念亡妻之作更是少之又少。潘岳之后，“悼亡诗”则成为一个重要的诗歌题材，后继者不绝。我想，这和魏晋时期，女子的地位有所提高以及夫妻情感的被重视，大有关系。比如，稍早于潘岳的西晋诗人孙楚（字子荆），在其妻子去世时，就写过四言诗（《除妇服诗》）以表追思，他的好友王济（字武子）读后说了一句很有名的话：“未知文生于情，情生于文？览之凄然，增伉俪之重！”（《世说新语·文学》）说明“伉俪”之情在当时，已经成为令人敬重的人间至情。东晋的谢安曾问过他的主簿陆退：“张凭何以作母诔，而不作父诔？”陆退答曰：“故当是丈夫之德，表于事行；妇人之美，非诔不显。”（《世说新语·文学》）这句“妇人之美，非诔不显”，十分清楚地揭示了悼亡之作的发生机制。

这里选的是潘岳《悼亡诗》三首中的第一首。潘岳的夫人李氏不幸亡故，在安葬完亡妻之后，潘岳又要外出做官，临走之时，睹物思人，悲不自胜，遂写下此诗。全诗共有二十六句，可作三解读。前八句为第一解，交代妻子亡故，幽明两隔，有心留守相伴，怎奈“朝命”难违，不得不启程赴任。中间八句是第二解，诗人用一个“长镜头”，把自己临走之时，再一次流连旧庐的所见、所闻、所感，十分细腻入微地刻画出来。诗人走进内室，看到帏屏依稀、翰墨飘香、遗挂在壁，一切都是妻子生前的样子，迷离惝恍之中，他甚至以为那个朝夕相伴的人还在身边，甚至能听到她的呼吸——“怅恍如或存，回惶忡惊惕”，等他缓过神来，忍不住又惊惶失措，好像一切都是刚刚发生一样！

最后十句是第三解，诗人借飞鸟落单、游鱼失侣表达妻子死后，自己内心的孤寂和落寞。“春风”两句照应开头，写冬去春来，本是坚冰融化之时，但自己仍然沉浸在对亡妻的思念中，寝食难忘，忧闷无已。诗人并不想一直这样消沉，他希望有一天，自己能从这悲痛之中走出来，像庄子那样看透“方生方死，方死方生”的道理，那时，自己也许能够击缶而歌吧！话虽如此说，诗人还是没有真正从丧妻的阴影中走出，他的另外两首《悼亡诗》，仍然沉湎于“长簟竟床空，床空委清尘”这些夫妻恩爱的细节中不能自拔。唯其如此，我们才从字里行间，感受到诗人的一腔真情。

历史上的潘岳颇多争议，《晋书》本传就说：“岳性轻躁，趋世利，与石崇等谄事贾谧，每候其出，与崇辄望尘而拜。”权臣贾谧幕下的“二十四友”，潘岳首当其冲。这一政治上的污点当然影响到后人对他诗文的评价，甚至引起了对其基本人格的怀疑，如元好问《论诗绝句》就说：

心画心声总失真，文章宁复见为人！
高情千古《闲居赋》，争信安仁拜路尘！

此种唯道德论的观点言之凿凿，极具煽动力，以致后来一说到“文章未必如其人”的话题，潘岳总是最有力的证据。

然而，话说回来，难道这一切就足以推翻潘岳诗文中情感的真实性吗？我看未必。自古以来，政治上“站错队”的人，乃至乱臣贼子多矣，如果因为一个人有过“前科”，便对其基本人格投不信任票，那么天下之大，恐无几人堪称“真人”。从这个角度上说，“心画心声总失真”其实是一种常态，因为人是复杂的生命存在，人的一生不可能一成不变，“甘瓜苦蒂”，“蚌病成珠”，也许正因为潘岳曾经的趋炎附势，他晚年的《闲居赋》才更有可能是内心的真实流露。而潘岳对母亲的孝敬，对妻子的深情，又岂能因为政治上“站错队”而一笔勾销！有些人是最善于“墙倒众人推”的，也最喜欢用自己千疮百孔的道德去强求别人的洁白无瑕，手中握有权力——哪怕是一点可怜的话语权——的人更是如此。

孔子说："君子不以言举人，不以人废言。"(《论语·卫灵公》)后人对前人的了解，往往来自文字的材料，这些"共时"显现的材料，常常遮蔽了当初的"历时"展现的过程，"以人废言"的事也就在所难免。所以，在处理古代文史材料时，孟子所谓的"知人论世""以意逆志"，史家陈寅恪所说的"了解之同情"，作为基本的方法论，至今仍未过时。

不要问我从哪里来

咏史诗·其二 左思

郁郁涧底松，离离山上苗。
以彼径寸茎，荫此百尺条。
世胄蹑高位，英俊沉下僚。
地势使之然，由来非一朝。
金张藉旧业，七叶珥汉貂。
冯公岂不伟，白首不见招。

山涧谷底的巨松苍翠挺拔，山顶上的小草细苗葳蕤茂盛，作为自然现象，这再正常不过。诗歌的头两句就这么展开了，意象匀称，画面平稳，情调和谐，“郁郁”“离离”两个叠词，甚至给人一种欣欣向荣、蒸蒸日上的美好印象。

然而，三四句一出，诗歌的稳定感便被打破，“以彼径寸茎，荫此百尺条”，两个意象之间一下子拉开了距离，形成了张力。小草细苗身子虽短，却要凭借它们的“海拔优势”，遮蔽（荫）涧底百尺巨松的阳光雨露，这时，“涧底松”和“山上苗”，不仅具备了人格，而且处于剑拔弩张的对立中了。“彼”“此”二字既是指代词，也包含着亲疏关系和价值判断，我们仿佛看见诗人无限爱怜地抚摸着“涧底松”的虬枝铁干，不时地向那高高在上、落地生根的“山上苗”，报以闪电般的冷眼。

只是一瞬间，“和谐的大自然”不见了，诗人大笔一挥，“不讲道理的社会”就凸现在我们眼前，“不公正的制度”成了批判之箭的靶子！

没有迂回，没有停顿，接下来，诗人索性把话挑明了，“世胄蹑高位，英俊沉下僚”。“世胄”，即世家子弟，贵族后裔。他们即使平庸无能如那“山上苗”，却照样能占据高位，享受厚禄，而真正的英雄才俊哪怕再杰出，也只能仕途困顿，沉沦下僚，就如这高高的“涧底松”。“地势使之然，由来非一朝。”点明导致这种局面的原因，正是以门第定高下、以血统论英雄的选拔人才的制度，这无良制度由来已久，根深蒂固。

诗人唯恐大家不信，马上举出一正一反两个事例以为证明：“金张藉旧业，七叶珥汉貂。”金、张是指汉武帝时两个深受宠信的大臣金日磾和张汤，他们“一人得道，鸡犬升天”，家族后裔七世为官，显赫无比。与之形成鲜明对比的是历史上有名的冯唐，他真应了“寿则多辱”那句话，虽有一身文韬武略，终究不能得到朝廷的重用。王勃在《滕王阁序》中发出“冯唐易老，李广难封”的感慨，应该就是受到这首诗的启发。

诗人的矛头，直接指向曹魏以来的“九品中正制”，这种选官制度在曹丕夺权伊始，稳定了世家大族，不能说没有一定的“先进性”，但其弊端很快就暴露出来，由于这一制度在操作过程中，逐渐演变为按照门第高低选才擢官，保护的只是“既得利益者”，终于造成了“上品无寒门，下品无势族”（《晋书·刘毅传》）的荒唐局面。这种带有世袭性质的选官制度，其潜台词就是“龙生龙，凤生凤，老鼠生来会打洞”，就是“王侯将相，当然有种”，就是“英雄必须问出处”等等，这样的制度，说穿了就是“种族歧视”的变种，就是后来的“血统论”和“出身论”的滥觞！这一制度犹如一块巨大的井盖，把庶族寒门的人才统统盖在逼仄黑暗的空间里，让他们尝尽怀才不遇、有志难伸之苦！故清代大儒王夫之说：“魏从陈群之议，置州郡中正，以九品进退人才，行之百年，至隋而始易，其于选举之道，所失亦多矣。人之得以其姓名与于中正之品藻者鲜也，非名誉弗闻也，非华族弗与延誉也。故晋宋以后，虽有英才勤劳于国，而非华族之有名誉者，谓之寒人，不得与于荐绅之选。其于公天爵于天下，而奖斯人以同善之道，殊相背戾，而帝王公天下之心泯矣。”(《读通鉴论》)

咏史诗肇始于班固，而大成于左思，后者把咏史与咏怀“勾兑”在一起，使这一题材境界大开，从而成为中国古代诗歌的重要一体。钟嵘论五言诗，将左思置于“上品”，称其“文典以怨，颇为精切，得讽谕之致”(《诗品》)，又引谢灵运评语云：“左太冲诗，潘安仁诗，古今难比。”王夫之也说：“三国之降为西晋，文体大坏，古度古心，不绝于来兹者，非太冲其焉归？”(《古诗评选》)显然是把左思的诗，当作“建安风骨”的隔代回响。这首咏史诗共十二句，没有一句闲笔，没有一句无力，既抒发了壮志难酬的愤懑之情，又能“行于所当行，止于所不可不止”(苏轼语)，情文并茂，思艺俱佳，这在古诗中并不多见，体现了诗人杰出的创作才能。

出身寒门的左思，也是我最喜欢的西晋诗人。尽管他相貌丑陋，言讷口吃，才华和风骨却是当世一流，首屈一指。他历时十年写成的《三都赋》甫一问世，便闹得“洛阳纸贵”，连起初瞧他不起的陆机都叹为观止。他的八首《咏史诗》，犹如八道闪电，照亮了追求精丽华美、善于“巧构形似之言”的西晋诗坛，成为那个时代最具男性热力的“不平之鸣”。而左思声嘶力竭地喊出的那些诗句，诸如“何世无奇才，遗之在草泽”“贵者虽自贵，视之若埃尘。贱者虽自贱，重之若千钧”等等，归结起来也就是一句话：“不要问我从哪里来！”遗传基因没有你们想象的那么重要，让“出身论”和“血统论”的枷锁桎梏，统统见鬼去吧！

不禁想起几十年前，中国大地上流传的那副对联。上联是“老子英雄儿好汉”，下联是“老子反动儿混蛋”，横批：“基本如此。”那个时候，“出身”有个十分怪异的代称，叫“家庭成分”，似乎人类是可以根据化学方法进行阶级分类和政治解析的特殊物种。于是就有“红五类”(革命军人、革命干部、工人、贫农、下中农)和“黑五类”(地主、富农、反革命分子、坏分子、右派分子)之分。根据是什么呢?也不过就是“出身”和“血统”,就是“你从哪里来”。如果从“地富反坏右”那里来,你当然只能是“地富反坏右”,生下来就已经“盖棺论定”,且永世不得翻身!比起“九品中正制”,这种打着革命的旗号株连九族的勾当,造成的灾难更其严峻。左思的痛苦尚且在于无法通过仕进之路施展抱负,可“黑五类”的痛苦在于不仅不能政治上谋发展,甚至被取消了人格,人权,人籍,以至生命!

1970 年 3 月 5 日,有个像左思一样“出身”不太好的青年,因为写了一篇《出身论》的文章,有理、有据、有节地指出“血统论”的荒谬和危害,提出人人生而平等的观点,竟然被当局处死,年仅二十七岁。这个勇敢的青年,后来和顾准、张志新、林昭等人一起,被称为那个时代少数几个真正的思想者,他的名字叫——遇罗克。

从左思到遇罗克,其间横亘着长达一千五百多年的时光!而早在二千五百多年前,高举“有教无类”旗帜的孔子,就已对着那位出身贫贱而才华出众的弟子冉雍(字仲弓)说过两句话,一句是:“犁牛之子骍且角,虽欲勿用,山川其舍诸?”另一句是:“雍也可使南面。”这两句话的意思,就是不以出身论英雄,就是“不要问我从哪里来”。人说“天不生仲尼,万古如长夜”,可为什么仲尼之后,还是长夜漫漫?如果说“出身论”和“血统论”都是中世纪的荒谬理论,那么,为什么“走出中世纪”竟然变得如此“任重道远”?

种瓜得瓜，种豆得豆

责子

陶渊明

白发被两鬓，肌肤不复实。
虽有五男儿，总不好纸笔。
阿舒已二八，懒惰故无匹。
阿宣行志学，而不爱文术。
雍端年十三，不识六与七。
通子垂九龄，但觅梨与栗。
天运苟如此，且进杯中物。

在陶渊明的一百多首诗歌中，这首《责子》诗显得有些“另类”。田园诗的“平淡自然”不见了,咏史诗的“金刚怒目”也不见了,剩下的，是一种无可奈何的反躬自嘲。

为什么要“责子”？当然是因为儿子不争气。不是一个不争气，而是五个儿子个个不争气！这就有些“兹事体大”了。自己壮年的时候尚不觉得，那时尚有尢穷的精力可供挥霍，也还有足够的信心可以“罩着”儿子，等到“白发被两鬓，肌肤不复实”的老年，才发现，生命的接力棒要传到下一代的时候，情况很是不妙。

“虽有五男儿，总不好纸笔。”五个儿子都没有继承乃父之志，不喜欢读书作文，“耕读传家”后继无人已是板上钉钉。更有甚者，儿子们不仅不好读书，而且毛病多多，诗人一一列举出来，简直让人觉得是“天妒英才”，老天非要让一个自我感觉很好的大诗人“祸不单行”不可！

五个儿子中，最大的阿舒——“阿”字是魏晋时用于昵称的前缀——今年已经十六岁，“懒惰故无匹”，不是一般的懒惰，而是无与伦比的懒惰，所以这个儿子基本是“报废”了。二儿子阿宣还好，有志于学问，但紧接着一句“而不爱文术”，又把前句给否定了。大概这个儿子看老爸读书万卷，最终也不过如此，所以喜欢“理工科”也说不定。老三阿雍、老四阿端更惨，这对双胞胎，虽然年满十三，可尚且不识六与七，看样子智商严重低下，也指望不上了。最小的儿子名叫通子，眼看已经九岁，一天到晚不是寻梨，就是觅栗，只知道吃喝玩乐，越看越没出息。俗话说：从小看大，三岁至老。别人的儿子都是“龙种”，自己的儿子却成了“跳蚤”，你说可气不可气？

最通达、也最糊涂的还是末尾两句：“天运苟如此，且进杯中物。”说通达，是诗人“不以物喜，不以己悲”的人生态度，没有这态度，他绝对写不出好诗来；说糊涂，是诗人执迷不悟，只知怨天尤人，却不懂扪心自问：孩子的“不肖”难道与自己无关么？

上帝是公平的：有一得，必有一失。作为诗人，陶渊明足够伟大；作为父亲，则尚未及格。用优生学的常识说，一个酒徒父亲很难生养出健康的子女来。君不见现在想要做父亲的，都知道在酒桌上谢绝朋友的劝酒么？倒是一些妙龄女郎，烟民的比例逐年上升，似乎生孩子渐渐成了男人的事。有道是“种瓜得瓜，种豆得豆”，可以说，“种豆南山下”的陶大诗人，他的孩子尚未出生，便被注定了悲剧的命运。从家庭教育的角度说，渊明恐怕也未尽到应尽的责任。“养不教，父之过。”父亲嗜酒如命，“无夕不饮”（《饮酒》诗前小序），哪有时间“课子”？哪有功夫“庭训”？等到垂垂老矣，再想“临时抱佛脚”当个好父亲，又岂可得乎？

陶渊明有首《杂诗》，一向盛传的是后四句：

盛年不重来，一日难再晨。及时当勉励，岁月不待人。

小时候就被这几句话感动，怠惰之时常思之。后来才知道，这诗前面还有八句：

人生无根蒂，飘如陌上尘。分散逐风转，此已非常身。
落地为兄弟，何必骨肉亲。得欢当作乐，斗酒聚比邻。

把两部分合起来，意思就明白了，盖渊明以为：人生虽脱胎于父母，但本质上是没有根蒂的，大家不过如紫陌红尘，随风而逝，飘到哪里是哪里，所谓“四海之内皆兄弟也”，所以只要能有机会欢聚，就应该及时行乐，一醉方休！

原来，诗人的“及时当勉励，岁月不待人”，是劝大家今朝有酒今朝醉，能开心处且开心呢。它的劝学励志作用，其实是后人的“断章取义”“自作多情”。不仅如此，这诗还泄露出一个“信号”，即渊明对于血统子嗣之类看得很穿，他是一个自我中心主义者，自己把人生“经营”成一个诗与酒的狂欢就够了，至于子孙后代的事，他可管不了那么多！既然如此，摊上子孙“不肖”这档子事，又何怨乎？

昭明太子萧统说：“有疑陶渊明诗篇篇有酒，吾观其意不在酒，亦寄酒为迹者也。”（《陶渊明集序》）这恐怕是“醉翁之意不在酒”的理论滥觞。但我疑心，这是萧统给渊明脸上贴金，我们对待自己喜欢的人，总是要为他遮遮掩掩、粉饰一番的。其实，酒是酒，诗是诗，酒助诗兴那是对诗人而言，一个地道的酒鬼只会借酒发疯；反过来，一个地道的诗人就是不喝酒，也能写出好诗来。诗和酒在文化上的“联姻”，完全是那些诗人兼酒徒无心插柳造成的假象！

只知“责子”，不知“自责”，这是渊明的糊涂天真处，也是其私心自用处。有人说，《责子》诗表现出了渊明“纯熟的幽默”，这种看法本身，倒是“黑色幽默”得可以，至于其中的“冷血”，不说也罢。

有道是“天行有常，不为尧存，不为桀亡”(《荀子·天论》)。大诗人的光环背后，是一个日渐破败的家族，和一堆令人同情的子孙。我热爱陶渊明的诗歌，但我同时庆幸，自己不是他的子孙。

不过，自私一点想，我还是觉得，陶渊明没有成为一个合格的父亲是后世读者的幸事，因为称职而平庸的父亲实在很多，而陶渊明，却只有一个。

人鬼情未了

挽歌诗 三首 陶渊明

其一

有生必有死，早终非命促。
昨暮同为人，今旦在鬼录。
魂气散何之？枯形寄空木。
娇儿索父啼，良友抚我哭。
得失不复知，是非安能觉！
千秋万岁后，谁知荣与辱。
但恨在世时，饮酒不得足。

其二

在昔无酒饮，今但湛空觞。
春醪生浮蚁，何时更能尝。
肴案盈我前，亲旧哭我旁。
欲语口无音，欲视眼无光。
昔在高堂寝，今宿荒草乡。
一朝出门去，归来夜未央。

其三

荒草何茫茫，白杨亦萧萧。
严霜九月中，送我出远郊。
四面无人居，高坟正嶕峣。
马为仰天鸣，风为自萧条。
幽室一已闭，千年不复朝。
千年不复朝，贤达无奈何！
向来相送人，各自还其家。
亲戚或余悲，他人亦已歌。
死去何所道，托体同山阿。

这是陶渊明临死之前所作的自挽诗。诗的内容和思想都很特别，体现了陶诗题材的丰富和思考的深入。诗人想象自己死后的情景，以“第三只眼”来注视活人对死者的装殓、祭祀、送葬诸事的全过程，以“死者”的所见所闻所思，来参悟生与死、人与鬼之间微妙复杂的关系，表现出诗人在临终之前，对生命的留恋，以及对死亡的达观。

死亡问题一直属于人类认知世界的盲点，大哲如孔子，也曾对想要了解死亡问题的子路说过："未知生，焉知死？"古今中外，涉及死亡问题的著作可谓汗牛充栋，各种宗教也试图解答人类死后的归属问题，但迄今为止，我们尚未得到一句来自"死者"或"彼岸世界"的真实报告。可以说，对于死亡之后的事，我们只有胡思乱想。陶渊明的《挽歌诗》三首，正是他给自己预先开具的"死亡报告书"。

第一首写死后装殓之事。诗人说，生为人、死为鬼，不过自然轮回，非关人事。魂气飘散，枯形就木之后，是非得失便无从知觉，成败荣辱亦是过眼云烟，谁会真正在意呢？遗憾的不是别的，而是生前喝的酒不够多啊。仿佛世间万物，酒才是第一好东西！"娇儿索父啼，良友抚我哭"两句，本自多情，不料却被诗人的一坛好酒给稀释了。

第二首紧承前文，写亲人设酒肴祭奠之事。诗人正说酒没喝够，"春醪"就摆在眼前。可惜的是，死去之人不仅"心"已无感，"体"之功能也都涣散，"欲语口无音，欲视眼无光"，视听言动尚且不能，更别提饮酒吃肉了。这种"心有余而力不足"的状况，似乎是死人做给活人看的可怜样儿，有几分幽默感，却让人笑不出来——百年之后，谁都不免如此啊！后四句"昔在高堂寝，今宿荒草乡。一朝出门去，归来夜未央"，似乎是说所寝之地今不如昔，其实更含有人生短暂之意，不过旦夕之间，已将自以为又臭又长的一辈子过完。

第三首写送葬之事，最是萧索凄恻。先写荒草、白杨、严霜，渲染死后的荒凉。次写高坟崔嵬，马嘶风号，以喧闹之物衬寂寞之况。再写墓室幽闭，千年不开，任你生前如何贤达富贵，亦将面临同样的逼仄和黑暗。仿佛是家庭教师简·爱小姐对她的雇主罗切斯特先生说的话："我们的精神是同等的，如同你跟我，经过坟墓，将同样地站在上帝面前！"至此，全诗本可作结，不料诗人却"破壁而出"，又写生者还家，或哭或歌，生活依旧之景，最后，以"死去何所道，托体同山阿"二句振起全篇，让人想起诗人"纵浪大化中，不喜亦不惧；应尽便须尽，无复独多虑"（《形影神赠答诗》）的名句，给人一种天高地阔、宠辱皆忘的超然与达观！

曾子云："鸟之将死，其鸣也哀；人之将死，其言也善。"这组自挽歌让我们看到了一个通透豁达的陶渊明。尤可注意的是，明明是写虚拟之事，却给人一种可触可摸的真实感。这种无所不知的"上帝的视角"是怎么获得的呢？道理原也极简单——"没吃过猪肉，还能没见过猪跑？"——看看别人送葬时的场景吧，"实习"一下生者对死者的感受，就知道自己死后也不外如此。与其说，诗人是猜想死后自己所见，不如说，诗人生前参加别人的丧礼时，"兔死狐悲"之余，就曾无数次地把自己和棺木中的死者位置互换！他曾无数次地替死者观察生者的一切，发现丧礼之中，痛者自痛，悲者自悲，那些来"帮忙"或"帮闲"的，礼节性地哭过一场之后，还是要各回各家，各行其是，生与死，从此幽明阻隔，人鬼莫通，如此而已。

所以，"人鬼情未了"云云，不知是"人"的自作多情，还是"鬼"的一厢情愿？

时光如水"休洗红"

休洗红二章

休洗红，洗多红色淡。
不惜故缝衣，记得初按茜。
人寿百年能几何？后来新妇今为婆。

休洗红，洗多红在水。
新红裁作衣，旧红翻作里。
回黄转绿无定期，世事反复君所知。

在浩如烟海的古诗中，偶然瞥见这首小诗，该是一种多么愉快的经历！为了把这种愉快传递出去，我愿意把南朝许多大诗人的诗轻轻掠过，而把目光投向这首让人"无所措手足"的小诗。

这首诗大约产生于晋宋之间，郭茂倩《乐府诗集》虽未收入，但冯惟讷《诗纪》、臧懋循《诗所》、沈德潜《古诗源》、张玉穀《古诗赏析》都没有遗漏，一般把她归入《晋诗》，题目作《休洗红二章（或二首）》，作者则题为"无名氏"。逯钦立把她归入《晋诗·杂曲歌辞》(《先秦汉魏晋南北朝诗·中卷》)，显然将其视为乐府歌辞。我在想，如果能听到这首诗的音乐该多好，因为单从形式上看，她分明就是一首词，一首有词牌、分上下两阕、且可以入乐的绝妙好词。

“休洗红”三字是个祈使句，犹言不要洗掉衣服上的红色啊，那鲜艳的颜色一经浣洗就会暗淡，就会褪色，就会让人伤感！不用说，这三个汉字，包含着复杂而微妙的情思，那是一个女子对衣服和色彩的独特感知。旧时常把女子比作衣服，如前面说过的“衣不如新，人不如故”（《古怨歌》），所以，女人看待一袭色彩鲜艳的新衣，应该带有某种顾影自怜的意味，如果这衣服在一次又一次的濯洗之中渐渐褪色，难免会让她产生容颜老去、青春不再的感喟的。

“洗多红色淡”——红色，何止是衣服的颜色呢，血的颜色，青春的颜色，生命的颜色，不也是红色吗？“不惜故缝衣”一句似难索解，是谁“不惜”？是缝衣人、穿衣人自己？还是另有所指？我想，两者都有吧。有道是“云想衣裳花想容”。一个妙龄女子总是爱穿新衣的，看到款式老旧、颜色暗淡的故衣，当然就会“不惜”，尽管她清晰地记得当初用茅蒐草（“茜”）研制的红色颜料漂染新衣时的每一道工序，每一分用心，每一番惬意。诗人没有明说，然而，一旦我们把鲜红的新衣和美丽的女子联系在一起，那种担心和惆怅所包含的潜台词便不难揣度。

紧接着，诗人宕开一笔，将对新衣变旧的感叹，引申到更深广的思考中——“人寿百年能几何？后来新妇今为婆。”这让我想起“千年的媳妇熬成婆”的俗话，如果说这俗话属于“社会民俗学”的描述，那么诗中所表达的，则是“时间哲学”的形上思考了。阮籍诗云：“朝为媚少年，夕暮成丑老。”（《咏怀其四》）从终极意义上说，一位美丽的新妇，尽管可能受着婆婆的压迫，但如果上帝能让她永远不老，永远做她的新妇，她一定会“没事偷着乐”地享受着那“压迫”的！她一定会十分慷慨地想：让暴风雨来得更猛烈些吧！为了那可怜的婆婆能稍稍好受些，——毕竟失去了青春和美貌，换了谁都会发脾气的，——我愿意做一只“沉默的羔羊”！张玉穀《古诗赏析》解第一章云：“因洗红感今追昔，而叹人寿之不永也。新妇为婆，指点得极俚，却有古趣。”基本在理。

第二章意思又翻进一层，“洗多红在水”，将视线从新衣上移开，去看那流动不居的水。如果说，新衣是人的喻体，那么，水就是时间的喻体——水，洗去了新衣的红色；时光，不也洗去了“新妇”的“红颜”，夺去了她的青春，使她转瞬之间变成了满脸皱纹的老太婆吗？但诗人所感叹的已不再是“时光”，“新红裁作衣，旧红翻作里。回黄转绿无定期，世事反复君所知”，这里，新与旧、衣与里、黄与绿的转化，显然是指另一种可以称之为“命运”的不确定因素。故张玉穀评此章云：“因洗红喜新厌故，而叹世事之无定也。回黄转绿，推广言之，极生新，却是善用经语。”“善用经语”盖指“回黄转绿”两句，是对《诗经·邶风·绿衣》“绿兮衣兮，绿衣黄里。心之忧矣，曷维其已”的巧妙化用。这两句是将前面“新红”二句的意思推而广之，从而把人生无常、世事无定的意旨，点染开来。

时光的无情已给人的存在打上了悲剧性的烙印，再加上无常的人生随时随地的纷扰和剥蚀，这真是双重的“生命中不能承受之轻”了！

你看，这是多么耐琢磨的一首诗！

现代诗人何其芳大概很喜欢这首诗吧，他写了一首同题新诗云：

寂寞的砧声散满寒塘，
澄清的古波如被捣而轻颤。
我慵慵的手臂欲垂下了。
能从这金碧里拾起什么呢？

春的踪迹，欢笑的影子，
在罗衣的变色里无声偷逝。
频浣洗于日光与风雨，
粉红的梦不一样浅褪吗？

我杵我石，冷的秋光来了。

它的足濯在冰样的水里，
而又践履着板桥上的白霜。
我的影子照得打寒噤了。

这新诗的意象和诗境，也是美的，只是没有“歌”的韵味了。相比之下，我还是喜欢这首第一眼就几乎让我感动到“失语”的古诗。

诗必短而后工

东阳溪中赠答 谢灵运

可怜谁家妇？缘流洗素足。
明月在云间，迢迢不可得。

可怜谁家郎？缘流乘素舸。
但问情若为，月就云中堕。

我老担心，这首诗是我记错了，她可能不是谢灵运的诗，因为她实在太短了。而山水诗的鼻祖谢灵运，是不把诗歌写成江河泛滥的架势决不肯罢休的。后来查了谢灵运的集子，没错，就是他的作品。这倒让我松了一口气。起初，我本不打算选谢诗的，因为受不了他的“有句无篇”，受不了他的“雕缋满眼”，后来突然想起这首诗，蓦地眼前一亮！毕竟，谢灵运是个不可回避的大家，更何况，这首小诗又是那么清新可喜，珠圆玉润，堪称古诗中的精品。

此诗历来被视作二首，然根据题目中“赠答”二字，不妨当作一诗之中分为两节，犹如山歌对唱，一问一答，这是南朝民歌的情调。前四句，可理解为男声相问，后四句则是女声作答。这诗的特色还在于，她不是从一首十几句、甚至数十句的长诗中斩断截取而来的“绝句”，而是一首玲珑剔透、首尾完具的整诗。因为“袖珍”，所以“迷你”；又因为出自一位惯会雕章琢句的才子型诗人之手，所以更具“典型”的价值。

我猜想，诗的创作起因大概是这样的：诗人经过东阳溪（今之金华江，流经浙江东阳、金华一带）的时候，偶然看到一位妙龄少妇，正在溪边洗她的纤纤玉足，于是触景生情，浮想联翩，遂写下了这首问答体的古诗。至于男女问答的内容，很可能是诗人自作多情的浪漫遐想罢了。

“可怜谁家妇”五字极有意味，“可怜”犹言“可爱”，是对少妇体貌的赞美，而“谁家妇”三字则隐隐露出一些旖思旎想，似乎对那位不知名的丈夫有一点羡慕和嫉妒呢。“缘流洗素足”，让人想起《孺子歌》的句子：“沧浪之水清兮，可以濯我缨；沧浪之水浊兮，可以濯我足。”东阳溪一定是清澈无比的，可这少妇不是在濯其缨，而是在洗其足！古代有所谓“男女大防”，一个男子无意间瞥见一个女子的裸露的素足，心惊肉跳恐怕是难免的，那少妇不知是有意还是无意，竟不回避，还要弄得水花四溅，与其说她是在洗足，不如说她是在那里戏水，那样子当然是楚楚可怜了。

最妙的还是三四句：“明月在云间，迢迢不可得。”似乎诗人的视线一下子提高了，高到明月流云之上，然后他感叹明月的遥远，可望而不可即。如果真是这样，此诗的韵味恐怕就要减半。我以为，“云间”“明月”并非实指——若实指，必在夜晚，夜晚又怎么看得见“素足”呢？——而是溪水和素足在诗人脑海中激起的想象的浪花。不管诗人是在桥上，还是对岸，或者真如下文所说是在“素舸”之上，他的视野一定是开阔的，那潺潺流淌的溪水，好比天上的流云，而少妇洁白的纤足，可不就像云间时隐时现的明月吗？顺此联想，则诗人以月“迢迢不可得”为喻，其实是说那美丽的素足，也如镜花水月，只可远观，不可亵玩。——以月喻足，不只一例。南唐诗人唐镐为后主李煜的嫔妃窅娘跳的纤足舞所作诗云："莲中花更好，云里月长新"，可为其证。——因为这美丽的少妇已经"名花有主"（照应"谁家妇"），她就像天上的明月一样遥不可及了。是啊，有时候人与人的距离，要比人与月的距离更远呢。到了这里，诗人的淡淡惆怅便被一种审美的愉悦代替，他那不足与外人道的浪漫遐想，当然也融入到那自然和谐的"月光曲"，成为只可意会而不可言传的"潜意识"了。

但诗人对这样的结局显然并不满意，他要用诗歌弥补自己的缺憾，缓解自己的惆怅，把这场"艳遇"白纸黑字地"坐实"。第二节就突发奇想，写那洗足少妇的回答："可怜谁家郎，缘流乘素舸。"这两句对应第一节，语言大体相同，一个"可怜"，便把素不相识的两个人的情感调到同一个"频道"上了。那白帆船上的"谁家郎"，也是年少英俊，竟让这小女子春心荡漾。"但问情若为，月就云中堕。"若为，犹言如何。言下之意：只要问问你的真情有几分，（如是真心实意）月亮也许会从云中坠落，落到你的怀里呢。诗到这里，完全是"投我以木桃，报之以琼瑶"的意思，似乎心想事成，美梦成真了。问号变成了句号，这对问答双方自然皆大欢喜，但诗歌本身反而落入了"第二义"。特别是，第一段中"云间明月"带给人的想象和悬念，反而被消解，这不能不说是一大损失。

所以，为保留诗歌内在的纯度起见，我倒希望这首本来很短的诗，能够再短些，最好只有前四句。如果只有这四句，这诗就几乎是完美的，意象、意境、情感、张力都恰到好处，那才真是"初发芙蓉，自然可爱"（《南史·颜延之传》鲍照评谢诗语），"清水出芙蓉，天然去雕饰"！

忽然想起谢灵运的那首《登池上楼》。这首脍炙人口的名作，如果再短些，会怎样？如果把那些起承转合的句子都删去，只留下"池塘生春草，园柳变鸣禽"以下的八句，是不是更好？就像这首《东阳溪中赠答》，题目和诗歌之间，已经形成了某种对话关系，读者已经张开了想象的触角，如果再去交代如何来到东阳溪，周围的景色如何，就显得枝蔓了。

但对于晋宋之间的诗人，特别是有意写作山水诗的谢灵运，这个要求似显苛刻。这一时期的诗歌创作，因为尚没有格律的“镣铐”，诗人们常常逞才任情,不遗余力,而缺少必要的收敛和约束,所以才有“陆才如海,潘才如江”“不患才寡患才多”的说法。这种“缀辞尤繁”(《文心雕龙·熔裁》)、“颇以繁富为累”（钟嵘《诗品》）的现象，的确造成了诗意的“壅塞”，“妨害诗意的纯净和意境的形成”（骆玉明：《壅塞的清除——南朝至唐代诗歌艺术的发展一题》，载《复旦学报》2003 年第 3 期）。比如，前面潘岳的那首《悼亡诗》好是好，可如果再短一些，短到十四句、十二句甚至八句，岂不是更好？同是悼亡诗，唐代元稹的“曾经沧海难为水,除却巫山不是云。取次花丛懒回顾,半缘修道半缘君”(《离思五首·其四》)，多么情真意切，多么感人至深，又多么朗朗上口！

然而，晋宋之际的诗人尚未找到诗歌最“有意味的形式”，尚不明白，删繁就简，洗尽铅华，才能达到言约意丰、返璞归真的境界。可以说，短小浑朴的古诗，从上古经由汉魏，走到晋宋之时，随着文人化程度的日渐提高，已经变得臃肿不堪，积重难返了，若不加以适当的节制，很难冲破藩篱，走向更广阔的天地。不过，值得欣慰的是，谢灵运之后，古诗在内容上不断冲决“壅塞”、形式上由长变短的过程，已经悄悄开始了。

人常说，诗必穷而后工。我想补充一句，诗必短而后易工（当然也是相对而言）。因为短，就把最精妙的语言都浓缩了；因为短，读者的想象空间就扩大了；因为短，被人记诵的可能也就增加了。不仅谢灵运的这首小诗可作好例，唐以后律诗、绝句的发展和定型，也是更有力、更持久的证明。

夹着尾巴难做人

拟行路难·其六 鲍照

对案不能食，拔剑击柱长叹息。
丈夫生世会几时，安能蹀躞垂羽翼。
弃置罢官去，还家自休息。
朝出与亲辞，暮还在亲侧。
弄儿床前戏，看妇机中织。
自古圣贤尽贫贱，何况我辈孤且直。

相比谢灵运的山水诗，鲍照的杂言乐府更让人喜闻乐见。

鲍照(约 414–466),字明远,东海(今山东郯城北)人。和左思一样，鲍照也是出身寒门而才华出众。史载鲍照曾想拜谒临川王刘义庆，又怕人微言轻,不被接见,于是想通过献诗的途径自言其志。有人劝他说：“你地位尚卑，不可轻忤大王。”鲍照勃然道：“千载上有英才异士沉没而不闻者，安可数哉！大丈夫岂可遂蕴智能，使兰艾不辨，终日碌碌,与燕雀相随乎？”于是献诗。刘义庆看罢十分欣赏,先赐帛二十匹，不久便提拔他做了国侍郎。这个故事说明，鲍照的性格可能比左思更激烈，更刚猛。

鲍照的诗一如其人，个性鲜明，不可复制，放在任何一个古诗选本和总集中，不必注明作者，一眼就能认出来。这种“只此一家，别无分店”的独特诗风，正是许多诗人梦寐以求而不得的。钟嵘将鲍照置于“中品”，就像把陶渊明也放在“中品”一样，是个缺乏先见之明的“误判”，而评鲍照“贵尚巧似，不避危仄，颇伤清雅之调。故言险俗者，多以附照”（《诗品》卷中），更是戴着有色眼镜看人，而无视“危仄”“险俗”“发唱惊挺，操调险急，雕藻淫艳，倾炫心魄”（萧子显《南齐书·文学传论》），正是鲍照独特诗风的标志。比如，鲍照的杂言乐府，就是其不羁个性的生动再现。他的杂言乐府，多以五言、七言交错排列，稳中有变，音节遒劲，很适合表达激烈的情绪，形成了鲍照招牌式的抒情方式。其中，最著名的就是《拟行路难》十八首。

这里选取的是《拟行路难》的第六首。这首诗在句法上颇有新变，首两句以五言、七言振起，三四句则是非常整饬有力的七言，接下来六句全是五言，犹如高低、长短不同的鼓点，极富节奏感。末两句又扩张为七言，犹如宝塔的基座，沉实稳重，大气磅礴，形式和内容配合无间，表现力和感染力俱佳，读来如金声玉振，气势沉雄。

此诗一上来就设置了一个“悬念”：“对案不能食，拔剑击柱长叹息。”案，是一种放食器的小几，也可理解为一种盛食物的碗盘之类的器皿。我们不禁要问：为什么“不能食”？又为什么要“拔剑击柱长叹息”？好在诗人是个急性子，他不像阮籍，“言在耳目之内，情寄八荒之表”（《诗品》），他绝不绕弯子、兜圈子，而是快人快语不打自招：“丈夫生世会几时，安能蹀躞垂羽翼。”这是诗人的反躬自问，也是诗人的自我激励：一个大丈夫生于天地之间，能有多长时间呢？怎么能够裹足不前、垂翼不飞？“蹀躞垂羽翼”，是诗人捕捉到的一个非常形象的比喻，它指代的恰恰是一种“小公务员”式的卑琐局促、毫无灵魂的生存状态，用现在的话说，就是“夹着尾巴做人”。

原来，诗人食不下咽，是觉得官家的这碗饭吃起来越来越难，付出的代价远远超出了自己的“预算”，甚至完全入不敷出！他的“一声叹息”可能是真的，至于“拔剑击柱”，也许纯属“男儿当自强”的想象。

我猜想，这大概是诗人在官宦生涯的一次挫折之后，或者也不是什么挫折，只是遇到了和陶渊明当年在彭泽县令任上同样的窝囊事，这样的事让他觉得官场这碗饭不仅难吃，而且有毒！官场的规则，无非就是"一切行动听指挥"，"官大半级压死人"，不管那个发号施令的是个多么卑鄙恶心的小人，你都得卑躬屈膝，唯唯诺诺。这一点，古今大概没有什么不同。所以，"猛志逸四海，骞翮思远翥"（《杂诗》其五）的陶渊明在辞官之前叹道："吾不能为五斗米折腰，拳拳事乡里小人邪！"（《晋书·陶潜传》）

陶渊明的这句豪言壮语，其实大有意味，它无形之中泄露了一般仁人志士对待仕途的"小九九"。试想，如果不是"五斗米"，而是"万斗米"，如果"折腰"的对象不是"乡里小人"，而是最高当轴甚至"当今皇帝"，会怎样？别说我刁钻，我敢说，历史上的所谓隐士、烈士、豪士、侠士们，没有几个能当得了这一问！为什么自古以来就有"仕途经济"一说？难道不是任何人在走上仕途之前，都要自觉不自觉地拨打一下小算盘、来一个"量入而出"的"预算"吗？这种"官场经济学"，几乎放之四海而皆准，所以，我们没有必要"为尊者讳"，或"为大诗人讳"。

对于鲍照这样恃才傲物的文士来说，他的才华和能力只能适应有尊严的生活，让他从"底层"一步一步踩着自己的人格往上爬，那真比杀了他还难受。看看那些耀武扬威、颐指气使的都是些不学无术，只会溜沟子拍马屁的小人，自己怎不忿忿不平，忍无可忍？于是他作出了唯一应该作出的选择："弃置罢官去，还家自休息。"——一句话，这个"夹尾巴""装孙子"的游戏我不玩了！

接下来，诗人描画了一幅"天伦之乐图"："朝出与亲辞，暮还在亲侧。弄儿床前戏，看妇机中织。"但是且慢，你真能从这四句诗中读到诗人的心安理得吗？我倒是读出了某种"焦虑"，你看他每天还要"早出晚归"，把自己弄成一个"无事忙"，其实正是内心不能安顿的表示。再看他晚上回来逗弄一下孩子，看看老婆织布，似乎是挺满意的样子，可我分明看到这个父亲和丈夫心不在焉的表情。他脸上可能带着几许笑容，可一望可知是做给别人看的。在他灵魂深处，还有另一个"自我"在看着自己的一举一动，这让他尴尬：难道这样无所作为的赋闲生活，真的能够使自己甘心吗？

在这个基础上，再来读最后两句就顺畅了。"自古圣贤尽贫贱，何况我辈孤且直！"诗人显然无法为自己的选择找到更恰当的理由。难道官场污浊、世道黑暗，就是一个读书人撒手而去的理由吗？有的人不是在宦海之中如鱼得水吗？诗人渐渐把一个深刻的问题揭示出来：为什么自古以来，那些德才兼备的"圣贤"往往贫贱一生呢？"人道"与"天道"，难道真的背道而驰吗？鲍照式的社会批判就这么大刀阔斧又不留痕迹地开始了。但诗人并没有止步于此，他将对社会的思考转入对自身的审视上来，并得出结论："我辈"之所以"贫贱"，并非因为已经达到了"圣贤"的境界，而是出生于远比"圣贤"更难摆脱"贫贱"的时代，这个时代，对于像我这样的"孤寒"且性情"耿直"的人，是绝对不会接纳的！两百多年后，鲍照的后继者李白在《送蔡山人》诗中说："我本不弃世，世人自弃我。"我以为，这正好可以作为鲍照此诗的注脚。李白一定是理解鲍照的，所以他才会顺着鲍照的意思说："古来圣贤皆寂寞，惟有饮者留其名。"（《将进酒》）

不能不说，鲍照的思考是深刻的，他将社会问题与个性问题放在一起加以考量，的确是目光如炬。试想，对于那些正直耿介、不愿夹着尾巴做人的人而言，哪个社会不是黑暗的，哪个社会真是公平的？爬上哪个位置不需要付出自己不愿付出的代价呢？这不仅是社会问题，还有性格问题，人格问题，甚至人性问题。无论是什么社会，永远都只有两种人：一种是"夹着尾巴"而自得其乐的，即鲁迅所谓"做稳了奴隶的"或"想做奴隶而不得的"，只要他付出的代价能换来足够的"甜头"，他就能甘之如饴，乐而忘忧。还有一种就是鲍照、李白这样的，他们并非不想建功立业，却无法适应官场的"潜规则"，无法"摧眉折腰事权贵，使我不得开心颜"，他们不想匍匐在地做"奴隶"，只想一步登天做“主人”,归根结底,对他们而言,是“夹着尾巴难做人”!专制社会往往是“逆淘汰”的,最终的结果是,“夹着尾巴”的青云直上,志得意满,“翘起尾巴”的自然沉沦下僚,郁郁不得志。

不过,这又如何呢?从生命的本质意义而言,其实真如左思的名句:“贵者虽自贵,视之若埃尘;贱者虽自贱,重之若千钧。”虽然鲍照因“才秀人微,故取湮当代”(《诗品》),但他的诗歌和人格,却照亮了南朝以后诗歌的天空,让一代又一代诗人受益无穷。也正是在这一点上,诗人的价值和意义才得以彰显。

亡国之音哀以思

玉树后庭花 陈叔宝

丽宇芳林对高阁，
新装艳质本倾城。
映户凝娇乍不进，
出帷含态笑相迎。
妖姬脸似花含露，
玉树流光照后庭。
花开花落不长久，
落红满地归寂中！

用历史的眼光看，这的确是一首谶诗，所谓“亡国之音”。

因为名气太坏，历来愿意正眼看她的不多，似乎唯恐沾染了她的晦气。她的作者陈叔宝因为荒淫无度，丧权失国，落得个骂名千载，那叫得很响的“后主”之名，我想多少总带有一些贬义吧，否则历史上后主多矣，何以就你陈叔宝独得专擅？而同是“后主”，南唐后主李煜虽也是一位风流皇帝，可人家国破家亡之后，词越发写得感人肺腑了，名声也就跟着好起来，正是“国家不幸诗家幸，赋到沧桑句便工”（赵翼《题遗山诗》）。所以，活该陈后主倒霉，谁让你玩文学、弄音乐都没有进入一流境界呢？这不，好容易写了一首婉转流美的“宫体诗”，却不幸成了一个让人唾弃的“反面教员”！

其实，这首诗无论从语言、音韵、意象、意境的哪个角度看，都还不失为一首优秀的宫体诗。要说写宫体诗，南朝梁代的帝王们便已开了头，陈叔宝不过是一“后起之秀”，真要给宫体诗来个“清算”，本也轮不到陈叔宝充当“替罪羊”。而且，宫体诗作为一种新的诗歌题材，在诗歌史上未尝没有“创新”性。比如，在此之前，已经有了咏物诗，而宫体诗将题材从“咏物”推广至“咏人”，难道不是题材的开拓么？如果说宫体诗描写的多是宫廷女性的容貌、体态，因而就显得格调低下，这话怕也说不通。凭什么描写女性的人体美就是格调低下呢？如果这么说，“文艺复兴”时期众多大师的人体雕塑和油画作品，都是低级趣味，都该扔进垃圾堆！太关注道德的人，其审美能力往往有限,这恐怕也是一个“定理”。以前有句十分有名的“创作谈”，叫作“从生活中来，到生活中去”，我要说，对于那些“生于深宫之中，长于妇人之手”，几乎就是生活在“女儿国”里的宫廷帝王而言，在诗歌中描摹女性的容貌、体态，恰恰是他们对自己“生活”的反映和“模仿”，你硬要让他们描写贩夫走卒、劳苦大众的生活，那不是强人所难是什么呢？再说，宫体诗在诗歌的形式方面，特别是格律方面的探索，还是卓有成效的，它甚至直接开启了唐代初年的诗歌变革。关于这一点，闻一多先生的名文《宫体诗的自赎》谈得非常深入，可以参看。

作为宫体诗，这首诗是以一位宫廷女子为对象的，甚至可以说，这是陈后主献给他的后妃的一首带有讨好色彩的赞美诗。令他如此倾倒的女子不是别个，正是在历代帝王所宠幸的“祸水红颜”系列中可占据一席之地的张丽华。这个张丽华，原是歌妓出身，后来成了陈叔宝最宠爱的贵妃。她十余岁时，就因为貌美而得后主临幸，长大后更是花容月貌，专宠后宫。据说她发长七尺，光可鉴人，一颦一笑，顾盼生辉。这倒也罢了，美女长相好，脑子却不灵光的大有人在，可张丽华却是色艺俱佳，记忆力和识鉴都很出众，“人间有一言一事，辄先知之”，以至于后主临朝，百官启奏国事之时，常将张丽华放诸膝上，共决天下大事，不必“垂帘”而能“听政”！特别是张丽华产下一皇子后，更得后主倚重，其子旋即被立为太子，张丽华母以子贵，不是皇后，胜似皇后，一时之间，真是“六宫粉黛无颜色”。

这首诗作为陈叔宝后宫生活的写照，其实颇有“诗史”的价值。前六句是宫廷美人张丽华的一束生动“写真”，其“新装艳质本倾城”的美貌，“映户凝娇乍不进，出帷含态笑相迎”的媚态，“妖姬脸似花含露”的妖冶，无不尽态极妍地一一崭露。而“丽宇芳林对高阁”，“玉树流光照后庭”两句，作为这部“写真集”的背景，则是陈叔宝宫廷奢靡浮华生活的写照。史载陈叔宝在位七年，穷奢极欲，莺歌燕舞，朝政日乖，臣僚日疏。他甚至在宫廷中成立了由大臣和嫔妃共同组成的“宫体诗人协会”：“常使张贵妃、孔贵人等八人夹坐，江总、孔范等十人预宴，号曰‘狎客’。先令八妇人襞采笺，制五言诗，十客一时继和，迟则罚酒。君臣酣饮，从夕达旦，以此为常。而盛修宫室，无时休止。税江税市，征取百端。刑罚酷滥，牢狱常满。”（《南史·陈本纪下》）长江北岸的隋文帝枕戈待旦，虎视眈眈，而陈叔宝竟毫无防备，等到隋军临江，马上要发动“渡江战役”时，这个政治上和军事上均极“弱智”的皇帝竟还大言不惭地说：“王气在此！”依旧是“奏伎纵酒，作诗不辍”。

作诗这样的雅事，从来没有像在陈叔宝及其臣妾们身体力行的时代，那么声名狼藉！

这首诗的具体作年无考，但无疑应当写于后主七年皇帝生涯的“下半时”。为什么说这是一首谶诗呢？关键在于诗的后两句：“花开花落不长久，落红满地归寂中！”这两句在整首诗的享乐气氛中是如此突兀，犹如一道闪电划破夜空刺人双眼，又如一声猫头鹰的啼叫让人不寒而栗，仿佛诗人在那一刻真的“神灵附体”，在纸醉金迷的喧嚣和喜悦中，他听到了一道不祥的“神谕”——一切所有尽归无！在后主帝王生涯的末尾，民间的确不断传来表达民愤的谣谚，如那首据说是王献之所写的《桃叶辞》：“桃叶复桃叶，度江不用楫，但度无所苦，我自迎接汝。”也许，在那一刹那，陈叔宝从“妖姬”如花的笑脸上，读出了末日的审判，读出了所有的繁华都将憔悴，所有的璀璨都将暗淡，所有的生命都将凋殒，所有的美好都将荒凉！当落红满地的那一刻，一切的一切，不都是一场空么？那时，喧嚣终将归入沉寂，甚至，死寂！

“侬今葬花人笑痴，他年葬侬知是谁？”这一刻，一生糊涂的陈叔宝似乎达到了佛家所谓的“顿悟”；这一刻，他超越了酒酣耳热之时，“吟风月、弄花草”的那个诗坛“狎客”，而一跃成为了一个真的“诗人”！

有道是“亡国之音哀以思”，尽管只有那一刻的恍然，于他的一生来讲，也值了！写完这首诗的陈叔宝，很快又变得“弱智”起来，当最后的时刻到来，敌人闯进宫内搜捕，已是“惊弓之鸟”的他竟还夸口说：“锋刃之下，未可及当，吾自有计。”后来发现，他的办法不过是和爱妃张丽华、孔贵嫔“乃逃于井”！这种有损“国格”的举动尽管被大臣执意劝谏，还是被陈叔宝和贵妃们“扑通”几声之后，“落到了实处”。至于“井底之蛙”如何被隋军一阵乱石打得求饶，又如何被一个箩筐从井里吊出，美人张丽华的胭脂又是如何蹭在了井口——此井因此得名“胭脂井”——以及皇帝和他的女人们如何被“大兵”们一通哄笑，我们还是不说了罢。

关于陈叔宝，唐代史臣魏征有一段议论：“后主生深宫之中，长妇人之手，既属邦国殄瘁，不知稼穑艰难。初惧阽危，屡有哀矜之诏，后稍安集，复扇淫侈之风。宾礼诸公，唯寄情于文酒，昵近群小，皆委之以衡轴。谋谟所及，遂无骨鲠之臣，权要所在，莫匪侵渔之吏。政刑日紊，尸素盈朝，躭荒为长夜之饮，嬖宠同艳妻之孽。危亡弗恤，上下相蒙，众叛亲离，临机不寤，自投于井，冀以苟生，视其以此求全，抑亦民斯下矣。”又说：“古人有言，亡国之主，多有才艺，考之梁、陈及隋，信非虚论。然则不崇教义之本，偏尚淫丽之文，徒长浇伪之风，无救乱亡之祸矣。”（《陈书·后主本纪》）这真是发人深省的诛心之论！

老子有云：“不善人者，善人之资。”（《道德经·第二十七章》）平心而论，陈叔宝的这首“亡国之音”并非全无价值，从某种意义上说，他确能“以其昏昏，使人昭昭”，从而收到匡时济世之效果。唐代诗人刘禹锡《台城》诗云：

台城六代竞豪华，结绮临春事最奢。
万户千门成野草，只缘一曲后庭花。

晚唐杜牧的那首《泊秦淮》更是脍炙人口：

烟笼寒水月笼沙，夜泊秦淮近酒家。
商女不知亡国恨，隔江犹唱后庭花。

这两首咏史诗，都提到了陈后主的这首《玉树后庭花》，述往事，知来者，此其宜也。

如果地下有知，一代亡国之君的陈叔宝，也许可以模仿法国文豪司汤达先生的墓志铭，理直气壮地说：我活过，我爱过，我写过……

古诗珠串

卷下

小　引

《古诗珠串》，是我在《中学生阅读·高中版》开设的一个专栏。当时，原本发愿写几十篇带有专题性质的古典诗词赏析，按照或意象、或主题、或体式的分类随意写去，希望积少成多，或可以结集成书亦未可知。谁知写了十四篇，连载了一年多，栏目因故暂停，于是只好遗憾收手。专栏写作的特点是，可能逼着你写出原本不必写的东西，但也可能在你渐入佳境时关张罢市，鸣金收兵，所谓“计划赶不上变化”，往往如此。可能正是这个原因，之后我几乎停止了专栏的写作，而将时间和精力投入到较为集中的研究和撰述计划中,这才有了“古典今读”系列以及其他著作的陆续问世。

回过头来再看这组文章，不满意处自然不少，但透过字里行间，多年前的某一个时刻也许会由暗转明，又在记忆中鲜活起来，生动起来。忽然想起，曾有进入大学的学生说，高中时，《古诗珠串》曾给忙于高考的他们带去过片刻的放松和愉悦。故而将《古诗珠串》略作修整付梓出版。

需要说明的是，这组文章的“古诗”，乃一宽泛的说法，大体相当于古代的旧体诗词。

是为小引。

2015 年 12 月 22 日冬至写于守中斋

春：永恒的诗，永恒的爱

在古人的诗意心灵里，四季更替常常是诗歌生发的触媒。南朝梁代的诗歌理论家钟嵘说："若乃春风春鸟，秋月秋蝉，夏云暑雨，冬月祁寒，斯四候之感诸诗者也。"（《诗品·序》）这就是最具东方特色的诗歌发生论。即以春季而言，她作为一个最具生命象征力量的美感形式，早已在中国人的审美经验中，形成了一套自足自洽的情感系统。我们从《红楼梦》里，曹雪芹给贾府的四位千金小姐所取的四个与春有关的芳名，便可窥出此中消息：元春—迎春—探春—惜春，不恰好标示着中国人对于春的四种反应方式和四种情感样态么？

我们且就借这四个美丽的名字，说说关于春天的诗词。

元春

古时正月初一被称为"元旦"，一元复始，万象更新，故元春可以广义地理解为春节。在歌咏春天的诗里，关于春节者数量非常大，大抵辞旧迎新的气氛最易激发诗情，稍通文墨之人总要在这一时刻挥笔泼墨，涂鸦一番。最有名的当属王安石的《元日》：

爆竹声中一岁除，春风送暖入屠苏。

千门万户曈曈日，总把新桃换旧符。

诗的内容很简单，但把新年的典型意象——爆竹、屠苏酒、春风暖阳、门神春联——都一一点逗，气氛也是热烈祥和的，所以提起写春节的诗，这一首有着标本的意义。

明代叶颙也有一首《己酉新正》：

天地风霜尽，乾坤气象和；历添新岁月，春满旧山河。
梅柳芳容稚，松篁老态多；屠苏成醉饮，欢笑白云窝。

此诗的中间两联说，日历翻卷又增添了新的岁月，大地春回，山河满溢；寒梅嫩柳，次第扶疏，芳姿久驻；青松翠竹，老干虬枝，交错纷纭。在一年最寒冷的日子里，春天悄然而至，人们没有理由不开怀畅饮，纵情欢乐。

欢乐的主调中偶尔也会有感伤的杂音。如果你羁旅在外，青灯独对，相思无着，自然就会产生唐代诗人来鹄在《除夜》一诗中的感喟：

事关休戚已成空，万里相思一夜中。
愁到晓鸡声绝后，又将憔悴见春风。

后两句虽有“春风”二字绝响于篇末，作用却是反衬诗人的孤独憔悴，以乐景写哀，故倍增其哀苦。这首写于除夕的诗让人憬悟：短暂的欢庆不过是人们抵御时光寒流侵袭的道具，今日和昨日，原无质的不同。可见即便是“元春”之诗，也常常婉转关生，不乏忧生之嗟。

迎春

“冬天来了，春天还会远吗？”英国诗人雪莱如是说。雪莱的名字最早由郭沫若译出，译笔不可谓不妙。这名字和那两句诗，互文见义，相得益彰，遂使《西风颂》里的其他诗句相形见绌，黯然失色。然而，这两句诗若放在我国古代，恐怕只能勉强进入二流。我不知道，这世界上，还有哪个民族对于自然和季节的敏感能比肩我们的古人！谓予不信，且看下文。

迎春当从冬日始。这道理吾国百民早已熟透。诗仙李白说："闻道春还未相识，走傍寒梅访消息。"又说："寒雪梅中尽，春风柳上归。"——踏雪寻梅为迎春，真是雅人深致。韩愈写诗最喜涉险搞怪，但面对春天，他却露出一片赤子之心，且看他的《春雪》：

新年都未有芳华，二月初惊见草芽。
白雪却嫌春色晚，故穿庭树作飞花。

以春名雪，以雪名花，诗心逸笔，妙手偶得。子曰："绘事后素。"你看，这洁白的冬雪倒成了诗人涂抹春天的画布了。

以迎春为题的诗也颇有几首，清代诗人叶燮就有一首《迎春》诗：

律转鸿钧佳气同，肩摩毂击乐融融。
不须迎向东郊去，春在千门万户中。

后两句写春光不必东迎，早已无处不在，虚实相生，最是明媚灿烂！

明代诗人袁宏道有一篇歌行体的诗歌，全篇共三十句二百一十字，全用"赋"体敷衍而成，写的是迎春活动中最热闹的祭神仪式和百戏歌舞，题目就叫《迎春歌》。结句"急管繁弦又一时，千门杨柳破青枝"，似乎在暗示我们，一番热闹的欢迎仪式之后，春天便从杨柳的枝头悄然降临了。

探春

“春到人间万物鲜。”春天仿佛是有脚的，满世界乱跑。从古到今，诗歌里到处都有春的脚印，春的声音。《诗经》有两处写到春，语言几乎全同。《豳风·七月》：“春日载阳，有鸣仓庚。……春日迟迟，采蘩祁祁。”《小雅·出车》：“春日迟迟，卉木萋萋；仓庚喈喈，采蘩祁祁。”撇开整首诗的内容不论，这些“婉转流美如弹丸”的四言佳句，记录的不正是人类童年对于春天的“初体验”么？而且，就像一首名为《春天在哪里》的儿歌，声调里竟有一种掩饰不住的欣喜呢！

当“穷情写物，最为详切”（钟嵘《诗品·序》）的五言诗刚刚被诗人们品出“滋味”之后，山水诗鼻祖谢灵运便咏出“池塘生春草，园柳变鸣禽”（《登池上楼》）的佳句了。此后写春光之美的绝妙好辞可谓络绎不绝。五言之外，七言也当仁不让，北宋诗人宋祁的《玉楼春》词便是其中的佳作：

> 东城渐觉风光好，縠皱波纹迎客棹。
> 绿杨烟外晓寒轻，红杏枝头春意闹。
> 浮生长恨欢娱少，肯爱千金轻一笑。
> 为君持酒劝斜阳，且向花间留晚照。

上阕写春景，涉笔成趣，尤其是“红杏枝头春意闹”一句，以动写静，以声绘色，移情通感，曲尽其妙，堪称千古绝唱！至于写春山春水、春光春景的诗词歌赋，大家早已耳熟能详，反而无须我来饶舌了。

惜春

相比之下，惜春之情更能见出人们对春天的永恒爱意。写春而又寄寓家国之痛、黍离之悲的莫如杜甫的《春望》，其中“感时花溅泪，恨别鸟惊心”一联，惊心动魄，几乎可谓一字千金！而写春花又充满禅意的莫若王维的《辛夷坞》：

> 木末芙蓉花，山中发红萼。涧户寂无人，纷纷开且落。

“纷纷开且落”犹如一组蒙太奇的电影镜头，将山涧中花开花落这一不同时空的景象并置于同一画面，宜乎东坡居士“诗中有画”之评！

这是唐人的诗句。尽管也有“恰似春风相欺得，夜来吹折数枝花”（杜甫）、“南园桃李花落尽，春风寂寞摇空枝”（杨凌），以及“夜来风雨声，花落知多少”（孟浩然）等佳句，但总的来讲，感时伤春的调子还没有真正形成。而在五代以后的词里，惜春、伤春、恨春的情绪如流感一样蔓延，终于奏成了一阕凄美哀婉的时代交响乐：

> 一庭春色恼人来，满地落花红几片。（魏承班《玉楼春》）
> 流水落花春去也，天上人间。（李煜《浪淘沙》）
> 雨横风狂三月暮，门掩黄昏，无计留春住。泪眼问花
> 花不语，乱红飞过秋千去。（欧阳修《蝶恋花》）
> 更能消几番风雨，匆匆春又归去。惜春长怕花开早，
> 何况落红无数。春且住！见说道、天涯芳草无归路。
> 怨春不语。（辛弃疾《摸鱼儿》）

花乃春之象征，春乃生之隐喻，“落红”既是春花凋殒的残片，也是青春耗损的投影。惜春之情本质上是人对生命耗损的一种通感和移情。“一花一世界，一叶一如来”，生命因此而感伤。庄子说：“天地与我并生，万物与我为一。”谁说不是呢？我们不也从春天的来去匆匆里，看到了自己短暂而美丽的一生？

秋：伤心不独为悲秋

好比咏春诗以“伤春”为最，说到咏秋之诗，我们的“包围圈”也不妨缩小些，且只拈出那最吊人胃口的两个字——“悲秋”。

秋，原是一个美丽的季节，秋高气爽，五谷丰登，长河落日，黄叶红枫，从来都令人赏心悦目。然则，秋又怎会引发人之“悲愁”呢？

关于此点，钱锺书先生在《管锥编》里做了比较合理的解释。他认为，秋天“节物本‘好’而人自‘惆怅’，风景因心境而改观耳”。又说，“物逐情移，境由心造，苟衷肠无闷，高秋爽气岂遽败兴丧气哉？”进而指出：“写秋而悲即同气一体。举远行、送归、失职、羁旅者，以人当秋则感其事更深，亦人当其事而悲秋逾甚。”可见，悲秋不过是叹逝、伤生、思乡、怀远等情愫的并发症罢了，有道是，“思苦自看明月苦，人愁不是月华愁”，悲秋的反面，凸显的正是人的顾影自怜。

写秋的诗句，先秦零星已有。《诗经·小雅·四月》云：

秋日凄凄，百卉具腓。（秋天风凄凄，百花都凋敝。）

屈原《九歌·湘夫人》也有一句写秋风的名句：

袅袅兮秋风，洞庭波兮木叶下。

但是，要说“悲秋”母题的首创者，则非战国时著名的楚辞作家宋玉莫属。宋玉历来和屈原齐名，合称“屈宋”，他的楚辞名篇《九辩》劈头就说：

悲哉秋之为气也！萧瑟兮草木摇落而变衰！憭栗兮若在远行，登山临水兮送将归！……

单是这段气势沉雄的开篇，便足以奠定宋玉在中国文学史上的大家地位。宋玉不仅开启了文人“悲秋”的传统，还成为后世诗人心摹手追的榜样，大诗人杜甫就写道：“摇落深知宋玉悲，风流儒雅亦吾师。怅望千秋一洒泪，萧条异代不同时。”（《咏怀古迹》）因了这首诗，“宋玉悲”竟也成了一个脍炙人口的典故了。

宋玉之后，对秋的感伤咏叹之辞绵延不绝。一代雄主的汉武帝刘彻，就有一首《秋风辞》：

秋风起兮白云飞，草木黄落兮雁南归。
兰有秀兮菊有芳，怀佳人兮不能忘。
泛楼船兮济汾河，横中流兮扬素波。
箫鼓鸣兮发棹歌，欢乐极兮哀情多。
少壮几时兮奈老何！

这诗吸取楚辞的特点，以秋风起兴，熔写景、抒情于一炉，音节流美，情意曲折，富有哲理意味，是帝王诗中不可多得的佳作。

无独有偶，同是帝王、而又堪称文豪的魏文帝曹丕，在其名篇《燕歌行》里写思妇怀远，也用了这样的句子开头：

秋风萧瑟天气凉，草木摇落露为霜。
群燕辞归鹄南翔，念君客游思断肠。

你看，“萧瑟”啊“摇落”啊，不都是宋玉悲秋的隔代回声么？西晋的美男作家潘岳也写过一篇《秋兴赋》，极言“秋日之可哀”。而“初唐四杰”之首的王勃在《秋日饯别序》里，干脆“得来全不费功夫”地说：“黯然别之销魂，悲哉秋之为气！”

以“悲秋”为主题的诗歌，常常借秋色、秋景、秋声、秋叶、秋风这些具体的意象，表达羁旅之思，老病之哀，黍离之悲，家国之痛，字里行间流贯着一种悲天悯人、忧世伤生的大感喟，大悲哀。“诗圣”杜甫善为“沉郁顿挫”之辞，在他的名篇《登高》里，诗人对着苍茫宇宙和滚滚江水悲情咏叹：

风急天高猿啸哀，渚清沙白鸟飞回。
无边落木萧萧下，不尽长江滚滚来。
万里悲秋常作客，百年多病独登台。
艰难苦恨繁霜鬓，潦倒新停浊酒杯！

此诗是大历二年（767）重阳诗人在夔州登高感怀所作，四联八句，联联精工，句句深情，将羁旅、衰老、愁病悉数纳入秋江秋景之中，回环往复，大气磅礴，既是杜甫七律的压卷之作，也使“悲秋”主题平添一道荡气回肠的绝佳风景。

杜甫还有一首题为《悲秋》的五律：

凉风动万里，群盗尚纵横。家远传书日，秋来为客情。
愁窥高鸟过，老逐众人行。始欲投三峡，何由见两京。

此诗写于安史之乱的颠沛流离中，“悲秋”与“忧国”互为表里，感人至深。再看陆游的《悲秋》：

秋灯如孤萤，熠熠耿窗户；秋雨如漏壶，点滴连早暮。

我岂楚逐臣，惨怆出怨句？逢秋未免悲，直以忧国故。
三军老不战，比屋困征赋。可使江淮间，岁岁常列戍？

陆游向以“爱国”著称，“逢秋未免悲，直以忧国故”二句虽稍显直白，但正好可为杜甫的《悲秋》作一注脚。前引钱锺书所谓“以人当秋则感其事更深，亦人当其事而悲秋逾甚”，正此意也。

中唐边塞诗的代表诗人李益，在《上汝州郡楼》中写道：

黄昏鼓角似边州，三十年前上此楼。
今日山川对垂泪，伤心不独为悲秋。

好一个“伤心不独为悲秋”，真把古今“悲秋”诗的机关密钥一语道破了！

古语云，“一叶落而知天下秋”。如果说春天是丰满的，夏天是健壮的，那么在诗人的笔下，秋天则是枯硬寒瘦的，不为别的，只为“高树多悲风”，只为“零落从此始”。王勃的“落霞与孤鹜齐飞，秋水共长天一色”算是美的，但“秋水长天”已经有“缩水”的迹象。王昌龄的“金井梧桐秋叶黄，珠帘不卷夜来霜”，孟浩然的“木落雁南渡，北风江上寒”，李白的“人烟寒橘柚，秋色老梧桐”等名句，则给人以“寒流来袭”之感。

宋元的诗人词家下笔更“辣”，苏轼说：“相逢不用忙归去，明日黄花蝶也愁。”让人感叹秋菊枯萎，蝴蝶倦飞之“愁”。而辛弃疾“落叶西风时候，人共青山都瘦”，李清照“帘卷西风，人比黄花瘦”，马致远“枯藤老树昏鸦，小桥流水人家，古道西风瘦马”的咏叹，更泄露了秋天严重的“营养不良”，真是让人“情何以堪”！

话又说回来，敢于在“悲秋”的主旋律中唱唱“反调”的也不是没有，最著名的莫如刘禹锡的《秋词》：

自古逢秋悲寂寥，我言秋日胜春朝。
晴空一鹤排云上，便引诗情到碧霄！

这首七绝清新欢快，富有动感，唱出了日渐低沉的“悲秋”交响乐中一个嘹亮的高音。而在南宋田园诗人杨万里的笔下，秋天不仅不可“悲”，反而荡漾着一层撩人的春意：

秋气堪悲未必然，轻寒正是可人天。
绿池落尽红蕖却，荷叶犹开最小钱。（《秋凉晚步》）

不过，在古今“悲秋”的大合唱中，这样的调子只是昙花一现。因为，“残月如初月，新秋似旧秋”，大自然生生不息，而又亘古不易。《礼记·乡饮酒义》说：“秋之为言愁也。”《白虎通·五行》亦称：“秋之为言愁亡也。”南宋词人史达祖《恋绣衾》说得更明白：“愁便是秋心也。”吴文英《唐多令》也道：“何处合成愁，离人心上秋。”这说明，从字源学的角度看，“秋”与“愁”二字本就大有渊源，音、形、义无不相谐相通。

有意味的是，正如庄子在《知北游》中所说的，“天地有大美而不言，四时有明法而不议，万物有成理而不说”，作为“四时”之一的秋，常常是无言的，“因秋生悲”的只是多愁善感的“人心”而已。

西风乍起黄叶飘，日夕疏林杪。花事匆匆，梦影迢迢，
零落凭谁吊。镜里朱颜，愁边白发，光阴催人老，纵
有千金，纵有千金，千金难买年少！

这首出自近代文化大家、高僧李叔同笔下的《悲秋》曲，似乎告诉我们：只要人类还在，“伤春”的眼泪便不会枯竭，“悲秋”的调子也不会停歇。

梅：散作乾坤万里春

据说，全世界约有三万种花卉，而原产我国的就有一两万种，如果说我们一直生活在百花丛中、众香国里，恐怕不算过分。在众多的香花美卉中，有一种花算得上一枝独秀，“岁寒三友”中有她，“四君子”中也有她，她的芬芳，她的美质，她的品节，都让人致意再三，肃然起敬。

她，当然就是梅，也只能是梅！

梅，古代又称“报春花”，宋人陈亮《梅花》诗云：“一朵忽先变，百花皆后香。”就是言其开得早。古人又谓梅有“四德”：“初生为元，开花如亨，结子为利，成熟为贞。”又因梅花五瓣，称其象征“五福”：快乐、幸福、长寿、顺利与和平。旧时春联有“梅开五福，竹报三多”，即是此意。所以，梅还是“吉祥花”。有鉴于此，梅花在国人的心目中，一直占据非常重要的地位，诗词、曲赋、歌画中，梅的分量也相当重。

说起梅花诗，《诗经・召南・摽有梅》大概可算最早的一首：

> 摽有梅，其实七兮。求我庶士，迨其吉兮。
> 摽有梅，其实三兮。求我庶士，迨其今兮！
> 摽有梅，顷筐塈之。求我庶士，迨其谓之！

此诗写一女子在暮春时节见梅子纷纷坠落，想到自己韶华易逝，进而向那称心可意的男子发出爱情的呼唤。有人说："梅由盛而衰，犹男女之年齿也。梅、媒声同，故诗人见梅而起兴。"（陈奂《诗毛氏传疏》）可见，梅在古人的心中，常是婚姻爱情的最佳触媒，梅花开得最早，梅子难免熟得最快，引人遐想也就顺理成章了。

梅花开在隆冬时节，百花之先，是当之无愧的春之使者。如果说，"灞桥折柳"是送别，"驿寄梅花"则是送春。据《荆州记》记载，南朝宋时人陆凯与范晔是一对好朋友，陆凯在江南，想念老友，就托驿馆的信使寄梅花一枝，交给远在长安的范晔。并赠诗一首：

折梅逢驿使，寄与陇头人。江南无所有，聊赠一枝春。

这首诗句句写实，后一句却实中有虚，不说"一枝梅"，而说"一枝春"，不仅春意盎然，而且诗意盎然！遥想那枝梅花穿过千山万水来到长安时，江南的露水早已风干，花瓣也已经打蔫儿了吧，可她仍然带来了春天的消息。从此，折梅赠远成为表达友情的常用典故。如司马光《梅花》："驿使何时发，凭君寄一枝。"朱熹《清江道中见梅》："他年千里梦，谁与寄相思。"朱松《饮梅花下赠客》："且当醉倒此花前，犹胜相思寄愁绝。"皆是借梅抒发对友人的思念。

梅不仅是春的使者，也是故乡的知音。王维的《杂诗》其二云：

君自故乡来，应知故乡事。来日绮窗前，寒梅著花未？

"故乡事"三字，所指何其丰富，而诗人竟将对故乡的思恋落笔于"绮窗寒梅"，"状难写之景，如在目前；含不尽之意，见于言外"（欧阳修《六一诗话》载梅尧臣语），真是"四两拨千斤"的大手笔！后来陆游"还怜客路龙山下，未折一枝先断肠"（《客舍对梅》），尤袤"望远可无南北使，客愁空费短长吟"（《梅花》）等句，表达的正是望梅怀乡的游子心曲。

真正将梅花人格化的诗人，大概是南朝宋代诗人鲍照。他有《梅花落》一首云：

> 中庭杂树多，偏为梅咨嗟。问君何独然？念其霜中能作花，露中能作实，摇荡春风媚春日。念尔零落逐寒风，徒有霜华无霜质。

鲍照的诗歌一如他的人，善发不平之鸣。此诗围绕“为梅咨嗟”四字展开，有美有刺：先是赞美其“霜中能作花，露中能作实”的坚贞不屈，紧接着的“摇荡春风媚春日”便微露嘲讽之意，一个“媚”字，似褒实贬，逗出下文中“零落逐寒风，徒有霜华无霜质”。诗人借梅花终究会随寒风凋零这一自然现象，对那些有心坚守节操却最终晚节不保的人进行了辛辣的讥刺。赞的是梅，贬的是人，从反面表明了诗人不愿随波逐流的孤绝意志。

“踏雪寻梅”典出《红楼梦》，而其事古来多有。因为梅树长得高，折梅的手常常被严寒冻得哆嗦。由南朝入北朝的大诗人庾信有首《梅花》诗，写的正是“踏雪寻梅”的雅事：

> 当年腊月半，已觉梅花阑。不信今春晚，俱来雪里看。
> 树动悬冰落，枝高出手寒。早知觅不见，真悔著衣单。

善写宫体诗的南朝梁简文帝萧纲，在《雪里觅梅花》一诗中，依然将目光投向宫廷女子：“绝讶梅花晚，争来雪里窥。下枝低可见，高处远难知。俱羞惜腕露，相让到腰羸。定须还剪彩，学作两三枝。”同样是“踏雪寻梅”，女子和男子相比，到底多了一分莺莺燕燕的媚态。和其他诗人不同，庾信和萧纲竟然都说梅花开得“晚”，真是幽默得可以！

相比之下，还是收入《千家诗》的卢梅坡的两首《雪梅》诗立意更佳：

> 有梅无雪不精神，有雪无诗俗了人。

日暮诗成天又雪，与梅并作十分春。（其一）
梅雪争春未肯降，骚人阁笔费评章。
梅须逊雪三分白，雪却输梅一段香。（其二）

卢梅坡是南宋人，生卒年不详，但他酷嗜梅花，这两首《雪梅》写出了梅花冰清玉洁、香远益清的精气神！北宋著名诗人林逋更是梅花的古今第一“护花使者”。此人生性恬淡，不趋荣利，结庐隐居，安贫乐道。更另类的是，他终生不娶，膝下无子，唯种梅花养白鹤，自称“梅妻鹤子”，梅成了他家庭的一员。其名作《山园小梅》头四句云：

众芳摇落独暄妍，占尽风情向小园。
疏影横斜水清浅，暗香浮动月黄昏。

黄昏时分的梅花别有“风情”，独领风骚。“疏影横斜”、“暗香浮动”两句如烟似梦，写出了镜中花、水中月般扑朔迷离的“色香味”，堪称神来之笔！

说到梅花的“色”与“香”，王安石的《梅花》最具知名度：

墙角数枝梅，凌寒独自开。遥知不是雪，为有暗香来。

这是写白梅。“遥知不是雪，为有暗香来”，恰与卢梅坡的“梅须逊雪三分白，雪却输梅一段香”遥相呼应。

梅花入诗者以白梅为多，因为白梅不仅似雪，而且雪中盛开，粉雕玉琢，与桃李相比，自然别有一番精气神儿！元代王冕的《白梅》诗云：“冰雪林中著此身，不同桃李混芳尘。忽然一夜清香发，散作乾坤万里春。”赞的正是白梅傲雪、香满人间的天地奇观！

而白梅入画，则以水墨为主，作为大画家的王冕，最擅长的就是墨梅图，他有一首题画诗便以《墨梅》为题：

我家洗砚池头树，个个花开淡墨痕。
不要人夸好颜色，只留清气满乾坤。

此诗不仅写了画梅的过程，还赞美了梅的“清气”和不同流俗之精神，托物言志，言浅意深。宋代大儒朱熹的《墨梅》则翻出新意：

梦里清江醉墨香，蕊寒枝瘦凛冰霜。
如今白黑浑休问，且作人间时世妆。

诗人站在墨梅图前，突生灵感，由墨梅图的黑白二色杂糅，想到社会上的黑白颠倒，是非不分，于是话中有话地说:“如今白黑浑休问，且作人间时世妆。”真是绵里藏针的讽刺！

不过，红梅也自有红梅的韵味，试想：白雪纷飞的背景下，一树如霞似火的红梅傲然怒放，带给人的该是多么蓬勃的生命激情和热力！在宋代诗人张耒的笔下，初生的红梅犹如“红蜡”:“空山身欲老，徂岁腊还来。愁怯年年柳，伤心处处梅。绿蔬挑甲短，红蜡点花开。冰雪知何有，东风日夜回。”(《冬日杂兴》)宋初诗人梅尧臣的《红梅》则如邻家的小家碧玉：“家住寒溪曲，梅先杂暖春。学妆如小女，聚笑发丹唇。”多么灵动可人！元代诗人元淮的七律《立春日赏红梅之作》构思巧妙，竟然写出了梅花由白转红的动人景象：

昨夜东风转斗杓，陌头杨柳雪才消。
晓来一树如繁杏，开向孤村隔小桥。
应是化工嫌粉瘦，故将颜色助花娇。
青枝绿叶何须辨，万卉丛中夺锦标。

南宋大诗人陆游平生喜欢梅花，写了不少梅花诗词。“闻道梅花坼晓风，雪堆遍满四山中。何方可化身千亿，一树梅前一放翁！”(《梅花绝句（之一）》）多么潇洒豪放！“雪虐风号愈凛然，花中气节最高坚。过时自会飘零去，耻向东君更乞怜。”（《梅花绝句（之三）》）多么坚贞傲岸！古今以梅自喻自励之语，放翁几乎可拔头筹！他的《卜算子·咏梅》词更是脍炙人口：

驿外断桥边，寂寞开无主。
已是黄昏独自愁，更著风和雨。
无意苦争春，一任群芳妒。
零落成泥碾作尘，只有香如故。

寒冬开放的梅花当然是寂寞的，与世无争，潇洒自适，再艰苦的环境也挡不住她含苞，吐蕊，怒放……即使“零落成泥碾作尘”，她的奇异的幽香依旧在空气中飘荡。就连其虬曲刚劲的枯枝也让人激赏，清人吴淇有《枯梅》一诗云：

奇香异色著林端，百十年来忽兴阑。
尽把精华收拾去，止留骨格与人看。

“宝剑锋从磨砺出，梅花香自苦寒来。”梅花给文人墨客带来的灵感和启迪真是无穷无尽。1929 年，梅花曾被当时的国民政府确定为国花。20 世纪 80 年代的两次国花评选，一次是梅花夺魁，牡丹居亚；另一次则是牡丹称王，梅花位次。有的学者甚至提出了“一国两花”（牡丹、梅花）的构想，此无他，盖因在与牡丹的比较中，梅花丰富的文化含量实在让人不忍割爱！

是啊，梅花的那种历经磨难而不改本色的精神，也许不是某种人、某类人可以比拟的，她更像我们中华民族的民族精神：坚忍、乐观、英勇不屈、百折不挠。唯其如此，梅花才赢得了国人的敬佩和喜爱，关于梅花的诗词才传唱不衰。真要二选一，我愿意投梅花一票。

竹：一枝一叶总关情

中国人最爱自然，以为“天地与我并生，万物与我为一”，自然中一切之物无不可与为友，一切之物无不可与“君子比德”。这种“自然的人化”和“人的自然化”，不仅丰富了中国人的心灵，也使我们的民族美学充满了天地人的交感共振，以及令人心旌摇荡的云情雨意，花香鸟语。于是，耐寒傲霜的松、竹、梅被称作“岁寒三友”，竹、梅再加上兰、菊，又被美其名曰“花中四君子”。

作为“三友”和“四君”之一的竹，不仅在生活中司空见惯，更是诗人们喜闻乐见的一个诗歌题材。

种竹：“何可一日无此君？”

文人种竹的雅好当源自东晋名士王子猷。据《世说新语》记载：“王子猷尝暂寄人空宅住，便令种竹。或问：‘暂住何烦尔？’王啸咏良久，直指竹曰：‘何可一日无此君？’”从此，王子猷俨然成了竹子的保护神，令后世文人歌咏不倦，企羡不已。而歌咏竹子的诗也如雨后春笋，长满了古典诗词的园地。北宋大史学家司马光《种竹斋》诗云：

吾爱王子猷，借斋也种竹。一日不可无，潇洒常在目。

雪霜徒自白，柯叶不改绿。殊胜石季伦，珊瑚满金谷。

最后一句借西晋豪富石崇的珊瑚树作对比，表达傲霜之竹的高雅脱俗。

司马光是否亲手种竹，我们不得而知，南宋大儒朱熹却是身体力行，他的《新竹》诗云：

春雷殷岩际，幽草齐发生。我种南窗竹，戢戢已抽萌。
坐获幽林赏，端居无俗情。

“我种南窗竹”，让人想起陶渊明的“种豆南山下”，而其境界又不尽相同。种豆本为果腹，种竹则为怡情。在陶渊明那里，豆即是豆，种豆只能得豆；而在朱熹这里，竹虽是竹，却又不仅是竹，种竹成了一种富于文化意味的行为。看着自己亲手栽下的竹子发芽抽萌，诗人体会到的是自然的厚德载物与泥土的芬芳活力，俗情怎不为之一扫而空！

赏竹：“看竹何须问主人”

竹不仅可种，亦可赏。竹之为物，亭亭玉立，绿叶婆娑，风生影从，最宜观瞻。所赏者何？无外乎观其色，听其声，察其态，会其意。杜甫的《严郑公宅同咏竹》一诗可作好例：

绿竹半含箨，新梢才出墙。色侵书帙晚，阴过酒樽凉。
雨洗娟娟净，风吹细细香。但令无剪伐，会见拂云长。

嫩绿的新竹还半包在笋壳里，纤细的枝梢就已探出墙头，竹色掩映在书帙之间，让人疑心天色向晚；竹影轻轻移过，杯中酒似乎也变得清凉，而新雨过后，竹子洁净美丽，纤尘不染，和风吹拂，漫过来淡淡清香，不绝如缕；这青翠的竹子啊，只要不被砍伐摧残，就一定能茁壮成长，上拂云霄！杜甫不愧是大手笔，短短四十字，便将竹之形、色、意、态，刻画得惟妙惟肖！

盛唐诗人王维有一首题为《春日与裴迪过新昌里访吕逸人不遇》的诗，前四句云：

桃源一向绝风尘，柳市南头访隐沦。
到门不敢题凡鸟，看竹何须问主人。

这后一句说的还是王子猷。《世说新语》另有一条记载说，王子猷某日出行经过吴中，看到一户士大夫人家种有好竹，于是径自闯了进去，旁若无人地欣赏起来。主人素知王子猷爱竹，早已洒扫预备款待，不曾想子猷赏竹完毕，竟招呼也不打就要扬长而去。主人也不含糊，当即命家人关好院门，执意留客。本就落拓不羁的王子猷对主人的这一招很是欣赏，便留下做客，尽欢而去。王维化用此典说“看竹何须问主人”，正是表达对修竹的纯粹的审美，其重要性远在世俗的人事关系之上。

和王维遥相呼应，清代文人吴绮的《过友人斋头看竹》则说：“北郭东门访隐沦，琅玕万个碧无尘。邻家莫把王猷拟，看竹还应为主人。”此诗反用典故之意，点明赏竹心切，倒也别有会心。

画竹：“画到生时是熟时”

竹不仅可种，可赏，还可入画。古人论画，有“竹一生，兰半世”之说，意思是说，画竹不易，几乎要穷其一生方得大成。历史上以画竹闻名的画家当推北宋的文同（字与可）与清代的郑燮（号板桥）。文与可乃一代书画大家，有名作《墨竹图》传世。苏轼《文与可画筼筜谷偃竹记》记文与可画竹之道云：“故画竹，必先得成竹于胸中，执笔熟视，乃见其所欲画者，急起从之，振笔直遂，以追其所见，如兔起鹘落，少纵则逝矣。”真是惊心动魄！东坡还写有《送文与可出守陵州》一诗称赞这位好友：

壁上墨君不解语，见之尚可消百忧。
而况我友似君者，素节凛凛欺霜秋。

“诗是无形画，画是有形诗。”（张舜民《跋百之诗画》）“墨竹图”常常是诗人挥洒诗情的绝佳载体，留下了许多脍炙人口的“题画诗”：

竹劲由来缺祥同，画家虽巧也难工。
细看昨夜西风里，若今琅玕不向东。（明·徐渭《风竹》）
雨后龙孙长，风前凤尾摇；心虚根柢固，指日定干霄。
（清·戴熙《题画竹》）

如果说，诗中之竹是对竹的有声歌咏，那么，画中之竹就是对竹的无声礼赞，可谓异曲同工。

要说画竹、咏竹俱臻妙境的，莫过于“扬州八怪”之一的郑板桥了。板桥先生一生画竹无数，几乎成了竹子的“形象代言人”，更难能可贵的是，他的咏竹诗自成一格，成就不在“画”下。其晚年的《画竹》诗云：

四十年来画竹枝，日间挥写夜间思；
冗繁削尽留清瘦，画到生时是熟时。

一句“画到生时是熟时”，道尽了一切艺术创作由“生”而“熟”，又由“熟”跃进到更高境界的“生”，这样一个不断追求“新变”的深刻规律。郑板桥在潍县为官时，遭逢大旱，民不聊生，他在《潍县署中画竹呈年伯包大中丞括》里沉痛地写道：

衙斋卧听萧萧竹，疑是民间疾苦声；
些小吾曹州县吏，一枝一叶总关情。

从萧萧竹鸣中听出了“民间疾苦声”，峭拔奇倔，振聋发聩！此诗借竹画陈民情，将以往咏竹诗的那股子风流雅士孤芳自赏的酸腐气荡涤殆尽，极大地开拓了咏竹诗的审美空间。板桥画竹，真是画到了“骨子里”！

赞竹：“咬定青山不放松”

咏竹诗无不是赞竹诗。或赞其直：“此君坚直本天然，岂学妖花艳主轩。”（韦骧《咏竹》）

或赞其节：“惟有团团节，坚贞大小同。”（元稹《新竹》）或赞其耐寒：“露涤铅粉节，风摇青玉枝。依依似君子，无地不相宜。”（刘禹锡《庭竹》）或赞其虚心：“有节不干云，虚心抱幽独。”（汪士慎《盆竹》）北宋诗人宋祁的绝句《竹》则将竹的修、直、节、空融为一体：

修修梢出类，辞卑不肯丛。有节天容直，无心道与空。

赞竹实为赞人，更是赞自古以来就被儒家推崇的君子之德。东坡居士也有诗云：

可使食无肉，不可居无竹。无肉令人瘦，无竹令人俗。
人瘦尚可肥，士俗不可医。（《于潜僧绿筠轩》）

而在所有赞美竹子的诗歌中，我独爱郑板桥的这首《竹石》：

咬定青山不放松，立根原在破岩中。
千磨万击还坚劲，任尔东西南北风！

历来赞竹之诗不知凡几，唯有板桥此诗写出了竹子的傲然风骨，那就是——百折不挠，愈挫愈奋！

古人尝言："竹令人秀。"我颇疑心这是"谐音双关"，秀者，大概也是"羞"的婉辞吧！

竹啊，竹！造化创造了你，莫非正是为了给多情善感的中国人树一个不可企及的高标，让他们"虽不能至，心向往之"？有趣的是，比起诗人们发自内心、旷时持久的景仰和礼赞来，民间流行的那句"墙上芦苇，头重脚轻根底浅；山间竹笋，嘴尖皮厚腹中空"的名联，其负面效应实在是可以忽略不计了。

松：直待凌云始道高

中国人对松的偏爱，大概与孔夫子的一句话有关。在《论语·子罕》篇中，孔子别有意味地说："岁寒，然后知松柏之后凋也。"犹如"君子比德于玉"，这一句也含有"君子比德于松"的意思。联系到同篇的另一句话："三军可夺帅也，匹夫不可夺志也。"我们有理由相信，就像"仁者乐山，智者乐水"是把仁者和智者比附于山和水，"岁寒后凋"的松柏，其实也是暗喻那种无论处于何种艰难困苦之中，都能不改其志节的仁人志士。

松——或者还应当加上柏——的确也当得起人类这样的赞美：高大、伟岸、挺拔、孤峭是其形，耐寒、傲霜、丰茂、正直是其质，这样的品格，难免令人将其"人格化"，象征化，成为"人化的自然"。在《世说新语·容止》篇中，人们称赞美男子嵇康，就用了"孤松"和"玉山"这样的比喻，这又成了"人的自然化"的好例。

孔子之前，在"多识于鸟兽草木之名"的《诗经》里，"松"之意象共出现十一次，多是"松舟""乔松""松柏"之类的写实，偶然提到"松柏之茂""松茂"的字眼，也还是"事实判断"，尚未真正建立起和人的象征关系。《楚辞·山鬼》中有"饮石泉兮荫松柏"的句子，也只是符合主人公生活状况的一句交代。到了"五言之冠冕"的《古诗十九首》，松柏才成了和人类精神，尤其是死亡主题相关相生的一种意象，开始让人产生更多的联想：

驱车上东门，遥望郭北墓。白杨何萧萧，松柏夹广路。
下有陈死人，杳杳即长暮。潜寐黄泉下，千载永不寤。
浩浩阴阳移，年命如朝露。人生忽如寄，寿无金石固。
万岁更相送，贤圣莫能度。服食求神仙，多为药所误。
不如饮美酒，被服纨与素。（《古诗十九首》之十三）

城北的墓地上，白杨萧萧，松柏葳蕤，大自然的悠久和人命的短促，静与动，生与死，构成了一种微妙而紧张的关系。不用说，这诗的主旨是感叹人生苦短，求仙难成，不如抓住当下，及时行乐。这一主题在古代诗歌中比较常见，但只要一涉及松柏，就一定与坟墓、与死亡相关：

去者日以疏，来者日已亲。出郭门直视，但见丘与坟。
古墓犁为田，松柏摧为薪。白杨多悲风，萧萧愁杀人。
思还故里闾，欲归道无因。（《古诗十九首》之十四）

晋朝的张湛好于斋前植松柏，时人便戏称其为“屋下陈尸”，可见，其时松柏已经成了墓地的专用树种了。今天，人们多喜欢在陵园墓地乃至医院和殡仪馆种植松柏，大概是希望用松柏的长青“赈济”人类生命的脆弱吧。

建安七子中的刘桢有首《赠从弟》，极赞松柏的“本性”：

亭亭山上松，瑟瑟谷中风。风声一何盛，松枝一何劲。
冰霜正惨凄，终岁常端正。岂不罹凝寒，松柏有本性。

风生水起，松涛阵阵，冰霜来袭，凝寒加身，而不改初衷，这是写松，也是写人。西晋诗人左思的《咏史》诗，更把“郁郁涧底松”比作出身寒门的英俊之士。这样，松作为一种可以“载道言志”的意象，便得以在中国古典诗歌中发育成熟。

那么，在历代诗人的笔下，松柏到底有何值得赞美的“本性”呢？大概而言，无外乎以下几种：

一是高直之形。松树树干挺直，高可数丈，而且坚忍不拔，一般的风雨很难将其摧倒，真可谓“仰之弥高，钻之弥坚”。陶渊明《饮酒》第八首就为我们塑造了松树高大伟岸的形象：

青松在东园，众草没其姿；凝霜殄异类，卓然见高枝。

松的凌云高耸，直干云霄的形象，常常让诗人们顿生“见贤思齐”之心。李白的《南轩松》就用夸张的手法为松树画了一个“速写”：

南轩有孤松，柯叶自绵幂。清风无闲时，潇洒终日夕。
阴生古苔绿，色染秋烟碧。何当凌云霄，直上数千尺！

李白惯会夸张，可我们总是被他打动，读了这首诗，谁会去计较诗人言过其实呢？晚唐诗人杜荀鹤的七言绝句《小松》也很有名：

自小刺头深草里，而今渐觉出蓬蒿。
时人不识凌云木，直待凌云始道高。

诗人采用欲扬先抑的手法，从松树苗写起，说它小时很不起眼，针叶深埋在草间，后来才渐渐长大，终于超过了那些灌木蓬蒿，一般人见识短浅，不把它放在眼里，直到它凌云参天，才不禁赞美其“高”。这既是写松，又何尝不是写人？皇甫松《古松感兴》有两句：“寄言青松姿，岂羡朱槿荣。”说的正是松树的挺拔外形给人带来的审美愉悦和精神感召。

二是坚忍之性。松树不仅外形俊逸，且能抗雨雪，耐风霜，这种大无畏的精神最是惊心动魄。汉代学者刘向说："草木秋死，松柏独存。"(《说苑·谈丛》)正是赞美松树的顽强和坚毅。南朝诗人范云《咏寒松诗》云：

修条拂层汉，密叶障天浔。凌风知劲节，负雪见贞心。

四句诗，分别写到松树的高大、繁茂、苍劲、耐寒等几种品格，笔到意到，力透纸背。相比之下，那些春夏之际争奇斗艳的香花美卉，反而显得渺小、孱弱和浅薄了。所以李白说："愿君学长松，慎勿作桃李"，刘禹锡也说："后来富贵已凋落，岁寒松柏犹依然。"这样的赞美，松树完全配得上！

中唐诗人白居易爱松爱得近乎痴迷，曾写过近十首关于松树的诗。在《栽松二首》其二中，他把松的"后凋"称作"晚节"：

爱君抱晚节，怜君含直文。欲得朝朝见，阶前故种君。
知君死则已，不死会凌云。

"知君死则已"两句，让我们想起曾子"士不可以不弘毅，任重而道远：仁以为己任，不亦重乎？死而后已，不亦远乎？"(《论语·泰伯》)的名句，难怪古人要称松树为"大夫"、为"君子"了。陈毅的那首《咏松》诗大家都很熟悉："大雪压青松，青松挺且直。要知松高洁，待到雪化时。"松的品格，不正像"富贵不能淫，贫贱不能移，威武不能屈"的"大丈夫"吗？至少，它是树中的伟丈夫！

三是卓荦不群。正如一切高贵的物种一样，松树常常因为独当一面而给人一种孤独、傲岸的印象，它不是不合群，而是像君子一样"周而不比""群而不党"，卓然独立，刚直不阿。此意在陶渊明《和郭主簿》

诗里揭示得最为显豁：

芳菊开林耀，青松冠岩列。怀此贞秀姿，卓为霜下杰。

一个“卓”字，写出了青松的超凡出众！唐成彦雄的《松》诗也写道：

大夫名价古今闻，盘屈孤贞更出群。
将谓岭头闲得了，夕阳犹挂数枝云。

“大夫”即指松树，夕阳下，山上的孤松傲然挺立，虬枝盘屈，与晚霞交相辉映，独领风骚。清代诗人陆惠心的《咏松》云：

瘦石寒梅共结邻，亭亭不改四时春。
须知傲雪凌霜质，不是繁华队里身。

松树不羡繁华，但繁华自在，当百花凋落之时，它依然春意盎然。可以说，岁月和风霜的淘洗，只给松树增添了生命的活力，成熟的倔强。这种“傲雪凌霜”之精神，不仅在万物中显得出类拔萃，就是人类也望尘莫及。白居易的五言长诗《庭松》有这样的句子：

岁暮大雪天，压枝玉皑皑。四时各有趣，万木非其侪。

在这首诗的末尾，连诗人也不免自惭形秽，他十分谦逊地写道：

顾我犹俗士，冠带走尘埃。未称为松主，时时一愧怀。

是啊，面对这样的物种，谁还好意思说自己是它的主人呢？

四是有栋梁之用。松树并非一般花草，徒具观赏性而无实用价值，松树的树干是当之无愧的栋梁之材。西晋诗人刘琨在《扶风歌》写道：

> 南山石嵬嵬，松柏何离离。上枝拂青云，中心十数围。
> 洛阳发中梁，松树窃自悲。斧锯截是松，松树东西摧。
> 特作四轮车，载至洛阳宫。观者莫不叹，问是何山材。
> 谁能刻镂此，公输与鲁班。被之用丹漆，熏用苏合香。
> 本自南山松，今为宫殿梁。

这首诗用叙事笔法，写南山一株巨大松树被砍伐后运至京城洛阳，用作宫殿栋梁的全过程，从“观者莫不叹”两句看来，很可能确有其事。诗中的松树尚有些顾影自怜，而到了白居易的笔下，则说是“杀身获其所，为君构明堂”（《和松树》），大有舍生取义、杀身成仁的儒家志士的味道了。

写到这儿，不禁想起《庄子·人间世》里，那株长得很大、活得很长、却“无所可用”的“散木”。庄子硬说这种“不材之木”拥有一般人看不懂的“无用之用”，可我看来看去，除了活得长，庄子并没有提供更有说服力的证据。其实，松树也是长寿的，但因为资质优良，自然不至“寿则多辱”。如果让我二选一，我还是喜欢像松树这样可以派大用场的良材佳木，更何况，松树还有着如上所述的那么多美德呢！

遗憾的是，具有松树品格的人却是难得一见，能像白居易那样自惭形秽也就算是有自知之明了。世易时移，可发一叹！

桂：人与花心各自香

“水陆草木之花，可爱者甚蕃。”北宋大儒、理学开山的周敦颐在《爱莲说》里如是说。诚然，花之为物，林林总总，尽态极妍，无不有可观、可怜、可爱、可道之处。譬如那在百花园中并不起眼的桂花吧，虽算不上国色天香，群芳争妒，然，其形、其色、其香、其性，却是无一不佳，无一不美。举凡世间一切美物，总要经人类之眼的打量才会凸显其美质，这形体甚小的桂花，在古代诗人善于“感物而动”的眼眸里，早已光彩粲然，辉映着无数个漫长秋季的无边夜空。

桂花，也叫木犀，常绿乔木，其花簇生，中秋盛开，其色乳白、鹅黄、橙红不等，香气极浓，醉人心脾。比起其他奇花异卉，桂花进入诗歌的时间稍迟。充满“鸟兽草木之名”的《诗经》三百首，竟然没有一个“桂”字！也不奇怪——谁让桂花生于南国，而《诗经》产于北方呢？

最先把“桂”写进诗歌的是史上第一个伟大诗人的屈原，他在那些南方水土孕育的《楚辞》里，以浓墨重彩把“桂”之意象植入了“香草美人”的象征谱系，从此，“菌桂”“桂旗”“桂酒”“桂栋”“桂舟”“桂棹”等等，犹如一粒粒种子，在古典诗歌的土壤里生根，发芽，终于灿然成为诗人们构筑其精神世界的十分重要而美丽的一抹色彩，一个音符。

桂花其性坚忍，生不择地，山间岩下，随遇而安，其树颇有松柏之志，四季常青，这使她和一些庭院温室里的娇贵之花判然有别，成为诗人们托物言志的绝佳素材。如李白《咏桂》诗云：

世人种桃李，皆在金张门。攀折争捷径，及此春风暄。
一朝天霜下，荣耀难久存。安知南山桂，绿叶垂芳根。
清阴亦可托，何惜树君园。

此诗全用象征手法，“金张”分别是指汉代金日磾和张汤这些世代贵胄的豪门望族，“桃李”则是影射那些攀龙附凤之徒，而“南山桂”则被赋予高洁的节操，自然是恃才傲物的诗人的自况了。与此相类的还有朱熹的《咏岩桂》：

露邑黄金蕊，风生碧玉枝。千株向摇落，此树独华滋。
木末难同调，篱边不并时。攀援香满袖，叹息共心期。

“木末难同调，篱边不并时”两句，不也隐隐也可看出诗人孤高自赏的影子么？桂花的品性的确很像一类人，与世无争，自开自落，秀外慧中，不事张扬，她的花期虽短暂，却以鲜洁的色彩和馥郁的芳香留给世人一段美好的记忆。

因为桂花被赋予了众多美好的品质，诗人们甚至不惜攀援折枝，盈手相赠。北宋文豪苏轼就有一首题为《八月十七日天竺山送桂花分赠元素》的诗写道：

月缺霜浓细蕊干，此花元属玉堂仙。
鹫峰子落惊前夜，蟾窟枝空记昔年。
破裓山僧怜耿介，练裙溪女斗清妍。
愿公采撷纫幽佩，莫遣孤芳老涧边。

“月缺霜浓细蕊干”一句，不仅点明时令，也泄露了一次采摘桂花的浪漫事件，现在，那些曾经鲜润的细蕊已经干涩，而“孤芳”犹在，于是，诗人想起屈子“纫秋兰以为佩”的诗句，准备把自己采摘的桂花分赠给有着耿介节操的友人。此诗意象丰富，情境幽远，与桂花给人的印象非常吻合。

吟咏桂花的诗词，常常通过描写其形、色、香，赞美其品、性、情。北宋谢逸《咏岩桂》诗云：

轻薄西风未办霜，夜揉黄雪作秋光。
摧残六出犹余四，正是天花更着香。

诗人把四瓣的桂花比作六瓣的雪花被西风摧残所致，真是奇思妙想！大概是觉得“摧残”二字太煞风景，南宋诗人杨万里遂把“摧”字改为“吹”，“正是”改作“匹似”，竟也作为他的作品收在《全宋词》里了。杨万里素爱桂花，写下多首咏桂诗，其中《凝露堂木犀》诗云：

雪花四出剪鹅黄，金粟千麸糁露囊。
看来看去能几大，如何着得许多香？

这诗也受到谢逸的影响，首句写桂花之形如雪花，而剪出四瓣，色彩也变为鹅黄。次句以金黄的小米（粟）、麦皮（麸）、玉米粒（糁）作比，进一步描摹桂花体小而色黄，以及飘落时轻舞飞扬之状。最后两句写其香，而以反语出之，说我实在想不通这么小的花朵，怎么散发那么多的芳香呢？语调诙谐，不仅赞美了桂花，也暗含对一些徒有其表的花卉的冷嘲微哂。

桂花开在中秋时节，故而常和明月以及嫦娥的传说相关。收录在《全唐诗》卷二十七《杂曲歌辞》的《桂花曲》写道：

可怜天上桂花孤，试问姮娥更要无？

月宫幸有闲田地，何不中央种两株?

再如南宋诗人吕声之的《桂花》:

独占三秋压众芳，何夸橘绿与橙黄?
自从分下月中种，果若飘来天际香。
清影不嫌秋露白，新丛偏带晚烟苍。
高枝已断却生手，万斛奇芬贮锦囊。

在诗人眼里，桂花有着“独占三秋压众芳”的“天生丽质”，从头到脚都那么可爱!

不仅诗人爱咏桂，词人亦然。李清照和辛弃疾分别都写过数首赞美桂花的词作，例如：

暗淡轻黄体性柔，情疏迹远只留香。何须浅碧深红色，自是花中第一流。　　梅定妒，菊应羞。画阑开处冠中秋。骚人可煞无情思，何事当年不见收。(李清照《鹧鸪天·桂花》)

少年痛饮，忆向吴江醒。明月团团高树影，十里水沉烟冷。　　大都一点宫黄，人间直恁芬芳。怕是秋天风露，染教世界都香。(辛弃疾《清平乐·忆吴江赏木犀》)

天高气肃，正月色分明，秋容新沐。桂子初收，三十六宫都足。不辞散落人间去，怕群花、自嫌凡俗。向他秋晚，唤回春意，几曾幽独!　　是天上余香剩馥，怪一树香风，十里相续。坐对花旁，但见色浮金粟。芙蓉只解添愁思，况东篱、凄凉黄菊。入时太浅，背时太远，爱寻高躅。(陈亮《桂枝香·观木樨有感，寄吕郎中》)

李清照竟把桂花当作“花中第一流”，说什么“梅定妒，菊应羞。画阑开处冠中秋”，真是偏爱到了极点！无独有偶，南宋另一位女词人朱淑真《秋夜牵情》里有首咏木犀的诗写得更好：

弹压西风擅众芳，十分秋色为伊忙？
一枝淡贮书窗下，人与花心各自香。

“人与花心各自香”——桂花的美真被这多愁善感的朱氏才女一语道尽了！

写到这里，不禁想起一首老歌——“八月桂花遍地开”。当年听唱这首歌，只是不求甚解，后来见到桂花盛开的光景，突然心生疑窦：桂树何其高，怎会“遍地开花”？等到风吹花落，一地金黄，这才恍然大悟，原来“开”是“落”的幽默呢！

转念又一想，世上一切之花，落了只会徒增伤感，还有谁像桂花这样，开在枝头让人叹美，落在地上也让人“惊艳”呢？桂花啊，你是盛夏没有下完的雨吧，或者，竟是隆冬提前而至的雪？在落英缤纷的秋季，你那明媚的色泽和袅娜的身姿，究竟给世界和人心平添几多盎然的春意，你自己可曾知晓？

月：故乡因你分外明

中国是个多灾多难的国度，但中华民族却是最具诗情诗意的民族。一个西洋人面对山水自然、风花雪月，可能永远也达不到中国人的痴迷程度。这种痴迷，与其说是来自源远流长的民族文化，倒不如说导源于我们对天地和生命的独特感悟。大洋彼岸的中国人，当他看到“海上生明月，天涯共此时”，一定会产生民族心灵中共同的脉动，他会轻轻地吟哦杜甫的名句：“露从今夜白，月是故乡明。”如果旁边有个懂汉语的外国人，一定会用他的科学精神提出质疑：为什么露水是从今夜白的呢？霜降了吗？结晶了吗？为什么月亮是你家乡的更明亮，难道还有 N 个月亮不成？再说了，根据空气清新度和能见度，你们中国的月亮可不是最亮的哦？这真是秀才遇见兵——有理说不清了。

月亮作为一个诗歌意象，古已有之。《诗经》中的“月”，实指之外，已有象征之意，《月出》《日月》等篇中的月，已是女性爱情的见证者。这和传统文化“日以阳德，月以阴灵”（谢庄《月赋》）的神秘意识是相通的。月之为物，圆缺晦朔，暮升朝落，本不由人，但我们硬是从她的自然变化中发现了与人类息息相关的灵性。故而到了汉代，月亮意象在诗歌中的内涵开始复杂起来，有了寄托相思的媒介作用。如《古诗十九首》中的“明月何皎皎”，月光照在思妇的床帷之上，很自然地引出“客行虽云乐，不如早旋归”的爱情心语。

如果不是曹操，月亮恐怕很难与政治扯上关系。他笔下的月亮，“日月之行，若出其中；星汉灿烂，若出其里”（《观沧海》）也好，“月明星稀，乌鹊南飞；绕树三匝，何枝可依”（《短歌行》）也好，无不寄托了政治家求贤若渴的胸襟怀抱。但这个传统很快被他的儿子曹丕消解了，后者虽贵为帝王，诗歌却走“婉约”一路，其名作《燕歌行》遥承《古诗十九首》，最后四句写到月亮：

明月皎皎照我床，星汉西流夜未央。
牵牛织女遥相望，尔独何辜限河梁？

一唱三叹，感人至深。降及南朝，咏物赋大兴，谢庄的《月赋》享有盛名，其中“美人迈兮音尘阕，隔千里兮共明月；临风叹兮将焉歇？川路长兮不可越”之句，已开唐人咏月诗意境之先河。据专家考证，民间中秋赏月活动始自魏晋，而大盛于唐宋。所以，我们在唐诗宋词里，经常看到那一轮千年不变、分外皎洁的中秋明月，也就毫不奇怪了。

我们最先听到的应该是初唐诗人张若虚的《春江花月夜》。尽管这首诗未必就是中秋所写，但诗人的确把月之意象的所有情思全部勾兑在如歌如画的诗句里了。那句脍炙人口的“人生代代无穷已，江月年年只相似”，写出了宇宙浩渺，人生短暂，江山易改，而明月永恒的千古感喟。从此，写月的诗歌渗透了闻一多先生所说的“宇宙意识”，月已不仅是月，她还是空间的桥，时间的船，情感的信物，生命的见证，和传递民族文化的最多情、最深沉、最博大的语言密码。李白就不说了——他是无论在何处，只要见到月就要挥毫写诗的，他是月亮当之无愧的人间恋人。——几乎所有羁旅在外的诗人，只要一看到“十五的月亮”，都会油然泛起浓重的乡愁。杜甫避乱蜀中，于中秋夜遥望明月，便兴起思乡之情：

满目飞明镜，归心折大刀。转蓬行地远，攀桂仰天高。

水路疑霜雪，林栖见羽毛。此时瞻白兔，直欲数秋毫。

（杜甫《八月十五夜月》）

诗人望月兴感，情思激越，首联“归心折大刀”，发唱英挺，力透纸背！紧接着写“地远”“天高”，归心虽如利箭，亦难飞渡重关，所以只好用举头望月排遣忧思。“明镜”“白兔”都指月亮，一是明喻，一属借代;“羽毛”“秋毫”二句奇险,极写月色明亮,毫发可见,只是“举目见月，不见长安”，彷徨无奈，不可名状！

白居易也是写月的高手,他的名篇《琵琶行》中多有名句。其《八月十五日夜湓亭望月》诗云：

昔年八月十五夜，曲江池畔杏园边。
今年八月十五夜，湓浦沙头水馆前。
西北望乡何处是，东南见月几回圆。
临风一吹无人会，今夜清光似往年。

这诗纯用对比手法:“昔年”对“今年”,“曲江”对“湓浦”,“西北”对“东南”……时间飞度，空间暗换，明月如昨，乡关何处？这次第，真是“剪不断，理还乱，是离愁，别有一番滋味在心头”。

中唐诗人王建有首《十五夜望月》，也是中秋咏月诗中的佳篇：

中庭地白树栖鸦，冷露无声湿桂花。
今夜月明人尽望，不知秋思落谁家！

前两句写景：月光如霜，洒满庭院，寒鸦栖树，众鸟归巢——静中有动，以动写静；清冷的露水在空气中降下，沾湿了新开的桂花，一个“湿”字，是触觉带出了听觉——以静写动，此时无声胜有声。更妙的是后两句:“今夜月明人尽望,不知秋思落谁家。”一个“落”字，写出了人生的无常，也暗示了这无常中的不变：离别相思年年有，不到你家到我家。一生潦倒的王建，从中秋的月色中，悟出了人生的真谛，他从自我的逼仄中翩翩走出，进入到另一种“无我之境”了。

宋代文豪苏轼对月亮也是情有独钟，他的《中秋见月和子由》诗和《水调歌头·明月几时有》词，都是咏月诗的扛鼎之作。特别是“人有悲欢离合，月有阴晴圆缺，此事古难全。但愿人长久，千里共婵娟”的句子，因为对月与人的思考达到了“尽美矣，又尽善也”的哲学高度而传唱不衰。他的《阳关曲》绝句云：

暮云收尽溢清寒，银汉无声转玉盘。
此生此夜不长好，明月明年何处看。

比起李白“今人不见古时月，今月曾经照古人。古人今人若流水，共看明月皆如此”(《把酒问月》)的大气磅礴，苏轼的咏月诗更饶理趣，李白在古与今的相似性中，消解了生之痛苦，而苏轼则在“此生此夜”与“明月明年”的不确定性中，体悟到了人类在时间之河中“此在的困境”。

当然，月亮带给人们的，也并不全是思乡之苦和生命之惑。相比太阳，月亮更有亲和力。上古神话中夸父逐日，道渴而死；后羿射日，死非其命，肃杀之气太重。而关于月亮的传说，如嫦娥奔月、吴刚伐桂、玉兔蟾蜍等，就让人喜闻乐见。以太阳入诗，日出日落，朝晖夕照，差强人意；而以月亮入诗，则晦明圆缺，无时不佳，无处不善。所以，中秋之月，不仅是感发志意之月，更是审美赏玩之月。唐宋之际，每逢中秋，朝野上下，无不宴会雅集，或登台，或泛舟，饮酒歌舞，赋诗联句，念兹在兹，总不离天上那一轮明月。晚唐皮日休《天竺寺八月十五日夜桂子》就写得很有情趣：

玉颗珊珊下月轮，殿前拾得露华新。

至今不会天中事，应是嫦娥掷与人。

诗人漫步庭院，看到桂花点点如玉，从天而降，好像是月上掉下来似的，偶然从殿前拾到几粒，只见其颜色皎洁，新鲜带露。后两句最好玩：我到现在也不明白天上的事情，（吴刚为什么要跟桂花树过不去呢？）我猜想，这桂花大概是嫦娥撒下来的吧。这诗以实写虚，以桂写月，小中见大，给人留下悠长的余味。

1969 年 7 月 21 日，美国“阿波罗”11 号宇宙飞船安全着陆月球，几个小时后，宇航员阿姆斯特朗登上月球，在荒漠的月球上首次留下人类的足迹。人类第一次登月成功，这是可喜可贺的事。但我也不免瞎想：如果这次登月提前两千年，人类的精神世界是否会面目全非？特别是对于中国人而言，我们将会失去太多美丽的神话和迷人的诗歌，这个损失比人类发现不了那些坑坑洼洼的环形山来，真是相差不可以道里计了。

转眼又是中秋佳节。已经具有丰富天文知识，知道广寒宫里没有玉兔嫦娥，也没有吴刚桂树的我们，精神生活还是没有发生改变。每到这一天，我们还是会“明月千里寄相思”，还是会“但愿人长久，千里共婵娟”，还是会“举头望明月，低头思故乡”。亲朋好友，围坐赏月，觥筹交错，对影成三，还是我们感悟人生、表达情感的最佳方式。西方人在德彪西的《月光曲》和贝多芬的《月光奏鸣曲》中感受月色恬静，而我们，则从诗歌中“望月怀远”，在自然中发现自己的深情……

桃花：无人解惜为谁开

又是三月小阳春。天空蓝起来了，桃花艳起来了，诗人的心热起来了，那一枝枝最爱“沾花惹草”的笔，蘸足了墨，注满了情，在春天的宣纸上挥洒开来，一个个或端庄或妩媚的汉字，蹦跳着，嬉闹着，从古代走到今天，从纸上走到心里……

桃花诗，顾名思义，也即写桃花的诗。桃花的美，真可谓惊心动魄，其白如雪，其粉似霞，其红赛火，当她们漫山遍野，夹道连岸地盛开时，光芒四射，喜气洋洋，何人不爱？何人不喜？加上花期长达三月，绵延整个春季，桃花又怎能躲过诗人的多情吟咏、婉转描摹？久而久之，除了报春、迎春、闹春等通常含义外，桃花还被赋予更加丰富多彩的意蕴，寄托着浪漫微妙的情愫——

爱情之花

从《诗经》时代开始，桃花便已成为人们歌咏的对象。《诗经·周南·桃夭》唱道：

桃之夭夭，灼灼其华。之子于归，宜其室家。
桃之夭夭，有蕡其实，之子于归，宜其家室。

桃之夭夭，其叶蓁蓁，之子于归，宜其家人。

这首诗借桃花写出嫁少女的美丽、健康、贤淑，第一段可以直译为：“桃树长得多壮盛啊，花儿朵朵正鲜艳。这个女孩要出嫁啊，能使家庭更美满！”想想看，在桃花盛开之时，一个像桃花一样美丽的女子要出嫁了：她貌美如花，婚嫁正当其时；她身体健康，也是生儿育女的好时候；她贤淑聪慧，更是齐家旺族的好人选！这是桃花在《诗经》里的首次亮相，也是在中国诗歌史上的首次出场，她一下子就开得烂漫如霞不说，还省略了爱情的“前奏”，直奔婚姻的“主题”，情调多么热烈而欢快！

在《诗经》的另外一些篇章里，桃花及其果实，还充当着爱情的信物，你听，恋人们在唱——

投我以桃，报之以李。（《大雅·抑》）
投我以木桃，报之以琼瑶，匪报也，永以为好也。（《卫风·木瓜》）

如果说鸳鸯是中国人的爱情鸟，那么，桃花就是中国人的爱情花了。至今，人们还喜欢把多情善睐的眸子叫作“桃花眼”，把爱情降临叫作交上“桃花运”。

说起“桃花运”，不能不说唐代诗人崔护的一首“桃花诗”。据唐孟棨《本事诗》记载，崔护考进士不中，清明这天，独游都城南，见到一户人家，桃树满园，遂叩门求饮。有一美丽女子开门端水给他，两人一见钟情。后崔护忙于应考，几乎忘记了这“城南旧事”。第二年清明日，“忽思之，情不可抑，径往寻之，门墙如故，而已锁扃之”，怅惘之下，便写下这首《题都城南庄》：

去年今日此门中，人面桃花相映红。
人面不知何处去，桃花依旧笑春风。

这诗自然清丽，宛若天成，两用“桃花”意象而不觉重复，根源在于情真意切，最后一句好比电影里的“空镜头”，桃花依旧在，只是人杳然，真是如慕如诉，耐人寻味。崔护因此诗而成名，桃花也因此诗而成了爱情的一张名片，一个象征。

青春之花

桃花不仅象征爱情，有时还被喻作美人，俗语所说的“面若桃花”就是好例。相应的，桃花也就被赋予美人一样的特质，如果说美人最怕“迟暮”，那么桃花落英缤纷之时，自然最易引发人的伤感。而在汉代诗人宋子侯的《董娇娆》里，桃花却成了女孩子艳羡嫉妒的对象了：

洛阳城东路，桃李生路旁。花花自相对，叶叶自相当。
春风东北起，花叶正低昂。不知谁家子，提笼行采桑。
纤手折其枝，花落何飘扬。“请谢彼姝子，何为见损伤？”
“高秋八九月，白露变为霜。终年会飘堕，安得久馨香！”
“秋时自零落，春月复芬芳。何如盛年去，欢爱永相忘？”
吾欲竟此曲，此曲愁人肠。归来酌美酒，挟瑟上高堂。

这首诗很像一则寓言，它通过桃李之花，将人对青春易逝的无奈一语道破。大概是受到这首诗的启发，初唐诗人刘希夷在《代悲白头翁》里感叹道：

洛阳城东桃李花，飞来飞去落谁家？
洛阳女儿惜颜色，行逢落花长叹息。

今年花落颜色改，明年花开复谁在？
已见松柏摧为薪，更闻桑田变成海。
古人无复洛城东，今人还对落花风。
年年岁岁花相似，岁岁年年人不同。
寄言全盛红颜子，应怜半死白头翁。
此翁白头真可怜，伊昔红颜美少年。
公子王孙芳树下，清歌妙舞落花前。
光禄池台文锦绣，将军楼阁画神仙。
一朝卧病无相识，三春行乐在谁边？
宛转蛾眉能几时？须臾鹤发乱如丝。
但看古来歌舞地，惟有黄昏鸟雀悲。

“年年岁岁花相似，岁岁年年人不同”——这是桃花带给人类的亘古不绝的伤感和怅恨！可以说，如果没有刘希夷的这首伤悼青春的桃花诗，张若虚的那首“以孤篇压倒全唐”的《春江花月夜》是很难“横空出世”的。

此后，桃花的意象在昂扬欢快的调子里，便夹杂着若隐若现的悲吟。杜甫的《南征》诗云：“春岸桃花水，云帆枫树林。偷生长避地，适远更沾襟。老病南征日，君恩北望心。百年歌自苦，未见有知音。”借桃花烂漫盛开，抒发老迈多病、天涯孤旅的悲苦之情。王建《宫词一百首（其一）》云：“树头树底觅残红，一片西飞一片东。自是桃花贪结子，错教人恨五更风！”诗人以桃花之盛，反衬宫女命运之悲，真是爱恨交织，一唱三叹！

理想之花

古希腊哲人柏拉图有“理想国”，古中国隐士陶渊明有“桃花源”。可以说，“桃花源”正是中国人心中的“理想国”。无论何时，《桃花源记》

都是一篇值得反复诵读的美文：

> 晋太元中，武陵人捕鱼为业。缘溪行，忘路之远近。忽逢桃花林，夹岸数百步，中无杂树，芳草鲜美，落英缤纷。……土地平旷，屋舍俨然，有良田美池桑竹之属；阡陌交通，鸡犬相闻。……问今是何世，乃不知有汉，无论魏晋。……

多么美好自然的人间天堂图啊！而正是对空间——“忘路之远近”——和时间——“不知有汉，无论魏晋”——的双重背离和超越，构成了“世外桃源”最让人向往的精神特质。从此,在中国人的心灵里，桃花不仅代表春天，象征爱情，关涉青春，还成就了我们对于理想世界的“哥德巴赫猜想”，尽管这多少有一点“乌托邦”色彩，可我们还是会忍不住期待和向往：

> 问余何意栖碧山，笑而不答心自闲。桃花流水窅然去，别有天地非人间。（李白《山中问答》）
>
> 隐隐飞桥隔野烟，石矶西畔问渔船：桃花尽日随流水，洞在清溪何处边？（张旭《桃花溪》）
>
> 安得舍罗网，拂衣辞世喧。悠然策藜杖，归向桃花源。（王维《菩提寺禁口号又示裴迪》）
>
> 寻得桃源好避秦，桃红又是一年春。花飞莫遣随流水，怕有渔郎来问津。（谢枋得《庆全庵桃花》）

因为有了“虽不能至，心向往之”的桃花源，我们似乎在滚滚红尘中有了皈依的方向，痛苦便被冲淡了许多。唐代大诗人白居易深爱桃花，曾写过多首桃花诗，不仅有脍炙人口的《大林寺桃花》，还有一首让人过目难忘的《下邽庄南桃花》：

村南无限桃花发，唯我多情独自来。
日暮风吹红满地，无人解惜为谁开。

俗话说："人无千日好，花无百日红。"桃花不为你开，不为我谢，正如我们手中握着的一段平凡而美丽的生命，原本并无一个预设的目的，就像那窗外的一树桃花，既然开了，就要开得最好，落红满地的时候，该会有赏花人不吝为我们作一首桃花一样美的小诗吧？

咏蝉：栖临高处的禅意

小小的蝉，是怎样飞进中国古人的心灵的？它透明而薄的翅翼，怎会载得起多情善感的诗人们那烟草春水般的许多愁？这问题似小实大，很难用孔夫子论《诗经》那样的“三字经”——“思无邪”——一言以蔽之。

作为一种源远流长的诗题，咏蝉诗在中国古代咏物诗的库存中确乎占据不小的份额，不由得你不侧耳倾听。那么，就让我们循声追溯，看看那些喜欢聒噪的生灵，是如何把诗歌的天空唱出一片“知了”的禅意的。

一般而言，咏物诗所咏之物，以诉诸视觉者为多，而蝉则不同，它是靠着嘹亮的歌喉进入诗歌史的。

《礼记》有云：“仲夏之月，蝉始鸣。孟秋之月，寒蝉鸣。”在最早的诗歌总集《诗经》里，蝉有着“蜩”的别名，那是一片“饥者歌其食，劳者歌其事”的大合唱，微弱的一两声蝉鸣只能充当若隐若现的背景音：《七月》里的诗句“四月秀葽，五月鸣蜩”，早已点出其时令；而《小弁》中“菀彼柳斯，鸣蜩嘒嘒”的句子，则不仅模拟其声，且已敏感地把蝉鸣作为“心之忧矣”的“同期声”了。

从此，蝉的叫声不绝于耳，大自然里寂寞而短命的歌者，成了红尘中失意文士的忠实代言人。

蝉之为物，夏生秋夭，匆匆来去，和春花秋月一样，最易引发伤感。宋玉《九辩》写道："燕翩翩其辞归兮，蝉寂漠而无声。雁廱廱而南游兮，鹍鸡啁哳而悲鸣。"《古诗十九首》亦云："秋蝉鸣树间，玄鸟逝安适？"蝉用它并不悦耳的鸣叫告诉人们，时令在变换，秋天已到来，它和白露、秋风、大雁、霜菊等意象一起，为善感的人类谱写了一曲最具中国特色的"秋日私语"。

汉晋之间，咏物小赋盛行，汉代班昭、三国曹植、西晋陆机等都曾写过《蝉赋》，将蝉的自然特点人格化，赋予君子的道德内涵。受到士人美化的蝉，反过来又成了士人理想人格的外化和投影。

咏物赋之后，咏物诗至南朝而始兴。江总和刘删都写过以"咏蝉"为题的诗歌，前者云："白露凉风吹，朱明落照移。鸣条噪林柳，流响遍台池。忖声如易得，寻忽却难知。"后者云："声流上林苑，影入守臣冠。得饮玄天露，何辞高柳寒。"在这里，蝉终于用它千年不懈的鸣唱赢得了诗歌王国中的主角地位。南朝梁代诗人王籍《入若耶溪》写蝉的两句最为可喜：

蝉噪林逾静，鸟鸣山更幽。

这是以动衬静的绝唱，堪称大象无形，妙语天成！每吟此十字，便想起唐代诗人常建《题破山寺后禅院》里的名句："曲径通幽处，禅房花木深。"以为均属小诗人之大手笔，堪称奇峰并峙，千古独绝！其"有句无篇"之弊，又何足道哉！

咏蝉诗至唐代，已成为一个十分普及的咏物诗题，有人统计，《全唐诗》里竟有咏蝉诗近百首，尤以晚唐为最，将近五十首，出现了许多脍炙人口的名篇。其中，由隋入唐的虞世南所写题为《蝉》的小诗算是振起先声：

垂緌饮清露，流响出疏桐。居高声自远，非是藉秋风。

意象多么清新，节奏何其明快！后两句让人想起荀子《劝学篇》里的名句："登高而招，臂非加长也，而见者远；顺风而呼，声非加疾也，而闻者彰。"而"清"与"高"的遥相呼应，也并非纯是巧合。

大概正是从这首诗起，蝉这一小小的昆虫，摇身一变，竟成了一个士人喜闻乐见的道德符号，象征高洁与耿介，代表清正与脱俗。"初唐四杰"之一的骆宾王，也写过一首《在狱咏蝉》：

西陆蝉声唱，南冠客思深。不堪玄鬓影，来对白头吟。
露重飞难进，风多响易沉。无人信高洁，谁为表予心？

此诗作于高宗仪凤三年（678），时任侍御史的骆宾王，因上疏论事触怒武后，遂以贪赃罪名下狱，诗人忧闷无已，所谓"不哀伤而自怨，未摇落而先衰"（诗前小序），乃借蝉以抒怀明志。和虞世南的咏蝉诗不同，此诗运用对比、象征和对偶等手法，以蝉自况，意象双关，接榫无间，极富张力，艺术上达到了"物我合一"的境界，正如清代学者方东树《昭昧詹言》所言，"咏物诗不待分明说尽，只仿佛形容，自然已到"。

中唐也颇有几首咏蝉的佳作。或纯写蝉声，如刘禹锡《酬令孤相公新蝉见寄》：

清吟晓露叶，愁噪夕阳枝。忽尔弦断绝，俄闻管参差。

或借蝉抒情，如司空曙的《新蝉》：

今朝蝉忽鸣，迁客若为情？便觉一年老，能令万感生。

异乡闻蝉声，还能激起游子的乡愁。如白居易《早蝉》：

一闻愁意结，再听乡心起。渭上村蝉声，先听浑相似。
衡门有谁听？日暮槐花里。

晚唐诗人历经离乱，感时伤生，咏蝉托寄之作遂多。最著名的要数李商隐的《蝉》：

本以高难饱，徒劳恨费声。五更疏欲断，一树碧无情。
薄宦梗犹泛，故园芜已平。烦君最相警，我亦举家清。

李商隐一生坎坷苦辛，沉沦下僚，浓重的失意遂化作诗句汩汩涌出。"五更疏欲断，一树碧无情"两句最是警醒，蝉与树的关系其实也是人与世界关系的缩影，"无情"则是此一关系的注脚。李义山的高明处，在于他看穿了人世间蝇营狗苟的无趣无聊，他没有以蝉自比，而是选择了"君"(蝉)与"我"的直接对话。故钱锺书先生评论此诗说："蝉饥而哀鸣，树则漠然无动，油然自绿也。树无情而人有情，遂起同感。蝉栖树上，却恝置之；蝉鸣非为'我'发，'我'却谓其'相警'，是蝉于我亦无情，而我与之为有情也。"(《李义山诗集辑评》)

法布尔在《昆虫记》里这样写蝉："蝉是非常喜欢唱歌的。在它翼后的空腔里带有一种像钹一样的乐器。它还不满足，还要在胸部安置一种响板，以增加声音的强度。"但通过多年的观察，法布尔却发现，拥有五只眼睛的蝉虽有着出奇发达的视觉，却几乎是一个"极聋的聋子，它对自己所发的声音一点也感觉不到"！这位博物学家的试验方法很简单——在蝉声大集的时候，他拿起土铳放了两枪——让人大跌眼镜的是，树上的蝉丝毫没有中断它们无聊的歌唱！

这就是中西方人的不同。如果中国古代的诗人们知道蝉的鸣叫，于人于已都没有任何意义，还会写出这么缠绵的咏蝉诗么？

还是宋代诗人杨万里看得通透，他在《听蝉》一诗中说："蝉声无一添烦恼，自是愁人在断肠。"此意与法布尔之发现颇可互证。然王国维《人间词话》说得也不错："以我观物，故物皆著我之色彩。"是啊，寒蝉虽卑微，但它一生都在比人更高的树上，人们想象着，这餐风饮露的昆虫一定能领略人所未知的禅意吧。那"知了知了"的叫声，莫非竟是"心知世间一切终究要了"的意思？所以它要不停地歌唱。歌唱成了生命的全部意义。也许，刘禹锡《竹枝词》的两句诗最能解释蝉声与人心的关系吧：

东边日出西边雨，道是无晴（情）却有晴（情）。

悯农：良心的呻唤

尽管有一道堪称绵长的海岸线，我国仍是一个典型的大陆型国家，自然环境和气候条件最宜于农耕，故几千年的文明史不妨谓之“农业文明”。传说中汉民族的始祖炎帝神农氏就是作为“农业之神”而受到后世膜拜的，而古代帝王建国登基必要祭祀的“社稷”，也分别是指“土地神”和“谷神”。古语还说，“民以食为天”。可见农业乃立国之基，生民之本，这观念在古人的意识里早已根深蒂固。

然而，历代统治者重视农业，并不意味着尊重从事农业生产的人。在宗法制度尚未形成的上古时期，靠天吃饭的农民尚能主宰自己的命运，《击壤歌》所唱“日出而作，日入而息，凿井而饮，耕田而食，帝力于我何有哉”，传达出的正是一种主人翁的豪迈和自信。而国家、王权、宗法等制度一旦形成，农民便因不得不依附于土地而成为土地所有者的当然奴隶，被长久抛入“兴，百姓苦；亡，百姓苦”的历史怪圈。翻开中国诗歌史，对农民生存状况的感叹和唏嘘不绝如缕，以至于竟形成了“悯农”这样一个相对独立的诗歌主题。

说起悯农诗，通常都会追溯到《诗经》。作为中国最早的一首农事诗，《豳风·七月》细腻展现了春耕、夏耘、秋收、冬藏的全过程，农家之苦及收获之乐，阶级对立与贫富悬殊，无不有所表现，农人的勤劳和善良跃然纸上。我们熟悉的《伐檀》和《硕鼠》两篇，虽意在讥刺，字里行间也凝结着农夫的血泪，不平和愤懑。东汉学者何休在论及《诗经》时说："男女有所怨恨，相从而歌。饥者歌其食，劳者歌其事。"(《春秋公羊传解诂》)后两句作为对《诗经》内容的经典概括，正是这些农事诗的注脚和写照。

不过,《诗经》的这些"第一人称"的怨歌还不能算是真正意义的"悯农诗"。悯农诗的一个"悯"字,早已揭橥农民作为被怜悯对象的"他者"身份。换句话说，悯农心理的主体常常并非农民，而是良心未泯的士大夫。在后世的"悯农诗"里,主语"我"被省略了,而"农"则由"主格"降为"宾格"——"悯农"的心理因此被赋予一种高尚的道德内涵，它不是诗人的顾影自怜，而是替黎庶代言，为生民请命。悯农诗涉及的题材很丰富，战争、徭役、苛捐杂税、天灾人祸以及横征暴敛等均在其列，可以说，反映底层百姓悲惨生活并寄寓深切同情的社会题材的诗歌，都可算作广义的悯农诗。"诗圣"杜甫的《兵车行》以及"三吏""三别"就是反映战争和徭役之苦的悯农之作。

史上最负盛名的《悯农》诗出自中唐诗人李绅之手：

锄禾日当午，汗滴禾下土。谁知盘中餐，粒粒皆辛苦。
春种一粒粟，秋收万颗子。四海无闲田，农夫犹饿死。

此诗甫一问世，不仅确立了"悯农"这一后继不绝的诗歌主题，而且还使"悯农"成为文人士大夫"先天下之忧而忧"的招牌式心理了，不是大诗人的李绅因而流芳千古！

和李绅同时，提出"惟歌生民病，愿得天子知"理论主张的大诗人白居易也写过不少关心底层百姓的讽喻诗,《观刈麦》就是其中的名篇。"观"字十分微妙地泄露了作者的"旁观者"身份,这和陶渊明"晨兴理荒秽,戴月荷锄归"的躬耕实践自然不可同日而语。大抵隋唐以后，汉魏六朝的庄园经济受到削弱，农民生活更加悲苦，所以陶渊明不仅能"守拙归园田"，以农耕为乐，甚至还写过多首《劝农》诗，而白居易却只有远远地旁观。诗的末尾，作者由目睹农家劳作的辛苦产生了深深的自责：

今我何功德，曾不事农桑。吏禄三百石，岁晏有余粮。
念此私自愧，尽日不能忘。

应该说，尽管于事无补，这种自责本身还是难能可贵的。而在《红线毯》等诗中，白居易甚至直接向盘剥压榨农民的贪官酷吏发出了控诉："宣城太守知不知？一丈毯，千两丝，地不知寒人要暖，少夺人衣做地衣！"这些诗句体现了儒家的民本思想，读来令人动容。

再看晚唐诗人杜荀鹤的《山中寡妇》：

夫因兵死守蓬茅，麻苎衣衫鬓发焦。
桑柘废来犹纳税，田园荒后尚征苗。
时挑野菜和根煮，旋斫生柴带叶烧。
任是深山更深处，也应无计避征徭。

税网恢恢，生灵涂炭，以至于斯！仅凭诗歌的技巧，没有对"被侮辱与被损害的"下层人民的深切同情，怕是写不出这样含血带泪的悯农诗的。

连豁达豪放如苏轼，面对百姓的疾苦，也发出由衷叹息：

霜风来时雨如泻，杷头出菌镰生衣。
眼枯泪尽雨不尽，忍见黄穗卧青泥！（《吴中田妇叹》）

此诗揭露"官今要钱不要米"的王安石新法之弊，一场大雨浇灭了田妇的希望，因为采用农妇的视角和口吻，使整首诗气脉贯通，感人至深。用对比手法表现社会不公也是悯农诗的一种类型，如北宋诗人张俞的《蚕妇》：

昨日入城市，归来泪满巾。遍身罗绮者，不是养蚕人。

南宋诗人杨万里和范成大也是悯农诗的重要作者，他们以一种悲天悯人的情怀记录着田园由乐土沦为炼狱的悲惨故事，成为农民苦难命运的见证者和代言人。范成大的《后催租行》这样写道：

老父田荒秋雨里，旧时高岸今江水。
佣耕犹自抱长饥，的知无力输租米。
自从乡官新上来，黄纸放尽白纸催。
卖衣得钱都纳却，病骨虽寒聊免缚。
去年衣尽到家口，大女临歧两分首。
今年次女已行媒，亦复驱将换升斗。
室中更有第三女，明年不怕催租苦！

和白居易的《新丰折臂翁》一样，那苦命人幸免于难的强颜苦笑成了足以催人泪下的“黑色幽默”！

即便在当代，“三农”问题的日益严峻，足以说明悯农诗的现实土壤依然存在。下面是今人所写的悯农诗：

埋头种植苦犹甜，汗滴泥田似涌源。
劳累一生留痼疾，老来贫困缺医钱。
虽说国家在治穷，税多谷贱亦伤农。
乡村干部开销大，减负增收实落空。
温饱初尝盼小康，梦中想富发癫狂。
土壤贫瘠难根治，鸡舍无缘落凤凰。

（杨家声《七绝·老农的感叹》三首，《词刊》2004 年 7 期）

人常吃五谷，着衣帛，故有“一粥一饭，当思来之不易；一丝一缕，恒念物力维艰”之古训。清人郑板桥亦云：“天地间第一等人只有农夫。”悖论的是，“悯农”之所以成为一种诗歌主题，恰好说明诗人们离田园、离农民已经越来越远了。

从这个意义上说，悯农诗既是悲惨世界里警世的钟声，也是富有正义感的士大夫自我救赎的一帖良药。——常读古人诗，今人当汗颜。在城乡差别如此悬殊的今天，麻木的现代人早已发不出那来自灵魂深处的良心的呻唤。抚今追昔，悲夫！

咏史：古今须臾，四海一瞬

在西晋文学家陆机的名篇《文赋》里，有一句很有名的话："观古今于须臾，抚四海于一瞬。"意思是说，作家在创作构思时，驰骋想象，可以在时空之间任意游走，顷刻间便能纵览古今，畅游四海。

陆机真是很了得，他的话让我想起爱因斯坦的"相对论"——当物体以超光速前进时，时间就会倒流，能回到过去。在围绕这一理论而创作的文艺作品里，人类不仅能够通过"时光隧道"回到过去，甚至还能进入未来。尽管，爱因斯坦最终还是否定了在"物理时空"里"超光速"的可能性，但我们经由陆机的指点，却发现，在人类自行创造的"心理时空"中，做这样的"超光速"飞行不仅可能，而且简直易如反掌。这就是为什么法国大文豪雨果会说："世界上最宽广的是海洋，比海洋更宽广的是天空，比天空更宽广的是人的胸怀。"雨果是从宽度和广度立论的，而从速度上看，能够完成"超光速"这一"不能完成的任务"的，似乎也只有人类的意识之箭。

用陆机的这两句话，来概括古代诗歌史上一种比较常见的诗歌题材——咏史诗的创作心理，真是恰如其分。咏史这种体例，顾名思义，就是以历史人物和事件为背景，抒发情感，寄托怀抱，往往借题发挥，托古讽今。最早以"咏史"为题，写作诗歌的是东汉的班固。他的五言《咏史》诗写道：

三王德弥薄，惟后用肉刑。太仓令有罪，就递长安城。
自恨身无子，困急独茕茕。小女痛父言，死者不可生。
上书诣阙下，思古歌《鸡鸣》。忧心摧折裂，《晨风》扬激声。
圣汉孝文帝，恻然感至情。百男何愦愦，不如一缇萦。

这首写于狱中的诗，以“诗传”的笔法，描叙西汉文帝时，太仓令淳于意遭人诬陷，被处肉刑，其小女淳于缇萦上书辩护，不仅救父成功，而且使文帝下令免除肉刑这一史实，最后两句“百男何愦愦，不如一缇萦”，是咏史诗常有的议论，寄托着班固晚年下狱时的感慨。尽管对于此诗，历来评价不高，如钟嵘就说“班固《咏史》，质木无文”，但它毕竟开创了一种崭新的诗歌题材，筚路蓝缕之功，不容小觑。

班固之后，以一人之力，营造了“咏史”诗繁荣局面的，是西晋最有才华的诗人左思。左思是一位寒门士子，在《咏史》八首中，他思接千载，视通万里，以清拔、遒劲的笔力，借古鉴今，抒怀言志，丰富了咏史诗的主旨和意象，增强了其表现力和感染力。例如第二首：

郁郁涧底松，离离山上苗。以彼径寸茎，荫此百尺条。
世胄蹑高位，英俊沉下僚。
地势使之然，由来非一朝。金张藉旧业，七叶珥汉貂。
冯公岂不伟？白首不见招！

我们知道，魏晋以至南朝，由于九品中正制的施行，造成了“上品无寒门，下品无世族”（世族，也作势族）的门阀政治，下层文人几乎没有仕进的机会。左思巧用比喻，以“涧底松”喻下层才俊，以“山上苗”比高门子弟，揭露“世胄蹑高位，英俊沉下僚”的黑暗现实。然后抚今追昔，以汉代金日磾和张汤七世为官的史事，抒发自己怀才不遇、壮志难酬的愤懑之情，这是孤苦自怜，也是慷慨控诉。如果说，这一首是感怀身世的“忧生之嗟”，那么下面的这首《咏怀》其六，则是壮怀激烈的英雄悲歌，斩截痛快，力透纸背：

荆轲饮燕市，酒酣气益震。哀歌和渐离，谓若傍无人。
虽无壮士节，与世亦殊伦。
高眄邈四海，豪右何足陈。贵者虽自贵，视之若埃尘。
贱者虽自贱，重之若千钧！

我爱读左思的咏史诗，因为他的诗中有一个大写的“我”字，“贵者虽自贵，视之若埃尘。贱者虽自贱，重之若千钧！”男子汉大丈夫的热力和生命的尊严，在这样的诗句中喷薄而出！沈德潜谓其“咏古人而己之性情俱见”（《古诗源》），良有以也。

左思之后，写咏史诗的文人渐多。东晋的陶渊明乃田园诗鼻祖，诗风平淡，真醇，但他的《咏荆轲》就写得大气磅礴，诗歌末尾“其人虽已殁，千载有余情”两句，豪气贯注，掷地有声，难怪朱熹会把这首咏史诗说成是“其露出本相者”（《朱子语类》）。

有唐一代，咏史诗创作更盛，许多诗人都有咏史怀古之作。著名的如陈子昂的《燕昭王》，王维的《西施咏》和《夷门歌》，李白的《古风其十》，杜甫的《蜀相》，刘禹锡的《乌衣巷》，等等，历来传唱不衰。晚唐诗人李商隐才华丰赡，是写作咏史诗的行家里手。有人统计，在李商隐创作的所有诗歌中，咏史题材的便占了七分之一。李商隐的咏史诗，有的冠以《咏史》，例如：

历览前贤国与家，成由勤俭败由奢。
何须琥珀方为枕，岂得真珠始是车。
运去不逢青海马，力穷难拔蜀山蛇。
几人曾预《南薰曲》，终古苍梧哭翠华。

《南熏曲》盖指《南风歌》，相传为舜帝所作，其辞云：“南风之熏兮，可以解吾民之愠兮。南风之时兮，可以阜吾民之财兮。”仁民爱物之情，溢于言表。商隐此诗，并不拘泥于一事一人之得失，而关乎国家兴亡的历史教训，视野宏大，意象丰富，虽不易懂，而情辞可感。有的咏史诗则另外标目，如《梦泽》《隋宫》《贾生》《筹笔驿》《马嵬》《北齐》《韩碑》等，显得更为自由灵活。七言绝句《贾生》诗云：

宣室求贤访逐臣，贾生才调更无伦。
可怜夜半虚前席，不问苍生问鬼神。

贾生乃汉初的贾谊，虽有绝世之才，终不见用，好不容易盼到汉文帝半夜召见，兴高采烈去到宫里，没想到皇上所问不关苍生社稷，竟是鬼神游仙之事，怎不让人可惋可叹！咏史诗到了李商隐这里，已把历史和现实做了很好的“勾兑”，古典今典，信手拈来，既有历史的现实感，更有醇厚的美学价值和哲理意味。

与李商隐齐名的杜牧也创作了许多咏史题材的诗歌，著名的如《赤壁》：

折戟沉沙铁未销，自将磨洗认前朝。
东风不与周郎便，铜雀春深锁二乔。

诗歌由赤壁滩头一柄铁戟生发开去，将时空推至“前朝”的赤壁之战，犹如蒙太奇镜头，片刻间便将古今对接，历史的纵深感随之展开。三、四句则是以诗论史，说想当年，假若不是东风骤起，天助周郎，没准儿胜利的是不可一世的曹操，江东的美女大、小二乔反而成了铜雀台边的阶下之囚哩。尽管历史不容假设，但作为一个有着历史判断的人，在涉及历史哲学中的偶然性问题时，诗人表现出的睿智和深刻，仍具有相当的时空穿透力。又如《泊秦淮》：

烟笼寒水月笼沙，夜泊秦淮近酒家。

商女不知亡国恨，隔江犹唱《后庭花》。

《玉树后庭花》乃南朝陈后主所作诗，内有“花开花落不长久”一句，想不到一语成谶，不久陈果为隋朝所灭，所以后人便把此诗当作“亡国之音”。杜牧生活的晚唐，国力渐衰，败象已露，而达官贵人们仍旧纸醉金迷，歌舞升平，秦淮河上传来“商女”的歌声，让诗人想起前朝往事，百感交集，遂作诗以讽。杜牧咏史，多深入浅出，格调高古，发人深省，又因其喜用七言绝句论史，故有“二十八字史论”之称。

晚清诗人龚自珍也有一首非常著名的《咏史》诗：

金粉东南十五州，万重恩怨属名流。
牢盆狎客操全算，团扇才人踞上游。
避席畏闻文字狱，著书都为稻粱谋。
田横五百人安在，难道归来尽列侯？

此诗作于清道光五年（1825），诗人客居昆山，目睹社会现实种种污秽现象，借古讽今，对清王朝政治的腐败，文网的苛密，作了全面而深刻的揭露与批判。诗人批判的锋芒并未停留在制度层面，“避席畏闻文字狱，著书都为稻粱谋”二句，几乎是血淋淋地撕开了一班腐儒文丐的画皮，露出他们贪鄙、怯懦、卑琐的灵魂真面。这首咏史诗，不仅是龚自珍所处环境的写照，也是一面放诸古今、四海皆准的“照妖镜”，明镜高悬处，一切见不得人的魑魅魍魉皆无处藏身！

意大利哲学家克罗齐说：“一切历史都是当代史。”历史就像一条河，从古流到今，无论出生早晚，每个人都身处其中，不能自外。笛卡儿说：“我思故我在。”作为一种鉴往知来的诗体，咏史诗是诗人们感知“存在”的一种方式，这些跨越时空的“思考”，沟通古今的“对话”，既是思辨的，也是感性的，既是向外的，也直指内心，所以，与其说它们是“咏史”，不如说，那是另一种面孔的“咏怀”。

怀古：今月曾经照古人

与咏史诗并行不悖，且有着相似抒情轨迹、有时甚至可以等量齐观的一种诗歌题材，叫作怀古诗。说起怀古诗，我便想起李白《把酒问月》中的句子："今人不见古时月，今月曾经照古人。古人今人若流水，共看明月皆如此。""后之视今，亦犹今之视昔。"怀古诗，是那种由凭吊古迹而产生联想、想象，引起感慨，进而抒发情怀抱负的一类诗。如果说，咏史诗多以历史人物和历史事件开其端绪，那么，怀古诗则常以某一特定的历史场景为触媒，寄托怀抱，睹物思人。咏史诗是在书房中就可以挥笔立就的，怀古诗呢，却须身临其境、触景生情。杜甫有一组怀古诗，题为《咏怀古迹》，题目本身便为"怀古"一体做了很好的注释。其中第三首云：

群山万壑赴荆门，生长明妃尚有村。
一去紫台连朔漠，独留青冢向黄昏。
画图省识春风面，环佩空归月夜魂。
千载琵琶作胡语，分明怨恨曲中论。

诗歌以昭君出塞的史事为背景，开篇就气势夺人，"谓山水逶迤，钟灵毓秀，始产一明妃"，所以有人称其为"律诗中第一等起句，说得窈窕红颜，惊天动地”（吴瞻泰《杜诗提要》)。颈联又引用毛延寿丑画昭君、致使昭君远嫁匈奴、客死他乡的典故，将昭君空有绝世才貌而不得自主的悲惨命运婉转揭示，一个“怨”字，既是昭君的心曲，更寄寓了诗人对昭君的深切同情。

可以说，怀古诗就是“咏史”和“咏怀”、历史和地理勾兑在一起的产物，所以怀古诗的题目，常以地名为前缀。如李白的《夜泊牛渚怀古》：

牛渚西江夜，青天无片云。登舟望秋月，空忆谢将军。
余亦能高咏，斯人不可闻。明朝挂帆席，枫叶落纷纷。

牛渚，即采石矶，是安徽当涂西北毗邻长江的一座山，北端突入江中。此诗题下有原注说：“此地即谢尚闻袁宏咏史处。”据《世说新语·文学》篇载：“袁虎少贫，尝为人佣载运租。谢镇西经船行，其夜清风朗月，闻江渚间估客船上有咏诗声，甚有情致；所咏五言，又其所未尝闻，叹美不能已。即遣委曲讯问，乃是袁自咏其所作《咏史诗》。因此相要，大相赏得。”谢镇西，即东晋的镇西将军谢尚，当时他镇守在牛渚，无意中听到贫士袁宏（即袁虎）自作的五言咏史诗，大为欣赏，从此袁宏一夜成名、平步青云，成为当时的“文学超男”。数百年后，李白经过牛渚，遥想古人，感怀身世，遂有生不逢时之感。“余亦能高咏，斯人不可闻”二句，正是诗人空怀壮志、苦无伯乐的一声叹息。再如唐代诗人马戴的《易水怀古》：

荆卿西去不复返，易水东流无尽期。
落日萧条蓟城北，黄沙白草任风吹。

《史记·刺客列传》写荆轲赴秦，于易水边慷慨悲歌：“风萧萧兮易水寒，壮士一去兮不复还。”从此，易水这个地方，便成了志士抒发豪情的经典“符号”，此刻诗人凭水远眺，怎么能不兴发思古之幽情？

与经常借古讽今，承载着更广阔的历史背景的咏史诗相比，怀古诗更多地偏重于传达个人在特定时空中的独特感受，由外及内，情随景生，因而笔触更为细腻。唐人的怀古诗很多都与六朝有关，有些标志性的地方，如金陵（建康、石头城）、剡溪等地，更是诗人们挥洒诗情的绝佳题材。写金陵的如李白的《登金陵凤凰台》、刘禹锡的《石头城》《乌衣巷》《台城》等，都是脍炙人口的名作。刘禹锡还有一首《西塞山怀古》，更是怀古诗的绝唱：

王濬楼船下益州，金陵王气黯然收。
千寻铁锁沉江底，一片降幡出石头。
人世几回伤往事，山形依旧枕寒流。
从今四海为家日，故垒萧萧芦荻秋。

西塞山在今湖北大冶市东，是长江中游的军事要塞，三国时更是吴国最重要的江防前线。公元 280 年，益州太守王濬奉命平吴，亲率水陆大军自成都沿江而下，攻城略地，势如破竹，率先攻入建业，迫使吴主孙皓投降。根据宋人计有功的《唐诗纪事》，此诗是在一次聚会时，“论南朝兴废，各赋金陵怀古诗”的产物。诗人想象自己登上了西塞山，举目所见，山河依旧，而人世间，改朝换代的悲喜之剧却又已上演了好多回，如今虽然四海统一，但看着那旧时的营垒上，秋风萧萧吹过芦苇，还是让人唏嘘感伤不已。据说，当时聚会的东道主白居易看罢此诗，叹为观止，只好搁笔认输。

在众多怀古诗中，“江南才子”许浑的《咸阳城东楼》让人过目难忘：

一上高城万里愁，蒹葭杨柳似汀洲。
溪云初起日沉阁，山雨欲来风满楼。
鸟下绿芜秦苑夕，蝉鸣黄叶汉宫秋。

行人莫问当年事，故国东来渭水流。

此诗气象恢弘，格调高古，跳跃性极强，真是“字字清新句句奇”（韦庄《读许浑诗》），尤其颔联二句，突兀行来，惊心动魄，堪称神来之笔！

有的怀古诗，还吸取了咏史诗夹叙夹议的特点，在抒情中附带议论，如杜牧的《题乌江亭》：

胜败兵家事不期，包羞忍耻是男儿。
江东子弟多才俊，卷土重来未可知。

不用说，这是为乌江自刎的楚霸王项羽鸣不平。大作翻案文章的也不是没有，如皮日休《汴河怀古》：

尽道隋亡为此河，至今千里赖通波。
若无水殿龙舟事，共禹论功不较多。

汴河，即通济渠，隋炀帝时开凿的大运河的一段。“水殿龙舟事”，盖指运河开通后，隋炀帝豪华出游之事。诗人似乎想说，如果隋炀帝不是那么骄奢淫逸，留下千古骂名，他下令修筑的这条至今畅通南北的大运河，说不定还会让后世百姓感恩戴德。仔细一想，诗人说的不是没有道理。

怀古一体，不仅成为中国古诗的重要一支，而且影响了词曲的创作。许多词人曲家都写过“怀古词”或“怀古曲”。宋词如苏轼《念奴娇·赤壁怀古》、辛弃疾《永遇乐·京口北固亭怀古》，元曲则有张养浩的《山坡羊·潼关怀古》、卢挚的《折桂令·长沙怀古》等，都是传唱不衰的经典之作。

总的来说，怀古之情所以发生，乃是因为今人的遭际与古人或相契合，或相径庭——我们不知道，命运把我们安排在“今生今世”，究竟是是幸运，还是不幸？杜牧在《阿房宫赋》中，总结秦朝灭亡的历史教训，说了一句极富哲理的话："秦人不暇自哀，而后人哀之；后人哀之而不鉴之，亦使后人而复哀后人也。"这"不暇自哀"四字，真是曲尽人情事理、命中要害之言！可不是吗？我们活着，常常是忙忙碌碌，疲于奔命，哪里有时间"跳出三界外，不在五行中"，以别一种眼光看待自身？最后，我们把总结得失、"悲天悯人"的机会留给了后人。古人，今人，后人……就这样循环往复，周而复始，这是人世间颠扑不破的历史周期律。南朝的张融说："不恨我不见古人，恨古人不见我！"话虽生猛，可这样的自大狂，恐怕写不出隽永漂亮的怀古诗。

赠别：多情自古伤离别

人生在世，酸甜苦辣的滋味都一一尝过，才算没有白活。然而，对于尽享高科技成果福音的今人而言，许多情感体验还是减了纯度，淡了色彩，打了折扣。就拿离别来说吧，一个现代人早已不能理解，何以古人的赠别诗写得那么缠绵悱恻，荡气回肠？在手机电话、电子邮件、微博微信等通信手段进入千家万户的今天，对一个出门在外、远在天涯海角的人，进行全程跟踪甚至“全球定位”，早已不是难事，上海外滩附近一家网吧的标语赫然竟是——“网内存知己，天涯若比邻”。所以，离别相思之苦，早已像侏罗纪的恐龙和远古中原地区的大象一样，我们只能从那庞大的骨骼化石标本，猜想其当年的盛况了。

在中国诗歌史上，数量可观的赠别诗词，就是我们领略古人生离死别、相思成灾的活化石。你听！屈原在《九歌·少司命》里唱道：“悲莫悲兮生别离，乐莫乐兮新相知。”“一字千金”的《古诗十九首》，开篇便说：“行行重行行，与君生别离。”南朝才子江淹“才尽”之前，也曾在《别赋》中深情咏叹：“黯然销魂者，唯别而已矣。”写过“相见时难别亦难”的李商隐，更是谙尽离别滋味，竟然说：“人世死前唯有别！”可见，在古人眼里，离别，犹如流徙之刑，乃是仅次于死亡的巨痛，是人生不可战胜的顽疾。

古代的离别诗，有一些常用的意象，如美酒、乐曲、杨柳，也有一些上演分离好戏的地点，如灞桥，阳关，南浦，长亭，古道，不一而足。相传为苏武写与李陵的一组《别诗》，首篇最后四句便写到了酒：

> 我有一樽酒，欲以赠远人。愿子留斟酌，叙此平生亲。

这是以酒饯行。而李陵的一组回赠诗中，有一首则说到以酒解离愁：

> 嘉会难再遇，三载为千秋。临河濯长缨，念子怅悠悠。
> 远望悲风至，对酒不能酬。行人怀往路，何以慰我愁。
> 独有盈觞酒，与子结绸缪。

离别诗用到几乎泛滥的意象不是别的，而是杨柳。这大概与《诗经·小雅·采薇》有关，这首表达出征士兵的思归情绪的诗歌写道：

> 昔我往矣，杨柳依依；今我来思，雨雪霏霏。
> 行道迟迟，载渴载饥；我心伤悲，莫知我哀！

这诗的好处在于，作者用反衬法写景抒情：杨柳依依时，本该高兴，可我却离家上了战场；大雪纷飞时，本有肃杀之气，我则踏上了饥寒交迫的伤心归途。至于一个战争的幸存者为什么竟会"我心伤悲"，恐怕是不言而喻的吧。故清代大儒王夫之评此诗说："以乐景写哀，以哀景写乐，一倍增其哀乐。"(《薑斋诗话》)

还有一种说法是，"柳"与"留"谐音双关，因此人们常以折柳相赠来寄托依依惜别之情。这一习俗汉时已兴，当时民间就有《折杨柳》的曲子。北朝乐府《鼓角横吹曲》有首《折杨柳歌辞》，歌词曰：

> 上马不捉鞭，反折杨柳枝。蹀座吹长笛，愁杀行客儿。

上马远行时，不提鞭而偏折柳，有些耍赖的样子，但离情别意却是可触可感，令人低回。再如隋朝无名氏的《送别》诗：

杨柳青青着地垂，杨花漫漫搅天飞。
柳条折尽花飞尽，借问行人归不归？

杨柳纷披，春意撩人，远行的一步三回头，伫望的早已哭成了泪人儿，中国古人的诗意人生，就在这伤感而又浪漫的意境中次第展开：

含烟惹雾每依依，万绪千条拂落晖。
为报行人休尽折，半留相送半迎归。

李商隐的这首《离亭赋得折杨柳（其二）》，真把杨柳的万种风情、千般娇媚写到骨子里了。杨柳的姿态像极了一位娇羞痴情的女子，让远行的人频频回首，未曾上路已盼归。

我们知道，古代中国是个安土重迁的农业社会，不到万不得已，人们不愿意离开故土，加上交通不便，“道路阻且长，会面安可知”，所以孔夫子教导大家说：“父母在，不远游，游必有方。”然而，“人在江湖，身不由己”，因为各种原因，人们仍然要捎起行囊，一次次背井离乡。到了唐代，经济的繁荣加剧了人口流动，离别更成了家常便饭，一些特定的场景便成了执手话别的固定舞台和离别诗词中的抒情道具。最著名的莫过于长安郊外的灞陵桥（故址今陕西省西安市东，因有汉文帝陵墓而得名），因两边种有杨柳，汉、唐时长安人送客东行，多至此折柳送别，执手相看，黯然伤怀，故又名销魂桥。李白《忆秦娥》词云：

箫声咽，秦娥梦断秦楼月。
秦楼月，年年柳色，灞陵伤别。

乐游原上清秋节，咸阳古道音尘绝。
音尘绝，西风残照，汉家陵阙！

王维笔下的“阳关”既是送别之地，也与送别之乐相关：

渭城朝雨浥轻尘，客舍青青柳色新。劝君更进一杯酒，
西出阳关无故人。(《渭城曲》，一作《送元二使安西》)

阳关，在今甘肃省敦煌市西南古董滩附近，因位于玉门关以南，故称“阳关”。这首诗被谱成乐曲后，叫作《阳关三叠》，后来竟成了一般离别歌曲的泛称。

南浦这一意象，出自屈原《九歌·河伯》：“子交手兮东行，送美人兮南浦。”南浦，本指南方的水滨，后来也成了送别之地的代称。如江淹《别赋》：“春草碧色，春水渌波，送君南浦，伤如之何！”白居易《南浦别》：“南浦凄凄别，西风袅袅秋。一看肠一断，好去莫回头。”范成大《横塘》：“南浦春来绿一川，石桥朱塔两依然。年年送客横塘路，细雨垂杨系画船。”清代的曹寅也有“西风晴十日，南浦别经年”之句(《登署楼适培山至用东坡真州诗韵同赋》)。南唐词人冯延巳多有佳作，他的《三台令》词也提到南浦：

南浦！南浦！翠鬓离人何处？当时携手高楼，依旧楼
前水流。流水！流水！中有伤心双泪。

古时送别，常常是十里相送，逆旅客栈，长亭短亭，便成为友人、亲人、情人聚散依依之地。古今送别诗词中，最让人心荡神摇的莫过于柳三变的那首《雨霖铃》：

寒蝉凄切，对长亭晚，骤雨初歇。都门帐饮无绪，留

恋处，兰舟催发，执手相看泪眼，竟无语凝噎。念去去千里烟波，暮霭沉沉楚天阔。
多情自古伤离别，更那堪、冷落清秋节。今宵酒醒何处？杨柳岸，晓风残月。此去经年，应是良辰好景虚设。便纵有千种风情，更与何人说！

你看，柳永在这首词里，把离别该有的意象几乎用尽，更把离情别绪渲染得排山倒海、夺人魂魄！整首词张弛有度，情景交融，秀淡幽艳，字字珠玑，俗到了极处，也雅到了极处！

从字源学的角度讲，“分”“别”二字都从“刀”，《说文解字》释“分”字云：“别也，从八从刀，刀以分别物也。”是啊，分别可不就是一把锋利的刀么，它把我们的人生割成若干块，让我们苦，让我们痛！因为离死亡还远，那或长或短的别离便成了我们领略死亡滋味的替代品：“握手一长叹，泪为生别滋。努力爱春华，莫忘欢乐时。生当复来归，死当长相思。”（苏武《别诗》其二）生命的色彩和价值，便在这一次次的离别中被体认，被确立。

最后，让我们在弘一大师李叔同《送别》词的旋律中，结束我们对离别诗词的巡礼吧——

长亭外，古道边，芳草碧连天。
晚风拂柳笛声残，夕阳山外山。
天之涯，地之角，知交半零落。
一壶浊酒尽余欢，今宵别梦寒。

图书在版编目(CIP)数据

古诗写意/刘强著.—长沙:岳麓书社,2016.9
ISBN 978-7-5538-0594-8

Ⅰ.①古... Ⅱ.①刘... Ⅲ.①古典诗歌—诗歌研究—中国
Ⅳ.①I207.22

中国版本图书馆 CIP 数据核字(2016)第 094843 号

GUSHI XIEYI

古诗写意

作　　者:刘　强
责任编辑:饶　毅
责任校对:舒　舍
封面设计:胡　斌

岳麓书社出版发行
地址:湖南省长沙市爱民路 47 号
直销电话:0731—88804152　88885616
邮编:410006
岳麓书社网址:www.yueluhistory.com

2016 年 9 月第 1 版第 1 次印刷
开本:640×960　1/16
印张:20.75
字数:280 千字
印数:1—5 000
ISBN 978-7-5538-0594-8
定价:35.00 元

承印:长沙超峰印刷有限公司

如有印装质量问题,请与本社印务部联系
电话:0731—88884129